# 黎明之土

仄黎 著

广东旅游出版社
中国·广州

## 燕归 / Yangui

**我喜欢姐姐**
所以我想要的是姐姐也用
相同的程度喜欢我

## 宋分题 / Songfenti

**讲个笑话**
子琅喜欢你

**桑肖柠** Song xiaoning

**善良不是没有底线的**
你想杀了我
现在只不过是自食恶果而已

**宋命题** Songmingti

**你骗我**
我们纯洁的兄弟友情结束了

# 目录

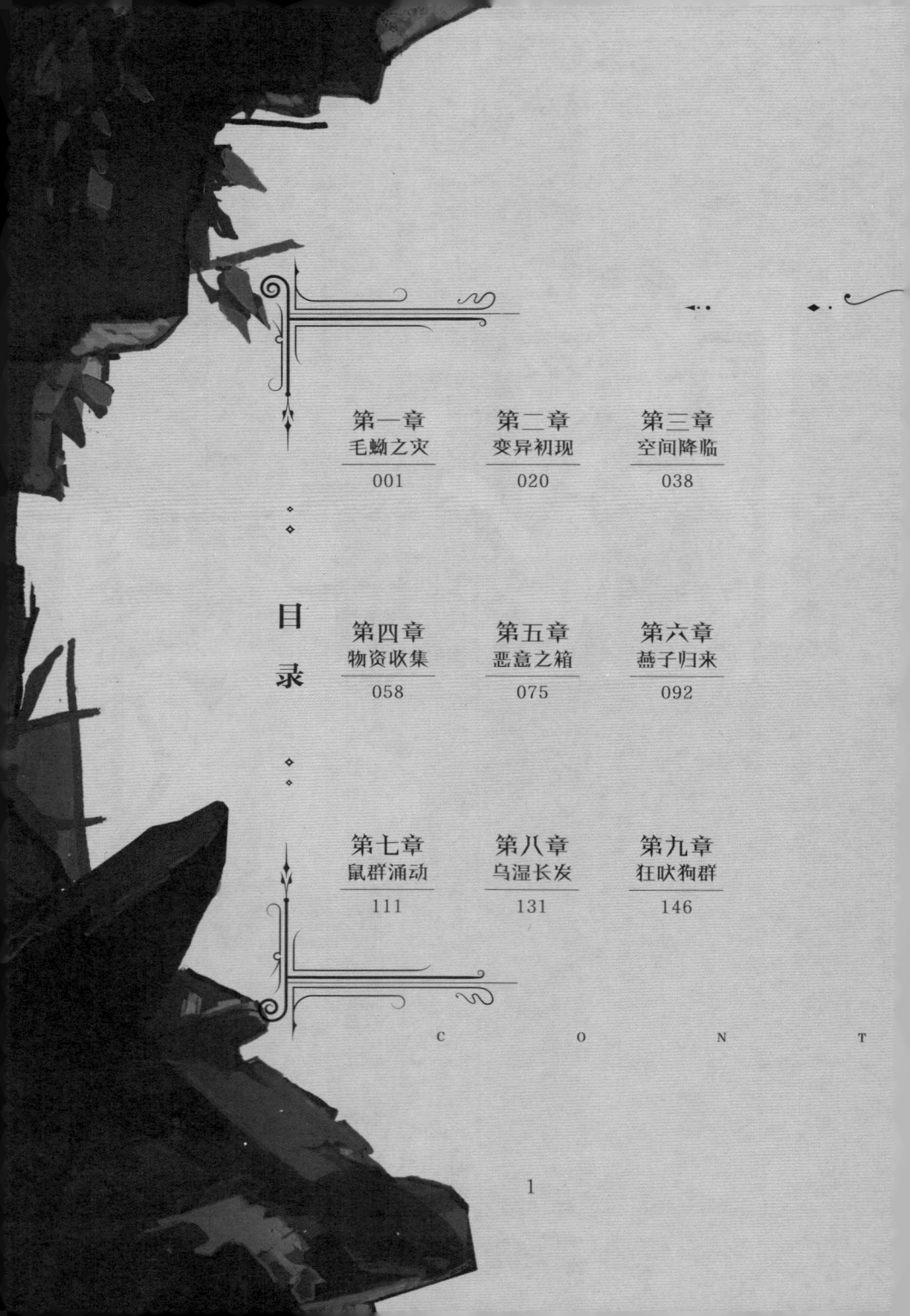

第一章 毛蚴之灾 001

第二章 变异初现 020

第三章 空间降临 038

第四章 物资收集 058

第五章 恶意之箱 075

第六章 燕子归来 092

第七章 鼠群涌动 111

第八章 乌湿长发 131

第九章 狂吠狗群 146

第十章
阴影美人
164

第十一章
噩梦将临
172

第十二章
噩梦降临
193

第十三章
荒芜都市
211

第十四章
孙家小学
229

第十五章
异变体球
246

第十六章
B大异变
264

第十七章
柳树小偷
281

倒计时 10 秒。
万俟子琅的呼吸平稳。

倒计时 5 秒。
万俟子琅手里锋利的斧头,猛然落下——

噩梦时代,来临了!
……

这一刻,世界上所有钟表归零,
大地陷入了静谧的沉睡。
就好像冥冥之中,造物主吹灭了蜡烛……

并亲手迎来了
噩梦时代。

# 第一章

## 蚴毛之灾

狸熊市，半夜3点，宿舍楼的墙壁上爬满了阴暗的爬山虎。

余厌厌："子琅……子琅，你睡了吗？"

万俟子琅："被你的消息提示音吵醒了，头好疼。怎么了？"

余厌厌："我刚才到宿舍楼门口，发现宿管阿姨房间里的灯开着，而且铁门前有很多不明液体，动科院养在铁门旁边的兔子也不见了……"

万俟子琅："弯腰，从窗户下来绕过去，然后上来，快！"

余厌厌："怎么了？"

万俟子琅："她被寄生了！"

余厌厌："寄生？寄生是什么？"

万俟子琅："回来再说，我现在下去找你！你绕过去了吗？"

余厌厌："没有，我现在蹲在窗户底下给你发消息，宿管阿姨房间里有很奇怪的咀嚼声，我给你录音。"

万俟子琅："别录了！"

余厌厌："她该不会是在吃兔子吧？这个声音太可怕了！"

万俟子琅："我下楼了，在楼梯口旁边，过来！"

余厌厌："来了、来了，你这么紧张干什么……"

她正准备往前挪动，头皮忽然一疼，宿管阿姨和善的脸出现在了窗户旁边。

宿管阿姨："你大半夜的不睡觉，蹲在我窗户底下干什么？"

余厌厌："我听到你在吃东西。"

宿管阿姨："吃东西？哦，我在吃薯片。"

她咧开嘴，笑了笑。

余厌厌："阿姨，你牙齿缝里有……"

万俟子琅："阿姨，我们上去睡觉了。"

宿管阿姨："去吧，放暑假了，宿舍楼里没多少人了。"

万俟子琅："我们也是明天就离开。阿姨，早点休息。"

余厌厌："子琅？你的脚步这么着急干什么？"

万俟子琅："跟我走，不要说话，也不要回头！"

余厌厌："为什么不能回头啊？"

越是不能回头，人就越想回头。余厌厌回头看了一眼，心脏忽然剧烈地跳动了起来！

余厌厌："子琅！你回头看一下！阿姨背上好像长了一颗大瘤子……"

万俟子琅："快跑！"

余厌厌："你干什么？"

她的话音刚落，身后忽然响起沉重的脚步声。万俟子琅拉着她，随便冲进了一个寝室，反手关上门后死死地捂住了她的嘴。

宿管阿姨："你们在哪里呀……"

脚步声渐渐远去。

余厌厌："她好像……好像走了？这到底是怎么回事？宿管阿姨的脸惨白惨白的，吃薯片噎到了？"

万俟子琅："它被一种叫毛蚴的虫子寄生了。"

余厌厌："寄生？毛蚴？毛蚴是什么？"

万俟子琅："厌厌，我接下来要跟你说的话，你一定要听仔细了。"

余厌厌："什么？"

万俟子琅："我有未来三年的记忆，知道将来会发生什么。"

余厌厌："什么意思？"

万俟子琅："你相信我就好。"

余厌厌："可是毛蚴，寄生……这又是怎么回事？！"

万俟子琅："现在是3119年6月，半年后，也就是3120年初，爆发了一场世界规模的灾难。太平洋发生了巨大的海啸，沿海城市几乎完全被吞没，随后地面塌陷，植物迅速生长，昆虫变大，动物异化，寄生虫变异，感染能力迅速增强。"

余厌厌："那毛蚴……"

万俟子琅："毛蚴是寄生虫的一种，一般寄生在螺类生物上，变异后可以寄生在人类身上。"

余厌厌："可……可你不是说……不是说半年后才开始吗？"

万俟子琅："这是前兆，这半年内还会陆续发生变异事件。"

余厌厌："我觉得你想多了。这可能就是一个传染性很强的传染病。宿管阿姨也是受害者，我们还是打120吧！"

万俟子琅："她不是宿管阿姨了，毛蚴就寄生在里面。"

余厌厌："那它图什么？"

万俟子琅："被毛蚴寄生的人，身上会长出密集的瘤子，那是毛蚴的幼虫。"

余厌厌："用人类的身体来孵化幼虫？这也太恶心了吧！"

万俟子琅："小声点！毛蚴有人类七岁儿童的智商，它的听觉非常灵敏！"

余厌厌："那宿管阿姨追上来，是不是因为我发现了它后背的瘤子？"

万俟子琅："对，你刚才说的话被它听到了。"

余厌厌："……"

万俟子琅："它会想尽办法除掉知道它身份的人。"

余厌厌："那我……我们就一直躲在这里？这间寝室已经空了，没有吃的，也没有喝的……"

万俟子琅："人类失去食物可以撑三个星期，但是失去了水，就只能活五到八天。"

余厌厌："你这么一说，我忽然觉得好渴……但是宿舍楼现在已经停水了。"

万俟子琅："没关系。"

余厌厌："你知道哪里有水？"

万俟子琅："不，我的意思是，可以喝尿。"

余厌厌："喝尿？你自己怎么不喝？很恶心的好吗？！"

万俟子琅："我喝过。"

余厌厌："……"

万俟子琅："在半年后的噩梦时代爆发后，尿都是被人抢着喝的。"

余厌厌："……"

万俟子琅："你很渴？"

余厌厌："一点都不渴！我先报个警，我还是觉得你睡昏头了！"

余厌厌拿起了手机，刚刚报完警，房门就忽然被剧烈地敲响了。

柳千妩："有人……有人在里面吗？

"我叫柳千妩！给我开个门！宿管阿姨疯了！

"宿管阿姨刚刚咬了我们寝室的另外一个人！我拼了命才逃出来的！"

万俟子琅的脸色一变。

万俟子琅："小声点！太大的声音会把毛蚴引过来的——"

余厌厌："我现在就开门！你赶紧进来！"

她飞快地把门打开了一道缝隙，那个女孩子惊喜的脸出现在了门缝里。

下一刻，她的脸忽然扭曲了起来，门被撞得"扑通"一声。有什么东西扑到她身后，一张嘴就咬在了她的后背上。

宿管阿姨咧开了嘴。

柳千妩："啊啊啊！"

宿管阿姨："找到你们了……找到你们了！"

万俟子琅："关门！"

余厌厌："可是那个女孩子还在外面！把手递给我！"

柳千妩："救救我！求求你们救救我！"

万俟子琅："她的脸已经异化了！完全被毛蚴寄生了！"

余厌厌："我们……"

她还没来得及犹豫，万俟子琅就一脚踹上了门。

外面传来了毛骨悚然的声音。

余厌厌："……"

万俟子琅:"不用想了,被毛蚴咬了一口的人,也会被寄生,她没救了。"

余厌厌:"也会被寄生?"

柳千妩:"开门,同学,给我开个门吧……"

宿管阿姨:"你们跑不掉的……"

余厌厌:"……"

万俟子琅:"毛蚴寄生的速度很快,而且它很会伪装。"

余厌厌:"居然还能伪装?"

万俟子琅:"七岁孩子的智商已经不低了。"

余厌厌:"那我们接下来该怎么办?"

万俟子琅:"把它挖出来,烧掉就没事了。"

"我去翻翻宿舍里有什么武器。"

余厌厌:"那我顶着门,别让它们冲进来。对了,子琅,你刚才没有被咬到吧?"

万俟子琅:"没有。"

余厌厌:"你再检查一下。我记得你的体质很特殊,没有痛觉,那你被咬了也不知道啊!"

万俟子琅:"我已经检查过了,没有。"

她弯下腰,摸了摸口袋里鼓起来的东西,半蹲下来,在地上摸索着什么。

临近放假,宿舍楼里没剩下多少人了,也已经停水停电,能用的东西更是不多。

万俟子琅:"这条桌子腿能用,你先拿着吧……"

她转过头的一瞬间,忽然一顿——昏暗的寝室里,余厌厌背对着她,抵着门,余厌厌的上衣往上滑了一段,露出了白皙的肌肤,跟一片密密麻麻的……瘤子。

余厌厌:"唉,你可千万要小心,别被宿管阿姨和柳千妩咬了。"

万俟子琅:"……"

余厌厌:"子琅?"

她转过了头,声音很轻。

余厌厌:"你为什么忽然盯着我看?"

余厌厌抵着门,露出笑容。

余厌厌:"子琅?"

这里没有镜子,她不知道自己的脸已经变了。准确来说,不仅仅是脸,在毛蚴钻进去的那一刻,她就已经不是余厌厌了,而是一只彻头彻尾的……毛蚴。

余厌厌:"说话啊……子琅,你为什么要盯着我看?"

万俟子琅:"你长得好看,忍不住想要多看两眼。"

余厌厌:"真的吗?真的不是因为看见了什么不该看的东西?"

万俟子琅:"我看过你身上所有地方。"

余厌厌:"说得也是,毕竟我们是住一个寝室的。

"子琅,我不喜欢别人骗我,你最好也不要骗我。"

万俟子琅:"没有骗你。你过来,我跟你讲一下怎么挖毛蚴。"

余厌厌咧开了嘴角,朝万俟子琅走了过去。她的四肢已经有些扭曲了,走起来歪斜着,脸上带着童稚而狰狞的笑,确实像个七岁的孩子,却在靠近的一瞬间,张开了血盆大口。

余厌厌:"你发——现了!"

万俟子琅闭上了眼,手起桌子腿落,干脆利索地把毛蚴挖了出来。

随着一声惨叫,余厌厌的身体剧烈地抽搐了起来,像是一条濒死的鱼。然而桌子腿已经贯穿过去,钉住了毛蚴的本体,掉落出来了一只畸形的虫子。

万俟子琅一脚踩了上去。

她看着余厌厌,有些沉默地垂下了眼帘,只轻轻地补充了一句。

万俟子琅:"这个示范不怎么标准,如果下辈子有机会,记得把毛蚴的尸体烧掉。"

敲门声还在继续,宿管阿姨的声音越来越扭曲,也一声比一声尖锐。

万俟子琅:"……"

就在这时候,窗外忽然传来了小声的呼喊。

安芷染:"隔壁还有活人吗?"

"我是动物科学学院的大二学生!我叫安芷染!外面是不是有疯子在闹事?我已经报警了!"

万俟子琅:"有活人。等我一下。"

安芷染:"你要干什么……小心!这里是三楼!"

寝室与寝室的窗户相隔并不远,万俟子琅踩着阳台翻了过去。

安芷染目瞪口呆地看着她。

安芷染:"你就不怕摔下去?"

万俟子琅:"小声点,毛蚴们还没有发现我已经不在隔壁寝室了。"

安芷染:"毛蚴?"

万俟子琅面无表情,把刚才的话重复了一遍。

安芷染:"我明白了,你跟外面那群疯子是一伙儿的!看来报警不够,我再打个120吧。

"还是说……你们是在恶作剧?外面的人就是在演戏?"

万俟子琅:"没有。"

安芷染:"你们肯定是在演戏!真是闲得慌!"

安芷染一边说一边想要打开宿舍门,万俟子琅没动,这让她更加笃定了自己的猜测。

安芷染:"还说不是演戏!如果不是演戏,你为什么不拦着我?"

万俟子琅:"因为作死的人是拦不住的。我喝过尿,吃过动物内脏,在粪坑里睡过觉,在极端条件下生存过三年,从三楼跳下去也能确保自己不会受伤。"

万俟子琅:"你开门找死,我就可以从楼上跳下去了。"

安芷染犹豫了一下,却不小心把门拉开了一道缝隙——

下一刻,门缝里忽然传来了窸窸窣窣的声音,大量畸形的带着黏液的毛蚴幼虫顺着门缝拥了进来。

安芷染："啊啊啊！"

万俟子琅："关门！拿拖鞋！毛蚴幼虫没有宿主，一般都非常脆弱，拖鞋就可以拍死！"

安芷染："这些虫子是哪里来的？"

万俟子琅不断地拍着幼虫。

万俟子琅："是余厌厌身上孵化的。"

安芷染："你不是说她身体内的毛蚴已经被你踩死了吗？"

万俟子琅："毛蚴被烧死，幼虫才能随之死亡，但是如果采用其他方法杀死毛蚴，幼虫就会爬出来寻找宿主。"

安芷染："那你为什么不烧死它？"

万俟子琅："因为我没有打火机。"

满地都是畸形的毛蚴，安芷染一脸崩溃。

安芷染："你说得好有道理啊！"

万俟子琅："还有，小点声，声音再大一点的话，我们就要被发现了。"

咚咚——

柳千妩："开门啊，同学！同学，让我进去吧。"

宿管阿姨："你们逃不掉的。"

安芷染："这……这是已经被发现了？你说的都是真的？！"

万俟子琅："嗯，是真的。"

安芷染咬了一下嘴唇，害怕得全身颤抖，捂住脸缓了很久，然后才抽泣着抬起头。

安芷染："谢谢你救了我，刚才是我太着急了，也谢谢你没有跳窗逃走……"

万俟子琅："我尽量不见死不救。"

安芷染："我们现在该怎么办？冲出去跟她们拼了？"

万俟子琅："我趁其不备才杀死了余厌厌身体内的毛蚴，两个的话我倒是能打过，但是没有打火机，孵化出来的毛蚴幼虫可能会趁机繁殖。"

安芷染:"那报警?警察会相信我们吗?"

万俟子琅:"现在要着急的不是这个。"

安芷染:"那是什么……你脱衣服干什么?"

万俟子琅:"帮我检查一下身体。"

安芷染:"啊?"

万俟子琅:"我天生没有痛觉,没有办法确认刚才是否有毛蚴幼虫钻进我身体里,我脱光了,你看一下有没有伤口。"

安芷染:"好,我现在就帮你检查一下,你这么强,肯定不会有问题的……"

她的话戛然而止,寝室中一片死寂,只有诡异的敲门声。

万俟子琅平静地摸了摸自己的后背。

万俟子琅:"有伤口,对吗?"

安芷染:"不严重,是一个米粒大小的血洞……在你的大腿后面。"

万俟子琅:"嗯,我摸到了。"

安芷染:"只是意外吧?"

万俟子琅:"不是,有毛蚴幼虫钻进去了。"

安芷染看了一眼地上恶心的毛蚴幼虫,脸色苍白地后退了一步。

万俟子琅在抽屉里摸索了一会儿,把刀子递给了安芷染。

万俟子琅:"拿着。"

安芷染:"你要我拿刀杀了你?"

万俟子琅:"不是,毛蚴幼虫的寄生能力没有毛蚴那么强大。

"它现在在往我上半身爬,你用刀就能把它挖出来——现在大概在这里。

"来吧。"

安芷染:"……"

她吞咽了一口唾沫,哆哆嗦嗦地接过刀子。万俟子琅平静地坐着,一点声音都没有发出。

安芷染:"我……我还没找到……"

万俟子琅:"没关系,可以慢慢找。"

安芷染:"你疼不疼?"

万俟子琅:"不疼,继续就好。"

安芷染:"那……那个,你刚才说的是真的吗?"

万俟子琅:"什么?"

安芷染:"毛蚴钻进人身体之后,会有七岁孩子的智商,而且擅长伪装。"

万俟子琅:"是真的,半年后,噩梦时代爆发,很多人都死于毛蚴寄身。

"不过这仅仅是灾难的一小部分,而且人类很快就生成了毛蚴抗体。"

安芷染:"哦……"

安芷染又拿着刀子一阵寻找,过了一会儿,她小心翼翼地看了万俟子琅一眼。

万俟子琅的后背鲜血淋漓。这个程度的失血量,足够让一个成年男人昏死过去了,但是她看上去一点事都没有。

安芷染:"你现在已经失血很多了,还有力气站起来吗?"

万俟子琅:"我的血比较多,你可以继续。

"还没有找到毛蚴幼虫吗?"

安芷染:"没有,我再往上找找,说不定它已经爬到后背去了。"

安芷染心不在焉地继续找,过了一会儿,万俟子琅忽然听到她极小声地说了一句话。

安芷染:"毛蚴附身后有七岁孩子的智商,七岁的孩子其实已经很聪明了,那我怎么确定……毛蚴没有在你的脑袋里呢?"

万俟子琅:"你想干什么?"

安芷染:"你流了这么多血,站起来也很困难了吧?

"我不想死,你能不能让我挖开你的头看一下,毛蚴有没有在里面?"

万俟子琅:"你打开我的头,我就死了。"

安芷染："对不起……对不起！"

她的声音有些尖锐，抓着刀子的手在颤抖。

安芷染："我很感谢你刚才救了我，但是我也想要活下去！你已经被毛蚴咬了，我挖了半天也没有找到它，它可能已经……你放心，我会杀了它，给你报仇……"

安芷染举起手中的刀，哆哆嗦嗦地抵在了万俟子琅的喉咙上。她低低地尖叫了一声，额头却忽然一疼。万俟子琅的手中拿着什么东西，一把砸在了她的脑袋上。

安芷染："这是什么……啊啊啊！别打了！求求你，别打了！"

万俟子琅："……"

万俟子琅一言不发，两下就把她砸晕了过去，然后对着自己手里的东西说："谢谢你，龟龟。"

乌龟："……"

万俟子琅把乌龟放在了口袋里，寝室外面的毛蚴依然在不停地徘徊着。

五十分钟后，警察赶到，迅速控制了现场。万俟子琅身上的血极其骇人，她被带到了医院，跟昏迷的安芷染在同一间病房中。

不久之后，有人推门走了进来。

黄莺莺："万俟同学，我是学校导师，来协助警察做笔录的，麻烦如实回答你昨晚遇到的一切。你昨晚看见了什么？"

万俟子琅："宿管阿姨跟柳千妩疯了，袭击了我。"

黄莺莺："她们为什么会疯掉？"

万俟子琅："我又不是疯子，怎么会知道疯子为什么会疯掉？"

黄莺莺："你的室友余厌厌失踪了，你知道她去哪里了吗？"

万俟子琅："不知道。"

黄莺莺："你怎么可能不知道？监控显示是你跟余厌厌一起上的楼！"

万俟子琅："声音能小点吗？我害怕。"

黄莺莺："你最好老实一点！实话实说！"

万俟子琅："真的害怕……"

黄莺莺："如果你留了案底,将来工作都难找!"

万俟子琅："嘤。"

黄莺莺："行,你接着嘴硬就行,这件事非常蹊跷,我是不会放弃调查的。"

黄莺莺合上笔记本,转身就走了。

万俟子琅摸着乌龟的头,安芷染躺在一边,恐惧而厌恶地看着她。

安芷染："你撒谎……你跟我说过,余厌厌是被你……她的尸体呢?警方为什么没有发现?"

万俟子琅："她的尸体被毛蚴吃掉了,毛蚴有一定的智力,它们会尽力隐藏自己的存在。"

安芷染："那你也该去跟他们说!不然会有更多无辜的人被害!"

万俟子琅："你去吧。"

安芷染："我去就我去!"

她冲了出去,没多久就被一脸不耐烦的黄莺莺推了回来。

黄莺莺："我们本来就够忙了,什么毛蚴什么寄生,再来找麻烦就送你去精神科!"

安芷染："我说的都是真的!"

郑洌："黄姐,出什么事情了吗?"

黄莺莺："没什么,受害人情绪有些不稳定。"

郑洌："警方说发现了新的线索,黄姐,你来这边看一下。"

他弯下腰,轻轻地拍了拍安芷染的头。

郑洌："别跟黄姐计较,她脾气躁。有事可以跟我说,我是黄姐的同事,我叫郑洌。"

安芷染："我没有撒谎!"

郑洌："嗯,我知道。我还有事,要先去忙,今晚来找你,然后听你仔细说一下,可以吗?"

013

郑洌说完就转身走了。安芷染有些委屈，但又因为他的安慰舒服了不少。她一转身看见万俟子琅在看自己，火气又冒了出来。

安芷染："你为什么不跟他们说实话？毛蚴会寄生，跟他们说的话，至少能让他们防备一下！"

万俟子琅："该说的我已经说了，除非亲眼见到，否则他们是不会相信的。"

安芷染："……"

万俟子琅："毛蚴不只这个地方有，学校很有可能早就已经出现了其他毛蚴，而半年后噩梦时代爆发，涌现出来的东西，远比你想象中的多。"

安芷染："我忽然想起来了。"

她无声地伸出手，抓住了桌子上的水果刀。

安芷染："昨天钻进你身体里的毛蚴，还没有被抓到吧？"

万俟子琅："抓到了。"

她说着从口袋里掏出来一只乌龟。

万俟子琅："毛蚴刚刚钻出来一个洞，就被龟龟吃掉了。"

安芷染："你骗谁呢？"

万俟子琅："没有骗你，是龟龟跟我说的，我们龟龟从来不撒谎。"

安芷染："这乌龟是死的吧？"

万俟子琅："活的。龟龟，你动一下。"

她用力晃了两下，手里的乌龟慢吞吞地伸出头，无声地看了她一眼。

安芷染："……"

她沉默了一会儿，再一次站了起来

安芷染："我要求换病房，我不想跟你在一间病房里，谁知道你说的是真是假，毕竟我不像你一样残忍。"

万俟子琅："拿着刀给我放血的人不是你吗？"

安芷染白了她一眼，在病房门的玻璃上敲了两下。

安芷染:"郑老师!"

她接连喊了两声,声音忽然小了下来,脸上的表情也呆滞了。不远处,郑冽背对着她,正在跟黄莹莹说话。他穿着干净整洁的制服,脖子上面……却鼓起了一个巨大的脓包。

安芷染:"……"

黄莺莺:"我知道,我会再跟着警方去现场调查一下……郑冽,你的脸色好像不太好看?"

郑冽:"可能是身体不太舒服吧。"

他扭了扭酸疼的脖子,脸扭曲了一下。

郑冽:"黄姐,你先走,安芷染同学好像有话跟我说。"

黄莺莺:"你还是去看看医生吧,你的脸真的很奇怪。"

郑冽:"我过会儿就去。"

他转身朝着病房走来,安芷染尖叫了一声,一屁股坐在了自己的床上。

郑冽的脸有些扭曲,却带着和善的笑容,看上去诡异到了极点。

郑冽:"安同学,你刚才喊我了吗?"

安芷染:"我……我没事,我就随便喊喊……"

万俟子琅:"她有事,她觉得跟我在一起不舒服,想要换病房。"

郑冽:"哦,换病房啊,可以啊,我现在就去找人给你安排。"

万俟子琅:"谢谢老师。"

郑冽:"不客气,你们好好休息。"

安芷染不敢大声说话,只能压低声音咬牙切齿。

安芷染:"凭什么换病房?你明明知道郑冽也被附身了!我们在一起更安全!"

万俟子琅:"凭你昨晚给我放了那么多血!充满恶意的人,比毛蚴还要恶心。"

安芷染:"我也是为了活下去!你盯着我看什么?"

万俟子琅:"护士小姐姐,这里有个人发烧了,给她打一针比较好。"

安芷染:"你!"

万俟子琅:"你还不走吗?等郑先生来接你?"

安芷染:"你给我等着!"

万俟子琅:"不等。"

安芷染狠狠地瞪了她一眼,换了病房。

万俟子琅夹着乌龟,拿着手机走到了窗边。她打了个电话。

嘟嘟嘟——

护士:"小妹妹,在给家里人打电话吗?"

万俟子琅:"在给爸爸妈妈打。"

护士:"他们没有在狸熊市?"

万俟子琅:"没有,他们在雅思山那边的研究中心做科研工作。"

电话没有打通,万俟子琅留了语音消息,简单地把情况说明了一下。

护士:"小妹妹,你让一下,妇产科的病房不够了,有个孕妇被调过来了。她快要生产了,你最好别碰她。"

万俟子琅退到了一边,几个护士推着一个孕妇走了进来,把她扶到了一边的病房上,然后离开了。

孕妇躺在病床上,头发汗湿,勉强冲着万俟子琅笑了笑。

桑肖柠:"抱歉啊,小妹妹,打扰到你了……你有没有吃饭?我这里还有一些鸡汤,热的。"

万俟子琅:"……"

万俟子琅没有说话,而是盯着孕妇的肚子。她穿着蓝白色的病号服,肚子却露在了外面。因为她的肚子已经大到了恐怖的地步。

好像她稍微一动……肚子就会炸开。

孕妇注意到了万俟子琅的目光,神色有些警惕地看了她一眼。

桑肖柠:"我……我怀的是双胞胎,所以肚子才这么大。你别看了,没什么好看的。"

万俟子琅:"嗯。"

万俟子琅转身躺到了床上。她保持着警惕,始终没有入睡。

半夜，她忽然睁开了眼睛，走廊上传来了交谈声。

护士："老师，你还先别进去了，安同学的精神状态不太好，刚才一直吵着要离开，说什么毛蚴啊、寄生什么的。"

郑洌："她睡了？"

护士："对，我们给她打了一针镇静剂。"

郑洌："我要进去看她，我跟她说好了，今晚要来看她。"

护士："那好吧，你快去快回啊。"

郑洌走了进去，万俟子琅重新闭上了眼睛，但是没多久，她就被孕妇推了推。

桑肖柠："同学，你有没有听到隔壁有什么奇怪的声音？窸窸窣窣……"

万俟子琅："隔壁的毛蚴在吃消夜。"

桑肖柠："什么……啊！"

万俟子琅："你肚子疼吗？"

桑肖柠："没……没关系！不疼！你不用管我，继续睡就好。"

万俟子琅："好，晚安。"

她坐了起来，孕妇立刻捂着肚子看了过来。

桑肖柠："你要去哪里？"

万俟子琅："去上厕所。"

她的手放在了门把手上，正准备打开门锁，却忽然一顿，走廊上静悄悄的，一个人都没有。然而下一刻，她面前的窗户上，忽然出现了一张放大的脸。

郑洌咧着嘴。他瞳孔涣散，一只眼盯着万俟子琅，一只眼盯着地面。

郑洌："万俟同学，出来啊……我们好好地聊一聊。"

万俟子琅："聊什么？挖毛蚴的三百种方法？"

郑洌："你跑不掉的……"

万俟子琅："我为什么要跑？"

"咚"的一声，万俟子琅把手臂压在了玻璃上。

万俟子琅:"我知道你的身份,但是我不想揭穿你,比起动手,我们和平相处利益会更大一点吧?"

郑洌:"我凭什么相信你?"

万俟子琅:"凭我知道你的一切弱点,毛蚴的寄生能力是有次数限制的,你现在大概也不想再伤人,而是要专心养育你身体里的虫卵了吧?我可以保证,你别来找我麻烦,我也不会找你的麻烦。"

郑洌:"……"

他想了想,冲着万俟子琅比了一个"合作愉快"的嘴型,然后扭头走了。

万俟子琅去上了个厕所,回来的时候,却没有直接回到病房,因为她听到了一阵极大的吞咽声。透过门缝,她看到孕妇坐在床上,张大了嘴巴,"咕咚咕咚"地喝着鸡汤。鸡汤从她的嘴角流下来,她却浑然不觉,一副饿疯了的样子。

桑肖柠:"我好饿……宝宝,妈妈好饿……你快点出来吧,妈妈真的要忍不住了……"

万俟子琅故意弄出了点动静。

桑肖柠一哆嗦,连忙转身躺好。万俟子琅没有说什么,躺到床上,抱着乌龟睡着了。

第二天早上,万俟子琅是被一阵凄厉的惨叫声吵醒的。

万俟子琅:"怎么了?"

桑肖柠:"是隔壁病房,听说里面住着的人死了,警方已经开始调查了。"

万俟子琅:"你的肚子好点了吗?"

桑肖柠:"我……我肚子好好的啊,怀了双胞胎所以显得比较大而已,没什么问题……"

万俟子琅:"我不是说这个,你的下半身流血了,流了很多,已经淌到地上去了。"

桑肖柠:"血?啊啊啊!"

护士:"快来人!她要生了!怎么会这么快?医生不是说她

至少还有半个月吗?"

几个护士冲了出来,推着哀号的孕妇冲了出去,有液体从她的双腿间流下,而她的肚皮一跳一跳地,好像有什么东西要钻出来了……

黄莺莺:"你还好吗?"

万俟子琅:"我又没有怀孕。"

黄莺莺:"你没有被地上的血吓到?"

万俟子琅:"……"

黄莺莺:"你知道她怀孕怀了多久吗?"

黄莺莺:"只有三个月,三个月的时间,肚子已经大得像气球了,医生说,她肚子里的那个,甚至都不一定是活的。"

万俟子琅:"不,我觉得,她很幸运。"

黄莺莺:"幸运……算了,我跟你一个小孩子说什么,我得回学校了。

"最近不知道为什么,诡异的事情格外多。学校旁边有家养狗场,有人报警说狗全部疯了,还有郑洌,这浑小子也不知道跑到哪里去了……"

万俟子琅:"姐姐——"

黄莺莺:"有事?"

万俟子琅:"还有不到半年的时间,你可以在家里多储存一些食物和水。"

黄莺莺:"什么半年?小孩子整天就知道胡闹。"

万俟子琅没有动,但不知道为什么,黄莺莺的心脏忽然跳了两下。

而手术室里,医生几乎崩溃。

桑肖柠:"啊啊啊!我的肚子!我的肚子啊!好疼……好疼!"

医生:"剖宫产!快!"

二十分钟后,剖宫产成功了。

护士一把捂住了自己的嘴,医生哆嗦着抬起了手。

这个婴儿,竟然……

第二章

变异初现

手术室的门"咣当"一声被踹开了。

桑肖柠:"把孩子还给我!求求你了!医生!把孩子还给我!"

医生:"这个孩子已经死了!而且还是个畸形!"

桑肖柠:"那也是我的孩子!还给我!"

桑肖柠发出了尖锐的咆哮声,指甲狠狠地挠在了医生的手背上,医生吃疼地松了手。她趁机一把抢过孩子,转身就跑回了病房里,医生正想追上去,却忽然被人拍了拍肩膀。

万俟子琅:"现在不要过去,她的情绪不稳定,说什么都没有用。"

医生:"可是……唉!那个孕妇的肚子刚刚缝合起来……"

万俟子琅回了病房,桑肖柠抱着孩子,惊恐地躲在床底下,对着电话哭喊。

"老公……老公,你来看看我吧!我不知道……他们非说我们的孩子是死的……"

张先生:"你别着急……我现在就过去!"

桑肖柠:"好……好!宝宝不要怕、不要怕,妈妈不会让任何人伤害你的!"

万俟子琅在旁边给乌龟"顺毛",一句话都没有说。半个小时后,产房外面来了一群人,医生被桑肖柠的老公抓住了领子,拖了进来。

张先生:"就是你要害死我们老张家的儿子?孩子呢?孩子去哪里了?"

医生:"你别睁着眼说瞎话!那个孩子一生出来就是死胎!怎么可能是我们害死的!"

张先生:"我的孩子怎么了?"

医生:"你自己看吧。"

张先生:"孩子呢?你还抱着他干什么?给我看看啊!"

桑肖柠:"这是我们的孩子,你不会嫌弃他的,对吗?"

021

张先生:"少废话,我自己的儿子我嫌弃什么!"

他骂骂咧咧地松开了抓着医生领子的手,接过孩子,然而他一低头,看见了自己怀里的孩子,就干呕了一声,直接把孩子扔了出去。

桑肖柠尖叫一声,扑了上去,一把将孩子抱在了怀里。

桑肖柠:"宝宝……妈妈的宝宝!"

张母:"我的宝贝孙子呢?我孙子呢?"

张先生:"妈,你别过去!她生了畸形儿出来!而且是死的!医生,你愣着干什么?快把那个怪胎扔掉啊!"

桑肖柠:"别碰我的孩子!他不是怪物!"

张母:"先让我看一眼!再怎么说也是个孙子,畸形就畸形,整整容不就行了!"

桑肖柠:"我不给你看!你别过来!"

张先生:"妈,你别看了,真的特别恶心,我就说!怎么可能怀胎四个月就生了!"

张母:"我孙子我还不能看了?"

张先生:"行,你别嫌恶心就好。"

张先生:"把孩子给我!"

医生:"孕妇刚刚生产完,身体还很虚弱,你们这样……"

张先生:"用不着你来管!"

桑肖柠:"别碰我的孩子!你别过来!别过来!"

张先生:"一边去!"

两个人拉扯间,襁褓被硬生生扯开了……

张母:"这就是我的孙子?这不就是一只死猫吗?"

落在地上的,是一只瘦小的猫,毛发湿漉漉地黏在身上,还有微弱的呼吸。

桑肖柠:"别看了!别看了!"

张先生:"臭婆娘!你是不是跟别人一起来糊弄我!"

张先生一脚踹在了桑肖柠身上,她惨叫一声,却用身体死死地护着孩子。

张母:"这要是传出去,我们老张家以后还怎么做人啊!"

张先生:"你还护着这个畸形的怪物!我现在就把它扔到垃圾桶里去!"

桑肖柠:"宝宝还活着啊!"

张先生:"你不怕别人看笑话,我还要脸呢!"

张先生对着地上的小猫,狠狠地踩了上去——就在这时候,旁边伸出来一只手。

万俟子琅:"你们吵到我睡觉了。"

张先生:"要你管!"

万俟子琅沉默了一会儿,在那人嚣张的目光中暴起,反手就给了他两巴掌,他被她扇得跟跄了几步,满脸都是诧异。

张先生:"你敢打我?"

万俟子琅:"嗯,敢。"

张先生:"行……行!找帮手了是吧?我还不稀罕管你!我现在就回去准备离婚!你一个人抱着那个畸形儿过吧!"

张母:"儿子,我们走,妈再给你找个更好的媳妇!"

病房里安静了下来,只有桑肖柠的抽泣声,医生无奈地摇了摇头。

医生:"这都是什么事啊……同学,孕妇现在不能受刺激,你好好安慰一下她,我晚点再来看。"

医生说完也离开了。桑肖柠的头发凌乱,死死地抱着自己的孩子。

那只小猫的呼吸渐渐弱了下去。万俟子琅走到她身边,她的精神已经快要崩溃了。

桑肖柠:"求求你们……我的宝宝还活着啊……他没有死……不要伤害他,他才刚刚出生啊……"

万俟子琅蹲了下来,桑肖柠立刻瑟缩了一下,警惕地看着她。少女伸出手,拍了拍小猫咪的头。

万俟子琅："很可爱的孩子，长大了一定很漂亮。"

桑肖柠："你走开……你不要碰我的孩子，我知道，你也觉得他是个怪物……"

万俟子琅："我没有那么想，你很幸运。"

桑肖柠："幸运？"

万俟子琅："半年后，动植物、寄生虫大量繁殖、变异、进化；部分地区磁场变异，瘴气和周遭植物会散发出一种特殊气味，形成一个空间，人类只要进入这里，就会产生臆想。而人类，则出现了两极分化的现象。

"百分之八十的人类被感染，感染后的人类失去意识，癫狂异常，形似野兽，除非切断头部跟身体的联系，否则不用进食也能不死不灭，我们称呼为'异变体'，而剩下的百分之二十，则在朝着变强的方向进化，以抵抗噩梦时代。

"进化方式分为两种，第一是异能化，而第二，就是兽化。在大灾变中，发生了这两种变化的人类，要比普通人拥有更多的生存机会。

万俟子琅："你的孩子很幸运，他拥有了'兽化'。"

桑肖柠的表情有些迷茫。

桑肖柠："我听不懂……听不懂你在说什么……"

万俟子琅："听不懂也没有关系，你只需要知道一件事。"

她动作温柔地摸了摸小猫的额头。

万俟子琅："半年后，这个被称为'畸形儿'的孩子，会让你在大灾变中活下去。"

桑肖柠："……"

桑肖柠还是没有听懂她在说什么，但是她的鼻子忽然一酸，眼泪情不自禁地流了出来。

她抱紧了怀里的孩子，失声痛哭。

桑肖柠："宝宝……妈妈没有错，你看，有人承认了，你不是怪物，不是畸形儿……"

在她痛哭流涕的时候，外面的天阴沉了下来。一个一身狼藉的乞丐正在翻着医院的垃圾桶。

乞丐："我好饿……我好饿啊……医院里是不是有吃的？我要进去看一看……"

口水顺着他的下巴流了下来。

天黑了，医院的人渐渐少了下来，保安坐在监控室里，忽然戳了一下自己身边的人。

保安老王："别玩游戏了，看监控，那里有个乞丐在翻垃圾桶。"

保安老张："翻就翻呗，跟我们有什么关系？"

保安老王："医院的垃圾桶，里面全部是医用垃圾。他把垃圾桶打翻了！好恶心，他居然在……"

保安老张："你有没有感觉这个乞丐不太对劲？"

保安老王："他的牙齿好像野兽的牙齿。"

保安老张："不仅仅是这样，还有他的身体，好像要比普通人……大很多？"

保安老王："我去把他赶走！"

保安老王骂骂咧咧地冲了出去，很快就找到了监控中的垃圾桶，在医院的后门里。

保安老王："你看到那个乞丐去哪里了吗？"

保安老张："没有，你看看脚印。"

保安老张低头喝了一口茶，再抬起头来的时候，却发现监控设备中的老王不见了。

保安老张："老王？你去哪里了？人呢？"

他犹豫了一下，也跟着去了监控设备中显示的位置。

天已经黑了，垃圾桶倒在地上，里面的医用垃圾跟医用设备滚了一地，却一个人都没有。

保安老张："奇怪了，他去哪里了？那个乞丐也消失了……"

保安老张："有人吗？难道他已经先回去了？"

他转身,却一脚踩在了一片水洼上。他抬起脚,却发现脚底下是一摊鲜红液体。

保安老张:"……"

下一刻,他忽然听到了一阵奇怪的声音,是从墙壁的缝隙中传出来的,有什么东西躲在里面。乞丐嘴里咬着东西,正流着口水,死死地盯着保安老张——

乞丐:"我好……好饿……啊……"

医院,病房里,万俟子琅坐在桑肖柠对面。

桑肖柠:"你说的……都是真的?"

万俟子琅:"是真的,只剩下半年的时间了。

"半年后水源被污染,别说是食物,就连喝水都是奢侈。"

桑肖柠:"那异能什么的,是人人都有吗?"

万俟子琅:"不是,拥有异能的只是小部分人——比如我,到结束之前,都没有觉醒异能。

"所以剩下的这半年里,我必须尽快收集物资,尽量加固房子,准备逃生车辆跟武器。

"我的伤好得差不多了,明天就可以出院,你也尽快离开这家医院,回到自己家里去吧。"

桑肖柠:"我知道了,谢谢你……"

她的话还没有说完,灯忽然"啪"的一声暗下来,外面响起了一阵急促的脚步声。

医生:"都待在病房里,千万不要出来!"

桑肖柠:"出什么事情了吗?"

医生:"有个乞丐进了医院!他的精神好像不正常,身体也很奇怪,见了人就咬!两个保安都不见了!"

桑肖柠:"没有报警?"

医生:"最近案情特别多,警察抽调不出人手来!总之先锁上门!千万不要出来!"

护士:"医生!刚才监控上显示,有个小男孩儿跑到地下太平间去了!"

医生:"不管了!先去警告一下其他房间里的病人!"

桑肖柠心惊胆战地看着他们跑远,病房里一片漆黑。她想要打开手机,却被万俟子琅阻止了。

桑肖柠:"应该没多大关系吧?医院这么多层,那个乞丐不一定就在这一层……"

万俟子琅:"嘘——"

万俟子琅捂住了她的嘴,走廊上隐约能听到其他病房里病人聊天的声音。而在交谈声中,忽然掺杂了另外一种奇怪的声音——是脚步声。

黏腻的,沉重的脚步声。

嗒嗒嗒——

万俟子琅:"别说话,趴下!"

万俟子琅拉着她,一步蹿到了门底下。两个人刚在门下蹲好,玻璃上就出现了一张脸。

乞丐:"有人吗?我好饿……没有人,这个房间里没有人……"

乞丐拖着沉重的步伐,往下一个房间走去了。

桑肖柠:"他……他走了吗?宝宝乖,不要怕……"

她怀里的小猫发出了小小的声音,外面沉重的脚步声还在继续。

桑肖柠:"听这个脚步声,他应该在往下一个房间走了。我看一眼,实在不行我们就冲出去,往反方向跑……"

万俟子琅:"不对!别起来!"

然而已经晚了,桑肖柠抱着孩子站了起来,想要偷偷地看那个乞丐一眼。

然而她一抬头,就看见了两张正对着她的白色面孔——是那两个保安。

桑肖柠:"啊啊啊!"

万俟子琅:"别叫!"

她感受到了,这是异变体。

她一把捂住了桑肖柠的嘴。

桑肖柠:"那个乞丐的肩膀上还有两个人!乞丐在往前走!那两个人却在看着后面!"

桑肖柠:"我刚才……刚才跟它们对视了!"

万俟子琅:"奇怪的就是这里,正常人的脚步声不会这么沉重,除非是三个人叠加在一起。千万小心!"

桑肖柠:"他会不会过来?"

万俟子琅:"应该不会。"

她往外看了一眼,说:"比起我们这种已经察觉到不对的,隔壁房间还在说说笑笑的人更容易对付。你看,它已经在往隔壁房间走了。"

桑肖柠:"那我们能不能一直躲在这个房间里?"

万俟子琅:"不能,它在不停地觅食,说不定就回来了,你抱紧孩子,过会儿跟着我跑。"

万俟子琅拿起了桌子上的水果刀,没多久,隔壁病房传来了凄惨的叫声。她打开门,抬脚就往外冲。然而跟在她身后的桑肖柠,却发出了一声惨叫。

桑肖柠:"门边有东西!"

万俟子琅:"让开!"

门边赫然有一颗已经腐烂的狗头。它张大了嘴,对着桑肖柠的脚腕咬了下去。

桑肖柠尖叫一声,死死地闭上了眼,然而疼痛却迟迟没有出现。

在狗头咬到她的脚腕之前,万俟子琅已经把自己的手伸到了狗嘴里!

桑肖柠:"你的手……你的手!"

万俟子琅:"没事,不疼。"

她粗暴地把狗头拔了下来,然后一把扔进了病房里。

万俟子琅："快走！离开这家医院！那个乞丐的智商不低！"

桑肖柠："这个狗头也是乞丐身上的？"

万俟子琅："对，乞丐发现我们了，也猜到我们会出来，所以把狗扔在了门口。"

桑肖柠："你的手腕上好多血！"

万俟子琅："没关系，刚好这边有卷胶带。"

她撕开透明胶带，粗暴地缠绕在了自己手腕上，让人看着头皮一阵发麻。

病房里的不少病人察觉到了不对，也跟着往下跑，然而跑到医院一楼后，一群人全部愣住了。

医院的大门缠绕着一条又一条锁链。

刘雨雯："是哪个浑蛋把医院的大门锁起来了？那个怪物已经在往下走了！"

万俟子琅："……"

她意识到什么，一个男人已然出现在了外面，嘴角几乎咧到耳边，他盯着万俟子琅，不紧不慢地比着嘴型。

郑洌："你以为，我真的会放过你吗？"

旁边有人对着郑洌破口大骂。

刘雨雯："你谁啊？有病吧？锁什么门？"

医生："这不是郑洌老师吗？开门啊！那个乞丐要下来了！"

郑洌依然阴森地盯着万俟子琅，人群的后半部分已经传出了叫声——那个乞丐下来了。

万俟子琅："既然没有办法往上走，那就去下面！"

桑肖柠："下面？"

医生："但是那里面……"

医生的话还没有说完，一群人疯了一样地跑了。

大门关闭，总算是把乞丐挡在了外面。

医生摸索着开了灯，灯光是惨白的，气温格外低。

桑肖柠："这里好冷啊……"

刘雨雯："废话。"

病人甲："别害怕，警察说不定很快就来了。"

病人乙："对，不就是在这儿待一晚吗！很快就过去了！"

医生："大家挤一挤，千万不要乱走。"

万俟子琅："为什么？"

医生："这里平时都是闲杂人等拒绝入内的。"

他们说话的时候，护士一直在左看右看，满头大汗，像是在寻找什么东西。

过了一会儿，她拉了医生一下。

护士："医生！前不久我在监控里看到，有个小孩儿跑到了这里。"

医生："可能已经离开了吧？"

万俟子琅："你们说的小孩儿，是墙角那个吗？"

护士："对！就是他！小朋友，你背对着我们，站在墙角干什么？"

护士："你爸爸妈妈呢？"

刘雨雯："等一下！这是我弟！我说我弟怎么不见了！臭小子，又乱跑！"

她撸起了袖子，伸出手去抓小男孩儿，然而即使被她抓住了胳膊，小男孩儿也一动不动。

刘雨雯："你还跟我耍脾气是不是？给我转过身来！听到了没有？"

小男孩儿："姐姐，呜呜呜……"

刘雨雯："你哭什么？"

小男孩儿："我好害怕，我们出去吧，这里好冷……"

刘雨雯："谁不想出去啊！问题是能出去吗？你怎么整天都不听话！"

小男孩儿："姐姐……我害怕，我真的好害怕啊，姐姐，有人想要伤害我，你带我走吧，姐姐……"

刘雨雯："你还没完了是吧？'熊孩子'就是不打不听话！"

小男孩儿："姐姐，快走吧，姐姐，快走吧，它们要来了，它们在盯着你们了……"

刘雨雯怒火中烧，一巴掌打在他的脑袋上，然而下一刻，人群中忽然有人惊叫起来。

病人甲："上面……上面！"

一阵阴冷的风吹过。

医生："大家别怕！可能就是吹过来了一阵风，巧合而已……"

护士："可……可是医生，门是关着的……"

医生："那就是通风口！总之，大家别怕！"

就在这时候，小男孩儿忽然转过了头！

小男孩儿："快走吧，姐姐，它们要来了……它们要来了……"

刘雨雯："你要去哪里？别跑！回来！"

万俟子琅："别追了！"

刘雨雯："那是我弟！要是走丢了我怎么跟我爸妈交代！

"这小兔崽子……你别拽着我！让我过去！他都快要跑没影了！"

万俟子琅："你没看到吗？他朝着远离我们的方向跑，但是脸还朝着我们！"

刘雨雯："这又怎么了？小孩子调皮倒着跑……这浑小子是不是想要吓我们？"

医生："但……但是他膝关节弯曲的方……方向，是正常的啊！"

刘雨雯："你们想说什么？"

刘雨雯："说话啊！一个两个沉默算是什么意思？肯定是你们看错了啊！人怎么可能这样跑步？"

万俟子琅："当然可能，只要把头转动一百八十度就可以。"

刘雨雯："一百八十度！那人不早就死了吗？！"

她说完这句话，所有人都感觉到了一阵寒意。

万俟子琅当机立断："离开这里！"

刘雨雯："我不走！我弟还在这里呢！"

病人甲："我也不走，那个乞丐还在外面呢……"

病人乙："鬼才想出去。"

一群人大声讨论了起来，场面有些混乱，桑肖柠扯了扯万俟子琅的袖子。

桑肖柠："这是不是就是你说的磁场变异？我相信你，我跟你走。"

最后决定离开的，有万俟子琅、桑肖柠、医生跟护士四个人，剩下的十几个人都坚持在这里等待救援。

乞丐不在外面，万俟子琅手中抓着水果刀，走在最前面。

护士："同学，你手上的伤太严重了，我先帮你包扎一下吧？"

万俟子琅："不用，不疼。"

万俟子琅："一楼的窗户上有防盗窗，我们现在去二楼，直接跳下去。"

医生："跳楼？这还有个刚生产完的产妇，会不会太危险了？我们随便找个办公室躲起来就好了……"

万俟子琅停下了脚步，盯着医生和护士。

万俟子琅："你们为什么要跟着出来？"

医生："那里阴森森的，所以……"

万俟子琅："正常人的思维都是等待救援，桑肖柠跟着我是因为信任，你们执意要跟着出来，是不是因为你们知道一些事情？"

医生脸色一变："是……是知道一些，那里，失踪过很多……"

万俟子琅："多少？"

医生："十几个吧，也不知道是怎么失踪的。白天的时候，我们认真搜索过，却没有发现任何异常，最后也就不了了之。"

万俟子琅："快！快走！"

太平间里，一群人挤成一团，刘雨雯还看着自己弟弟离开的方向。

刘雨雯:"臭小子,还学会吓人了!"

病人甲:"这里真的好冷啊……"

病人乙:"我先闭上眼睡一会儿,有事情你们记得喊我。"

病人甲:"我也先睡了。"

十几个人,大多数都睡着了,只有少数几个睁着眼睛。

半夜,忽然有人清醒了,找了个不远处的角落撒尿——这种情况,谁也不敢走太远。

他刚刚脱了裤子,忽然愣了一下。墙壁的角落里,出现了一个一人大小的黑洞。

他忍不住蹲了下来,朝里看了过去,一片漆黑,什么也看不清楚……

没多久,刘雨雯一个激灵,彻底清醒了过来。

刘雨雯:"有人出去了?"

病人甲:"没人啊……奇了怪了,门怎么开了?灯也被关上了!是谁关的?"

病人乙:"没事、没事,我找到开关了,再打开就好。"

病人乙的手放在开关上,来来回回地按了几下,灯却什么反应都没有。

病人乙:"停电了?"

刘雨雯:"好冷……温度是不是又下降了?"

病人甲:"外面那个乞丐不在了,要不然我们直接出去?"

刘雨雯:"我弟还在这里呢!"

病人甲:"那你就一个人留下来吧!"

漆黑的太平间里,十几个人吵了起来。

吵到一半,刘雨雯忽然被推了一把,然后一头撞在了一片白布上。

她下意识地往白布上一按,冰凉的手感让她惊恐地缩回了手。

病人乙:"这什么鬼地方!不待了!快走!"

几个人拔腿就想跑。然而"砰"的一声,厚重的门竟然死死地关闭了,无论怎么用力都拉不开。

刘雨雯"扑通"一声坐在了地上:"小兔崽子!别让我抓住你!要不是你,我早就已经跑了!"

小男孩儿:"姐姐……"

刘雨雯:"小兔崽子?你在哪儿?少装神弄鬼,给我滚出来!"

小男孩儿:"姐姐……"

病人甲:"让你弟弟别叫了!"

灯泡闪了两下,忽然亮了起来。

不少人都松了一口气。

小男孩儿:"姐姐,它们来了……"

刘雨雯:"这小兔崽子到底在叫什么东西?"

她不耐烦地抬起头。

病人乙:"快跑!快跑!"

病人甲:"门是关着的!往哪里跑?!"

病人乙:"看这里!这里有个洞!刚好能钻进去!"

十几个人谁都来不及多想,病人甲率先钻了进去,然后惊喜地喊了一声:"里面很宽敞!快点进来!"

病人乙:"前面的爬快点啊!"

谁也不敢耽误,十几个人一个接着一个地爬了进去。里面很黑,唯一的光源来自他们爬进来的洞口。

病人乙:"没有……你们有没有感觉,这里面越来越黑了?"

病人甲:"好像是有点……"

十几个人挤在这里面,就算再宽敞的地方,也会显得拥挤,而且黑洞里非常低矮,人在这里面,就好像是被关进了鸡笼里。

病人乙:"不是,好像不是错觉,洞口真的在变小!"

病人甲:"出去!快往外爬!快点!"

然而,已经来不及了,洞口在渐渐缩小……

许久之后，乞丐出现在了门口，满脸阴沉。

乞丐："你等着，你给我等着……"

门"唰"的一声打开了，乞丐却没有进去，而是后退了两步。

乞丐的身后，门没有再关闭。

二楼。

万俟子琅："这下面有棵树，可以作为缓冲。"

桑肖柠："你年纪最小，你先跳吧。"

万俟子琅："你拖儿带女，你先跳——别说废话，被毛蚴发现就麻烦了。"

桑肖柠不敢犹豫，从二楼的窗户上跳了下去，踉跄几步转过身，手忙脚乱地接住了用窗帘放下来的孩子，医生护士也紧跟着跳了下去。

万俟子琅蹲在窗台上，迟迟没有动，下面的人焦急万分。

医生："她怎么还不下来？"

护士："二楼不低了！小姑娘说不定是害怕了，别怕！我们在下面接着你！"

万俟子琅无声地摇了摇头。

桑肖柠："你们有没有听到脚步声？好像有人过来了！"

医生："怎么办？那小姑娘还在上面！"

护士："脚步声越来越近了！我……我们还是先离开这里吧！"

桑肖柠："我不走！要不是她，我早就已经死在病房里了！现在走了我算什么！"

护士一脸羞愧，却还是转身跑了，医生犹豫一下，也朝着大门的方向跑了过去。

万俟子琅蹲在窗台上看了一会儿，就在桑肖柠焦急万分的时候，她忽然纵身跳了下来，朝着灌木丛冲了过去。

桑肖柠："你在找什么……这是什么东西？虫卵？"

万俟子琅："毛蚴的卵，已经临近孵化了。毛蚴的习性就是在临近孵化前把卵从人体内排出来。"

万俟子琅:"刚才从桌子上拿了个打火机,现在可以把卵一颗颗烧掉。"

桑肖柠:"烧掉了它的卵,不怕它报复吗……"

万俟子琅:"是附身在郑洌身上的毛蚴背信弃义在先,我烧死它的虫卵,已经是便宜它了。"

桑肖柠:"烧完了!我们现在可以从这边走了!"

万俟子琅:"不要从大门走。"

桑肖柠:"为什么?"

万俟子琅:"毛蚴……不想放过这里的任何人,如果你是毛蚴,想要追杀匆忙逃命的人,会选择守在哪里?"

桑肖柠:"出口?"

万俟子琅:"对,所以我们翻墙出去。"

她随机选择了一个地方,帮着桑肖柠翻了过去,两个人跑了很远才松了一口气。

桑肖柠:"这家医院……接下来会变成什么样子?"

万俟子琅:"不出意外会被封锁,变异现象现在仅仅是小范围的,出现这种无法解释的事情,只能尽力隐藏。"

桑肖柠:"那我们……"

万俟子琅:"回去洗个澡,吃饭睡觉,然后开始准备收集物资。"

她的话还没有说完,忽然一偏头,干呕了出来。

桑肖柠:"你怎么了?是失血太多了吗?"

万俟子琅:"应该没有,先扶着我到路边坐一会儿吧。"

桑肖柠:"好……好的!"

桑肖柠:"这是什么?"

万俟子琅:"针线,我从医院顺了个医疗包,我得把伤口缝起来。"

桑肖柠:"没有麻药,你能忍住吗?"

她问完了才想起来,万俟子琅没有痛觉,但是这种事情多少有点吓人,她忍了忍,还是偏开了头。

她等了一会儿,身后却始终一片死寂。

桑肖柠:"你缝好了没有……子琅?"

桑肖柠:"睡着了?应该不会啊,警惕性这么高……难道是失血过多晕过去了?"

她吃了一惊,连忙蹲下来,扶了万俟子琅一把。

桑肖柠:"坚持住!我现在就去打120……"

她的话戛然而止。

万俟子琅不是昏过去了,而是连呼吸和脉搏都没有了。

她死了。

下一刻,她的身体,缓缓地消散在空中。

## 第三章

## 空间降临

万俟子琅站在一片草地上。

她从口袋里掏出了乌龟，放在了地上。

万俟子琅："走两步。"

乌龟："……"

万俟子琅："走两步。"

乌龟："……"

万俟子琅："走两步。"

乌龟默默地往前走了一步。

万俟子琅心满意足地把它收了起来。

万俟子琅："你还能走，就说明我没有死，我刚才在缝伤口，一闭眼就瞬移了——这也是变异的一种吗？

"不，不像是变异。"

她看了几眼周围，有三十多个篮球场大小的空地，相当于一个普通的小区。

空地的中央有一片湖水，周围是肥沃的土地，空间的最边缘有十几排极大的货架，每个空格足够容纳十几个人。货架非常高，一眼望不到顶，粗略数过去，空格有上千个。

万俟子琅："这是……空间异能？"

乌龟："……"

万俟子琅："龟龟，谢谢你愿意舍生取义，帮我测试水里有没有毒。"

"扑通"一声，乌龟入了水。

过了一会儿，万俟子琅把它捞了上来，用力晃了晃。

万俟子琅："龟龟，你死了吗？"

乌龟："……"

万俟子琅："没有死，水可以喝。"

她低头喝了一口，然后就看着自己的伤口缓慢地恢复了，虽然没有完全复原，但是恢复速度明显快了不少。

万俟子琅："水里无毒，而且看上去是源源不断的，格子能放东西，但是需要测试一下食物腐烂速度，土地可以用来种植农作物，还可以……"

她捧起了乌龟，又道："龟龟，给你养几个媳妇？"

乌龟："……"

万俟子琅："左拥右抱，走上'龟'生巅峰。"

乌龟："……"

万俟子琅："好的，那就这么愉快地决定了，你喜欢牛媳妇，还是喜欢羊媳妇？"

乌龟默默地把头缩进了龟壳里。

万俟子琅："害羞了。"

她又大概看了一下情况，随手从自己的口袋里掏出了一块小饼干，然后拆开包装，放在了货架的格子上。

万俟子琅："希望这里食物腐烂的速度比外面慢，然后现在……得想办法出去了。"

她顿了一下，闭上了眼，念了一句"出去"，等她再睁开眼的时候，面前是一张放大的脸。

桑肖柠深吸一口气，然后就跟万俟子琅对上了视线。

万俟子琅："……"

桑肖柠："人工呼吸。"

万俟子琅："人工呼吸不是这么做的，你这是在吹气球。正确的方式是一只手放在前额，一只手用大拇指和食指捏住鼻孔。"

桑肖柠："捏住了。"

万俟子琅："捏我的，没让你捏自己的。"

桑肖柠手忙脚乱地松开了自己的鼻子。

桑肖柠："你刚才忽然没有了气息，然后消失了，再出现的时候还闭着眼……"

万俟子琅："我的异能觉醒了。"

桑肖柠："瞬间转移？"

万俟子琅："不，要比瞬间转移更有用，再准确一点……是最适合迎接大灾变的异能。"

桑肖柠没有多问，两个人留了联系方式，就各自回家了。在回去的公交车上，万俟子琅联系了一个房产中介。

万俟子琅："我名下有两套房产，位置都很好，市场价在四百万元左右，现在急售，可以以市场价格的八成卖出去。"

房产中介："八成的话，您会亏损很多啊！"

万俟子琅："没关系，尽快就好，过户手续随时可以办理，只要全款。"

房产中介迅速应了下来，万俟子琅盘算了一下自己家比较值钱的东西，发现最值钱的是她爹的几件古董，卖出去的话价格也不低，但是最多只能卖五百万元。

五百万元，算是个天文数字，但是用来囤积物资，还是远远不够的。她咬着手指想了一会儿，公交车却忽然剧烈地震动了一下。

情侣女："啊啊啊，老公！"

情侣男："媳妇，别怕！司机，你是怎么开车的啊？大马路的还这么抖！"

公交车司机："刚才好像有什么东西鼓起来了！"

情侣女："鼓起来？你逗谁呢！柏油马路硬得很，长出根草来就了不得了！"

公交车司机："不信你就自己来看！"

小情侣往外看了一眼，沉默了。

公交车前的马路上凸出来了长长的一条，像是有一条巨蟒从马路底下跨过。

情侣女："这是……这是蟒蛇？亚马孙巨蟒？"

情侣男："不可能吧。蟒蛇也不可能从马路下面走啊！"

万俟子琅："是蚯蚓。"

万俟子琅的声音很轻，没有人注意到她。公交车上的人都在忙不迭地催促司机快走，司机打了个寒战，一脚踩下油门，车上还有人在不停地拍照。

情侣男："真是长见识了，你说这城市里，能有什么大型动物啊？"

情侣女："别自己吓自己了，说不定就是地下水管什么的爆了。"

他们拍了几张照片就失去了兴趣。

夜幕下，公交车飞快地行驶离开后，地面忽然再次震动了几下，又被什么东西顶得凸出来了一大块。与此同时，有巨大的阴影一闪而过，似乎是天上飞过了一只庞然大物。

万俟子琅下了公交车之后，又试着给爸妈打了个电话，依然没有人接。她刚打开单元门，上面就"咣当"砸下来了一个花瓶。

老奶奶："疯子！我让你再去偷别人东西！"

疯子："我没有偷！我是捡来的！捡来的！"

老奶奶："胡说八道！我今天替你爸妈揍你！"

老奶奶看见万俟子琅，有些尴尬地笑了笑，万俟子琅认识他们。这对祖孙是住在她楼上的，孙子有精神疾病。

老奶奶："对不起啊，子琅，让你看笑话了。这浑小子也不知道是从哪里偷了一根火腿肠，非要让我给煮汤喝。"

疯子："煮汤！当储备粮！大灾难要来了！异变体要出现了！多准备一点吃的！"

老奶奶："再敢往家里捡垃圾，我就揍死你！"

疯子抱着头跑了。

万俟子琅："奶奶。"

老奶奶："怎么了？"

万俟子琅："最近的确不是很太平，你还是在家里多准备一点吃的吧。"

老奶奶："哦，好，既然是子琅说的，那我肯定听，明天我就多买一点食物哈。"

万俟子琅上了楼。

第二天，她就接到了房产中介的电话。

房产中介："小姐！你的运气真好！刚好有对小情侣要结婚，你在市中心的那套房子已经卖出去了！你来过个户，我们收取一下中介费，钱很快就能到你的账上。"

万俟子琅没有耽误，下午就去办理了过户手续，没过几天，钱也到了她的账上。

她又尝试着给自己的爸妈打了电话，这次终于有人接了。

助理："子琅？有什么事情吗？"

万俟子琅："我想找一下我爸爸。"

助理："万俟先生？抱歉，子琅，几天前雅思山发生了特大地震，先生跟着科研队前往附近的山脉调查去了。"

万俟子琅："没有带手机吗？"

助理："那边信号不太好，是用无线电装备进行通信的，如果没有非常严重的科研事故，还是不要打扰他们的工作比较好。"

万俟子琅："帮我联系一下他。"

助理："很严重的事情？"

万俟子琅："对，很严重。"

助理："那好吧，我过会儿就去联络站。"

万俟子琅等到了晚上，却只收到了一条转账消息。有人往她的卡上打了一笔天文数字。没多久，助理的电话也打了进来。

助理："抱歉，子琅，先生那边出了一点问题，我们联系不上了，你要钱的话，我已经给你转到账上了。"

万俟子琅："出了什么问题？"

助理那边人声嘈杂，像是有很多人在不停地走来走去。

助理："我们也不是很清楚，先生那边的声音断断续续，好像是说，地震后，山脉出现了巨大的裂缝，缝隙里有……"

电话那边的声音戛然而止，万俟子琅试着打了回去，却始终没有人再接。

她站在床边，有些头疼。

万俟子琅:"还有半年,但是前兆已经这么可怕了。雅思山……人类没有探查出雅思山的裂缝里究竟有什么东西……"

她想到一半,眼前忽然掠过一道黑影,从窗外一闪而过。

万俟子琅的心扑通跳了一下,随后楼下传过来了一阵惊呼——有人跳楼了。

跳楼的人万俟子琅认识,就是她这晚刚见过的疯子。她下楼的时候,楼下已经围了一群人。

路人甲:"作孽啊,好好的大活人,跳什么楼呢?"

路人乙:"是那个疯子吧?神志不清的人,跳楼也是正常的。"

路人甲:"这疯子还有气儿吗?"

路人乙:"是从十几楼跳下来的,肯定活不了。"

巫鸦:"都让开!跳楼的是我弟!我可怜的弟弟啊!你怎么就说跳就跳了!"

一个男人挤开人群,扑到了疯子身上。他一边哀号,一边飞快地在疯子身上摸索。

万俟子琅面无表情,一脚就踹了上去。

巫鸦:"你干什么?我弟跳楼了你还踹我!"

万俟子琅:"我住在他家楼上,我怎么不知道疯子还有个哥哥?"

巫鸦:"这……远房表亲!不行吗?你别拽我!你干什么?"

万俟子琅:"把从疯子身上摸到的钱给我!"

巫鸦:"呸!多管闲事!"

男人骂骂咧咧地走了。

万俟子琅走到了疯子身边,沉默着把那几张破破烂烂的一块钱塞进了疯子手里。

疯子还有气,他看见万俟子琅,已经黯淡下去的目光又亮了几分。

疯子:"子……子琅……"

万俟子琅："我在。"

疯子："钱给你……给奶奶买吃的……带着她走……大灾难……我没有撒谎……没有……我做梦梦见了……噩梦时代……快走……"

万俟子琅："我知道，你没有撒谎。"

她曾经在噩梦时代见过，有些人的异能，就是预知梦。

然而疯子的异能觉醒了，却没有人肯相信他。

疯子："子……子琅……"

万俟子琅弯下了腰，疯子喃喃自语，声音微弱得听不清。

疯子："快走……快走！楼里面有……有……不要……不要让它进你的家门……不要……"

他的话没有说完，就彻底断了气。万俟子琅在不远处，很快听到疯子的奶奶撕心裂肺的哭声。

半夜，万俟子琅搀扶着疯子的奶奶回了家，老人哭得几乎昏过去。

老奶奶："我的孙子……我的孙子啊！都怪奶奶，是奶奶的错，奶奶不该骂你啊！"

万俟子琅替她擦了擦眼泪，老人家哭了很久，又呆呆地坐了很久。

老奶奶："子琅，他死之前，跟你说了什么？"

万俟子琅："他要我保护好你，还给了我这些钱。"

老奶奶："既然是他给你的，那你就自己拿着吧……"

万俟子琅："我没想给你。"

她握着老人家的手，认真地说："这是我跟疯子之间的交易，他把钱给我，让我来告诉你一个消息——不要继续留在这栋楼里了。"

老人家泣不成声，却不肯离开这栋大楼。

老奶奶："我唯一的亲人是在这里死的，我哪里也不去。"

万俟子琅："好，我陪着你留在这里。奶奶，疯子跳楼之前，有什么奇怪的举动吗？"

老奶奶："他一个疯子，本来就总说一些奇怪的话，但是这几天……"

她犹豫了一下。

老奶奶："他昨天晚上，忽然满头大汗地冲了回来，然后吵着要搬家，我问为什么，他就一直重复几句话，说什么，安全通道里有个女人，那个女人一直跟着他……还说要来我们家做客……疯子被吓坏了。"

万俟子琅："……"

老奶奶："子琅！疯子说的会不会是真的？他不是自杀，而是被人推下去的？"

万俟子琅："警方已经给了结论，他确实是失足坠楼的。"

老人家眼看着最后一丝希望也被掐灭，布满皱纹的老脸抽搐了一下，最后还是沉默下来。

楼里虽然死了人，但刀不是砍在自己身上，就不知道疼，其他住户的日子还是该过就过。然而第二天下午回来的时候，万俟子琅发现楼里的电梯坏了。而安全通道的门前，堵了一大群人。

路人乙："老太婆，你自己的孙子死了，你别发神经好不好？！"

路人甲："就是啊，电梯坏了，我们不走安全通道还能走哪里？"

老奶奶："我孙子说安全通道有奇怪的东西！等电梯修好了你们再上楼，别走安全通道！"

路人乙："简直莫名其妙！"

一群人往前挤，老人家根本挡不住，被撞到了一边。

老奶奶："别走安全通道啊！"

老奶奶："子琅！子琅，你帮我劝劝他们啊！"

万俟子琅："尽人事，听天命。"

老奶奶："可是……可是……"

她焦灼地看着进了安全通道的人，仍不肯放弃，一直等到半夜，万俟子琅就在旁边陪着。

电梯也快要修好了，一个抱着洋娃娃的小女孩儿不知道什么时候出现，一直乖乖地坐在旁边。

茉莉："奶奶，我相信你，我不走楼梯，等电梯修好再上去。"

老奶奶："乖孩子……"

茉莉妈妈："茉莉？你在这里干什么？走，跟妈妈回家。"

茉莉："妈妈，奶奶说安全通道不安全，我们等电梯……"

茉莉妈妈："让你跟我走！你听到没有？"

小女孩委屈地咬着手指，趴在妈妈的肩膀上。疯子的奶奶想要阻止，却被妈妈一个白眼堵了回去。

楼道里很安静。

茉莉妈妈："这电梯坏得也太不是时候了！我们家住十一楼呢，这得爬多久……"

茉莉："妈妈……"

茉莉妈妈："干什么？"

茉莉："后面有个阿姨在跟着我们。"

茉莉妈妈："跟就跟，可能也是住户吧。"

茉莉："那个阿姨长得好吓人……"

茉莉妈妈："你别看不就行了？"

茉莉："妈妈，那个阿姨爬楼梯爬得好快，她好像要追上来了……"

茉莉妈妈："什么？"

她还没有反应过来，肩膀上忽然搭上了一只手。

问路女人："请问，这里是几楼？"

茉莉妈妈吓了一跳。

问路女人："请问，这里是几楼？"

茉莉妈妈："吓死我了……九楼。"

问路女人："我是刚搬进来的用户，我就住在你家楼下。"

茉莉妈妈："哦……"

问路女人："我可以去你家做客吗？"

茉莉妈妈："……"

她心里一阵反感，但是多少要顾忌一下面子，而且就算她说可以，这个女人大概也不会舰着脸真的来。

茉莉妈妈："当然可以……"

茉莉："妈妈！我不喜欢这个阿姨！我不想让她来做客！"

茉莉妈妈："你这个孩子！怎么这么没礼貌呢！"

茉莉："妈妈，我就不……"

茉莉妈妈："闭嘴！你别听孩子胡说，你想来就来吧。"

问路女人："谢谢你，你真是个好人。"

茉莉妈妈含混不清地应了一声，抱着小萝莉又往上走了几层，到十一楼的时候还特地往下看了一眼。那个女人还站在原地，见她看过来，女人的脸上露出了笑容。

问路女人："我很快就去你家——做客。"

茉莉："妈妈，你陪茉莉睡吧，茉莉怕。"

茉莉妈妈："你先不准睡，坐起来，妈妈跟你说件事。

"妈妈今天很生气，你知道为什么吗？"

茉莉摇了摇头，抓着被子，有些惊恐地看着自己的妈妈。

茉莉妈妈："你今天为什么那么没礼貌？对着长辈不可以这么说话，妈妈没有告诉过你吗？"

茉莉："可是我不喜欢那个阿姨……"

茉莉妈妈："不喜欢也不能那个态度！"

茉莉："那个阿姨身上臭臭的……"

茉莉妈妈："这个月的零食没了！"

茉莉委屈地钻进了被子里。

第二天晚上，茉莉的妈妈下夜班，走到电梯门前的时候，忽然愣了一下。

茉莉妈妈："这不是子琅吗？站在这里干什么？"

万俟子琅："等电梯修好。"

茉莉妈妈："电梯？昨天不是已经修好了吗？"

万俟子琅："又坏了。"

茉莉妈妈："哦……那你大半夜的下来干什么？"

万俟子琅："遛乌龟。"

茉莉妈妈："乌龟不能遛吧？"

万俟子琅："可以的，龟龟爬起来很快，你看——龟龟。"

乌龟："……"

万俟子琅："龟龟。"

乌龟默默地伸出了一条前腿，万俟子琅满意地收回了目光。

万俟子琅："阿姨，不要走安全通道了，跟我一起等电梯修好吧。"

茉莉妈妈："你别信那个疯子的话，这栋楼我住了很多年，安全通道能有什么事？"

万俟子琅："可是我听说……"

茉莉妈妈："行了，别信这些有的没的，我进安全通道了。

"怎么这么冷……声控灯也坏了？"

她往上爬着爬着，耳朵却忽然动了动。不知道什么时候，她身后多了另外一道爬楼梯的声音，脚步很轻，却很快。

茉莉妈妈："这个点了，还有谁在爬楼梯……"

问路女人："晚上好，这是几楼？"

茉莉妈妈："又是你啊……这里是八楼，你怎么这么晚才回家？"

问路女人："我可以去你家做客吗？"

茉莉妈妈："可以倒是可以，但是现在太晚了……"

问路女人："谢谢你。"

女人苍白的脸上露出了笑容，也没有再寒暄，就看着茉莉妈妈上了楼。茉莉妈妈到自己楼层前又特地看了一眼，那个女人一直站在原地，没有再动。

茉莉："妈妈……"

茉莉妈妈："你怎么还没睡？"

茉莉："妈妈身上臭臭的，去洗香香……"

茉莉妈妈："跟你说过多少次了，不可以嫌弃别人身上有臭味，你那个子琅姐姐也是学习学傻了，居然会信一个疯子说的话。"

茉莉去睡觉之后，她迟疑了一下，还是低下头闻了闻自己的袖子，却没有闻到任何不该有的气味。

第三天晚上，电梯没有坏，茉莉妈妈莫名松了一口气。她按下了电梯键，等着电梯从楼上下来，然而一阵冷风吹过，安全通道的门被吹开了。问路的女人趴在门口，阴冷地盯着她。

问路女人："我可以去你家做客吗？"

茉莉妈妈："……"

茉莉妈妈一阵毛骨悚然，匆忙地"啊"了一声，就跑进了电梯。她终于感觉出这个女人的精神可能不太正常，有些惧怕被这个女人缠上。因此接下来的几天，她请了假，没有去上夜班，而是陪着茉莉到处去玩。

三天后的傍晚，她牵着茉莉的手在公园遛弯。

茉莉："妈妈，我想要上厕所。"

茉莉妈妈："那边有个公共厕所，快去快回。"

茉莉乖乖地答应了一声，就跑掉了。茉莉妈妈坐在旁边玩手机，眼前却忽然出现了一双鞋子。她心里"咯噔"了一声，耳边响起来的是一道熟悉的声音。

万俟子琅："阿姨。"

茉莉妈妈："吓死我了，原来是子琅啊，你在……"

茉莉妈妈："遛乌龟？"

万俟子琅手里握着牵引绳，绳子的另一端拴着乌龟。

万俟子琅："阿姨，你回去洗洗澡吧，你身上有股臭臭的气味。"

茉莉妈妈："臭臭的气味？我怎么没有闻到？"

万俟子琅："我先回家了，阿姨再见。"

她垂下眼帘，把牵引绳往上一提，提溜着乌龟，很快就离开了公园，然后停了下来，认真地看着乌龟。

万俟子琅："龟龟，真的有臭味吗？"

乌龟："……"

万俟子琅："我没有闻到。"

乌龟："……"

万俟子琅："但是出于对你的信任，我还是在阿姨面前表现出了很自信的样子。"

乌龟："……"

万俟子琅："我相信你，你也不要骗我，不然我就揍你，好吗？"

万俟子琅离开之后，茉莉妈妈继续低头玩手机。身边忽然坐下来一个人，她也没有抬头，只是往旁边挪了一下。

茉莉妈妈："我往旁边靠一下，你坐着也方便……"

问路女人："我可以去你家做客吗？"

茉莉妈妈顿时吓坏了。

问路女人："我可以去你家做客吗？"

茉莉妈妈："神经病！别再缠着我了！茉莉！茉莉，过来！我们回家了！"

茉莉妈妈一把将茉莉抱了起来，神色匆忙地回到了大楼里，用力地按了一下电梯键。

茉莉妈妈："电梯怎么又坏了！"

茉莉："妈妈……妈妈！那个阿姨追上来了！她跑得好快！"

茉莉妈妈："别怕！妈妈现在就抱着你从安全通道回家！回家就没事了！"

她抱着茉莉，抬腿就进了安全通道。她飞快地向上跑着，刚刚到四楼，就撞到了一个人。

茉莉妈妈："对不起，我赶时间……"

她像是被人掐住了脖子，眼睁睁地看着那个脸色苍白的女人坐在地上，脸上是熟悉的笑。

问路女人："我可以去你家做客吗？"

051

茉莉妈妈:"神经病……神经病!"

她再次拔腿往上跑。跑到五楼,却又撞到了那个女人,依然是熟悉的"我可以去你家做客吗"。她身上出的汗越来越多,茉莉吓得哇哇大哭。

茉莉妈妈:"别怕……别怕!宝贝!我们回家了!妈妈锁上门了!"

茉莉:"妈妈,呜呜呜……"

茉莉妈妈:"乖、乖,没事了,早点睡,明天她要是再来,妈妈就去报警!"

茉莉被吓坏了,死死地抱着妈妈,很快睡了过去。

担惊受怕一整天的茉莉妈妈也保持着这个姿势,抱着女儿睡了过去。

半夜,她忽然被推醒了。

茉莉:"妈妈,我睡不着,你带我出去玩吧。"

茉莉妈妈:"玩什么玩?你怎么这么不听话!你不害怕那个疯子了?她还有可能守在外面呢!"

茉莉:"可……可是家里只有我们,我怕得睡不着。我们去找奶奶,或者找子琅姐姐吧……"

茉莉妈妈:"躺好,我给你盖被子,赶紧睡,别一天到晚给我添麻烦!"

茉莉:"妈妈!我就是想出去玩!"

茉莉妈妈:"你到底有完没完?!"

茉莉妈妈给她盖上了被子,却忽然摸到了她的手——她不停地颤抖着。

茉莉妈妈:"你怎么了?手抖得这么厉害?"

茉莉:"妈……妈妈……"

茉莉妈妈:"嗯?"

茉莉:"你低下头,我……我有悄悄话想要跟你说。"

茉莉妈妈:"是不是想爸爸了?还非要趴在妈妈耳边说。"

茉莉："不是、不是，妈妈……不是想爸爸了……"

茉莉趴在妈妈耳边，声音中带着惊恐的哭腔。

茉莉："床底下有……有人，有好多好多人……"

茉莉妈妈："你发烧了？怎么就知道说胡话……"

她一句话还没有说完，就听到床底下忽然传来了窸窸窣窣的声音。

她心口一跳，对上了茉莉惊恐的眼睛。

茉莉妈妈："妈妈跟你说了，爸爸很快就回来，你是不是刚才做噩梦了？快睡吧，睡起来就没事了。"

茉莉："可……可是妈妈……"

茉莉妈妈："让你睡，你听到没？！妈妈明天不用上班吗？"

她一边骂着茉莉，一边咽下一口唾沫，竖起了一根手指放在嘴唇边。茉莉惊恐地抽泣了一声，忙不迭地钻进了她的怀里。

茉莉妈妈："睡……假装睡着，如果让床底下的人知道我们没有睡，那……"

两个人谁也不敢出声，然而床底下却忽然响起了说话的声音。是那个熟悉的声音，像是萧瑟秋天里叽叽喳喳的鸟叫声。

"我来做客了。"

"我来做客了。"

"我也来做客了。"

茉莉："妈妈！"

茉莉妈妈："别叫！是个神经病！她在跟自己说话！"

茉莉："可……可是我刚才看见下面有……"

茉莉妈妈："别说话了！"

她一把捂住了女儿的嘴，两个人浑身都是汗。

"对待客人太冷漠了。"

"她们睡着了，没有办法招待客人。"

"睡着了？"

"她们明明……醒着啊。"

茉莉的妈妈不敢再犹豫，一把抱住了茉莉，疯了一样地冲出卧室，反手就关上了门。她死死地抓着门把手，却感觉怀里的茉莉在不停地扭动。

茉莉妈妈："别乱动！抓住门把手它就出不来了！"

茉莉："妈妈，呜呜呜……妈妈！

"妈妈，床底下有好多人！有好多人呀！"

茉莉被吓坏了，号啕大哭。

茉莉妈妈："你说什么？"

茉莉："我看到了！有好多！她们都在床底下！"

茉莉妈妈："好……好多？"

茉莉妈妈瞬间感到一阵毛骨悚然！却又立刻，想到了一种可能——她在楼道上遇的可能不是一个女人，而是一群长得一模一样的女人，每一个都被她邀请到家里来做客。更可怕的是，如果真的不只一个，那就意味着，客厅跟其他地方也有。

茉莉妈妈："快走！离开这里！"

然而已经晚了，她转身的那一刻，发现客厅里，站满了脸色苍白的女人。

那些女人抬着头，缓缓地笑了，所有的眼珠子，都在盯着茉莉。

那些女人："谢谢你，邀请我们来你家做客。"

茉莉妈妈："啊啊啊！"

就在这时候，传来了一阵敲门声。

咚咚咚——

万俟子琅："阿姨，你在家吗？"

万俟子琅头上顶着乌龟，敲了敲面前的防盗门，等了几分钟，却始终没有人回答她。

万俟子琅："谢谢阿姨愿意让我进去做客。"

乌龟："……"

万俟子琅："我要开门了——"

她冷静地拿起了手中的冲击钻，对准门锁就是一通操作。几秒后,锁头"咣当"落地。她一脚踹开门,下一刻瞳孔骤缩。茉莉站在大开的窗户边,尖叫一声,半个身体已经坠了出去!

茉莉:"妈妈——"

万俟子琅一把抓住了她,抬手猛地一掷,干脆利索地把她扔到了桌子上。

下一刻她半蹲蓄力,毫不迟疑地纵身一跳,从十一楼的窗户一跃而下。下面就是茉莉的妈妈。她咬着牙,用力向下,想要抓住茉莉的妈妈的手,然而指尖始终碰不到一起。

快要落地了——

万俟子琅闭上眼,收回了指尖,默念了一声"进去",瞬间落在了空间的草地上。

万俟子琅:"……"

她坐了一会儿,念了一声"出去",脚就踩在了楼下冰冷的水泥地上,旁边……是茉莉的妈妈的尸体,已经没了呼吸。不少人抻着头看热闹,她扬起头,看向了茉莉家破碎的窗户。上面挤满了密密麻麻的女人。

黄莺莺:"你胡扯!"

万俟子琅:"我没有。"

黄莺莺:"我再问你一次,为什么你会深更半夜出现在茉莉家门口?"

万俟子琅:"阿姨邀请我去做客。"

黄莺莺:"做客?做客为什么要带着冲击钻?"

万俟子琅:"我家乌龟有病,不靠着冲击钻就会怪叫。"

黄莺莺:"你当我傻子吧?"

万俟子琅:"龟龟。"

乌龟:"……"

万俟子琅:"龟龟,冲击钻。"

乌龟:"……"

055

乌龟慢慢地朝着冲击钻走了一步。

万俟子琅抬起了头,说:"你看,我没撒谎。"

黄莺莺:"行,你就欺负我只是个大学导师对吧?现在警察忙,顾不上你,不然你以为你还能坐在这里被我问话吗?"

万俟子琅:"茉莉家的房子里,有奇怪的东西吗?"

黄莺莺:"什么东西?"

万俟子琅:"很多女人。"

黄莺莺:"没有。你果然知道什么!"

万俟子琅:"不知道。"

黄莺莺:"你刚才还说了——那些女人!"

万俟子琅:"我没说。"

黄莺莺:"……"

面对油盐不进的万俟子琅,黄莺莺狠狠地一跺脚,扭头就走了。

老奶奶:"子琅啊,不要继续查下去了,没用的,快点离开这栋楼吧,很多人都准备搬家了……"

万俟子琅:"茉莉呢?"

老奶奶:"茉莉被她亲戚接走了,现在哪里都不安全……很多人都说看到了那些女人,但是没人知道她们是从哪里来的。"

万俟子琅:"如果能找到根源……"

她忽然一顿,看向了老人家正在浇的花。

老奶奶:"这是我孙子没死之前种的夹竹桃,一直养在天台,我刚拿下来,也能当个念想……有什么问题吗?"

万俟子琅"嗯"了一声,把乌龟的"毛"理顺了。

万俟子琅:"没问题,我看它挺好看的。奶奶,我去找点花肥,你等我一下。"

老奶奶:"乖孩子……"

乖孩子万俟子琅,去了一趟厨房,抄起一桶食用油,劈头盖脸就浇在了花盆里。老人家一愣,还没有来得及说什么,万俟子琅已经升起一把火,瞬间点燃了花盆。

老奶奶:"子琅!子琅,你干什么?这是疯子留下来的遗物啊!"

万俟子琅:"屏息,别过去!"

老奶奶:"灭火!赶紧灭火!"

她还没有过去,那株夹竹桃忽然"扑哧"一声爆开了。粗糙的枝条上,像是痤疮一样,冒出来了无数苍白女人的小小头颅!它们在火焰中挣扎,阴冷地看着万俟子琅。

老奶奶:"这是什么东西?"

万俟子琅:"是害死疯子跟茉莉妈妈的元凶,夹竹桃的味道,还有毒……"

火焰渐渐熄灭了,老人家坐在沙发上,呆愣愣地看着灰烬,半晌才说:"子琅啊……疯子说的,都是真的?这些东西……"

万俟子琅:"是真的。"

老奶奶:"……"

她沉默了很久,忽然捂着脸失声痛哭了起来。可是她没有办法责备任何人,谁会去相信一个疯子说的话呢?

第二天早上,万俟子琅去敲老人家的门时,却发现房子已经空了,桌子上只有一张字条:"子琅啊,疯子说的是真的,但是奶奶不能再留下来了。我这么一把老骨头了,活着也没意思,留在你身边只会给你添麻烦。你快点走吧,找个安全的地方,躲起来,别被那些东西伤害……"

万俟子琅和乌龟窝在沙发上,看了两遍字条。

万俟子琅:"没用的。

"变异是全球范围的,没有人能躲过去。我们也是时候……去收集物资了。"

她低下头,在网上发布了一个跟噩梦时代有关的帖子,里面记录了她知道的所有异变类型,下面的回复里,有人语带嘲讽,也有人忧心忡忡。

半年时间,命运已定。

# 第四章

## 物资收集

第二天一早，万俟子琅就联系了房产中介。

房产中介："你想要租房子？"

万俟子琅："对，要在郊区的平房，空间大，环境荒凉。"

房产中介："行，我手上刚好有这么一套出租，我们见个面吧。"

房产中介很快到了万俟子琅家，签合同的时候，她左右看了几眼。

房产中介："你是家里出了什么变故吗？又是卖房子又是租房子的……你这套房子也在市中心，市场价很高，卖不卖？"

万俟子琅："这套房子写的是我父亲的名字，卖不了。"

房产中介："郊外那套房子在山脚下，很偏僻，你租了要干什么？"

万俟子琅："我养的乌龟要参加体操大赛，我准备找个地方训练它。"

房产中介："……"

房产中介离开之后，万俟子琅提着乌龟，找了辆共享自行车。

猪蹄老柳："子琅这是要去哪儿啊？"

万俟子琅："跟龟龟去郊游。"

猪蹄老柳："唉，还是别乱跑了，最近不太平，我这生意都快做不下去了。来，叔给你个猪蹄啃。"

万俟子琅："叔，你家里猪蹄多吗？"

猪蹄老柳："唉，别提了，多有什么用？都卖不出去，快要烂在家里了！"

万俟子琅："卖给我可以吗？"

猪蹄老柳："你能买多少啊？"

万俟子琅："全部要了。"

猪蹄老柳："那可是一千多个……"

万俟子琅："做好之后送到这个地址去，全款两万元直接给你转过去了。"

猪蹄老柳："不是，子琅，叔不用你这么照顾生意。"

万俟子琅："没事的，叔，我准备开个卤猪蹄店，就当从你这里进货了。"

猪蹄老柳一脸蒙，却还是应了下来。

乖孩子万俟子琅骑着自行车，在从市中心到郊区的路上，用"我要开奶茶店""凉皮店""面店""饭店""铁板鱿鱼店"的名义，订购了一大批小吃。

万俟子琅："一千个猪蹄，一千杯各种口味的奶茶，还有五百份凉皮，各种面条、炒菜，零零散散加起来有几千份，半年……最简单的食物储备也要花费很久。"

她抵达平房那边的时候，恰好收到了房产中介的短信。房产中介没有骗她，这里果然很偏僻，平房的院子很大，到处是杂草。

房产中介："我过会儿去给你送台除草机，那个平房太久没有人去，院子里的草大概已经到人的小腿了。"

万俟子琅："不用了，除草机我已经买好了，而且……"

而且院子里的草也没有到小腿，而是已经比人高了。

万俟子琅："龟龟，我们一人一半，看看谁先清理完。"

乌龟："……"

万俟子琅："你也要用除草机？"

乌龟："……"

万俟子琅："可是我只有一台。"

乌龟："……"

万俟子琅："算了，既然你想用的话，我就……偏不给你用。"

乌龟："……"

天快要暗下来的时候，她收拾好了院子，然后进入空间，找到了小饼干。

万俟子琅："已经放了一个星期，饼干还是酥脆的，食物不会腐坏……但是不知道有没有毒。"

她看向了乌龟。

乌龟："……"

万俟子琅："龟龟，你是我的朋友，我不逼你吃。"

乌龟："……"

万俟子琅："没有逼你。"

乌龟："……"

万俟子琅："真的没有逼你。"

乌龟："……"

乌龟默默伸出头，缓慢地咬了一口饼干。

万俟子琅："饼干的味道变了吗？"

乌龟："……"

万俟子琅："没有就好。运气真好，这样的话就不用害怕食物储藏问题了，泥土也非常肥沃，可以再买一些种子、肥料和除草剂一类的东西。"

接下来的几天，她又大概测试了一下其他种类食物的腐烂速度，发现只要是放在空间里，食物就不会腐烂发臭。得出结果之后，她列了一张表。

万俟子琅："上面的东西都要买，食物、医疗用品、衣服、保暖用的被子，还有各种燃料……先买种子吧。"

她看了一下自己之前发布的帖子，发现绝大多数人都在兴致勃勃地讨论，只可惜并没有多少人当真。她也没多说什么，而是骑着自行车，去了附近的村子。

农民："我们村？农产品？的确是有，我们村大棚多，有很多瓜果蔬菜跟玉米什么的。"

农民："你看那边那辆大卡车，上面就全部是黄瓜。"

万俟子琅："我想买一点。"

农民："一点？行啊，唉，最近也不知道怎么了，蔬菜、水果什么的都变大了，农产品都卖不出去。你要几斤？"

万俟子琅："你们村子里有的我全部要。"

农民:"去、去、去!我还以为你真的要买东西,结果是来哄人的。一边玩去!别打扰我!"

万俟子琅:"我没有逗你玩,我是一个开着卤猪蹄店、奶茶店、炒饭店、铁板鱿鱼店的富一代,购买你们村子里的农产品是想用来二次加工的,定金我已经准备好了。"

她把准备好的现金都拿了出来。在她的再三保证下,农民终于相信了,也帮着她吆喝了几声。

现在刚好是盛产瓜果蔬菜的季节,万俟子琅很快就从各家各户收了两车西红柿、两车黄瓜,以及大量冬瓜、胡萝卜、白菜、茄子、辣椒等农产品。

每一种基本上都是论车算的。

万俟子琅:"还有吗?"

农民:"这些还不够啊?加起来要三四十车了!"

因为数量太多,车已经装不下了,大量脆生生的、水灵灵的蔬菜全部被堆放在了地上。

农民:"这些东西是你找人弄走吗?"

万俟子琅:"我住在山脚下,距离这里开车要半个小时,你们把蔬菜运送到那边去,我会找人运走的。"

村民们忙碌了一整天,终于把大量的蔬菜放到了她的院子里。

等村民离开之后,万俟子琅蹲下来,尝试了几次,迅速掌握了把东西带入空间的方法。而这么三四十车蔬菜,分类摆放,竟然才占据了货架的一小片。

接下来的几天,她一直在狸熊市附近的村子中转,并持续收集各种蔬菜,几天后的晚上,她在一个破旧的小村子里停了下来。

叶夜耶:"老板,快坐!这是我们村的废弃房屋,被改成了用来招待水果商的地方,我们村有大棚,什么水果都有,我现在就去给你喊人!你多看两家!"

万俟子琅点了点头,坐在小马扎上。一个小姑娘咬着手指,在旁边看。

叶小小："龟……龟龟……"

叶夜耶："这是我女儿叶小小，今年三岁，很乖的。"

叶夜耶临走前，忽然神色严肃地转过了头。

叶夜耶："对了，你们千万别往井边走啊！那口井最近有点不太对头……"

那边确实有一口长满了青苔的井，井边围满了密密麻麻的木板。万俟子琅刚盯了一眼，手里的乌龟就被摸了一下。

叶小小："龟龟……"

万俟子琅："我的，不给你摸。"

小女孩儿失望地低下了头，只能一个人坐在旁边玩泥巴，井口那边却忽然传来了声响。

叶小小好奇地往那边走了两步，一团畸形的黑影却骤然从井里跃起，一口咬住了小姑娘的头！

那团畸形东西的嘴奇大无比，里面散发着一股恶臭，咬住小姑娘后，它只做了一个往下吞咽的动作，小女孩儿的身体就滑进去了大半——就在这时候，旁边忽然伸出来了一只手。

万俟子琅一把抓住叶小小的脚腕，用力往回拉。

万俟子琅："放开！"

黑影怨毒地看了她一眼，扑通一声跳回了井里，小女孩儿发出了凄惨的叫声。

叶小小："疼……脸……我的脸好疼！"

万俟子琅："别动，用水给你擦一下！那东西的唾液有毒！"

叶夜耶："小小！小小，你怎么了！快！快把小小送到医院去！"

万俟子琅："先拿着这个，这是我们家的祖传秘方！给她擦擦脸。"

一阵兵荒马乱后，叶小小被送去了医院，叶夜耶一脸憔悴地坐在了地上。

叶夜耶："这孩子……我千叮咛万嘱咐，让她别靠近这口井！"

万俟子琅："她不靠过去也没用，井里的东西还是会跳出来。"

万俟子琅："把井埋掉是最好的解决方式。"

叶夜耶："绝对不行！"

万俟子琅："好。"

叶夜耶："好……好？"

万俟子琅："不然呢？你们村子的井，又不是我的财产。"

叶夜耶："说得也是，您去前面坐一会儿吧，我……我先去医院看一下小小，记住了，一定不要再靠近这口井！人只要不靠近，就不会出事！"

万俟子琅看着他走远，然后把乌龟放在了自己的手心。

万俟子琅："龟龟。"

乌龟："……"

万俟子琅："他说，只要人不靠近，就不会出事。"

乌龟："……"

万俟子琅："你相信吗？我信了。"

乌龟："……"

万俟子琅："但你是龟龟，不是人，所以你靠近的话，就不会出事。"

乌龟："……"

万俟子琅默默地跟它对视了一会儿。

万俟子琅："骗你的，我舍不得把你放下去。"

她把乌龟揣进怀里，转身想走，然而她刚转过身，身后忽然传来了扑通一声。那个庞大的黑影再一次跳了出来，对准了她的头张嘴就咬了下去——

万俟子琅反应飞快，一个转身，抓紧乌龟，"咚"的一声砸了上去！黑影发出一声惨叫，被她生生砸回了井里。

万俟子琅："龟龟，英雄救美，好样的。"

村民老张："出什么事了？老板，你怎么还在这里？叶夜耶不是警告过你吗？别靠近井！"

万俟子琅："我没有靠近井，但里面还是有东西跳出来。"

老张脸色一变。

村民老张："快走！别在这里了！去前面！"

万俟子琅："你们为什么不把井填起来？"

天色渐渐暗了，农村树多草多，到处是漆黑的。

村民老张："不是我们不想填，是不能填，这口井很……很古怪。"

村民老张："想填井的人下场都会很惨。"

万俟子琅："多惨？"

村民老张："唉，不说这个了。老板，你今天先回去吧，我们村子里的事情，我们自己会处理的。"

万俟子琅："我刚才站得离井不近，但还是被袭击了。"

村民老张的脸色一变，却没有多说什么。晚上，他回了家，他媳妇喂完家里养的牛，走了进来。

老张媳妇："不高兴啊？今天不是来了大老板吗？"

村民老张："别提了，那口井又出问题了，小小被什么东西咬了。"

老张媳妇："别提那口井！睡觉、睡觉。"

村民老张："牛你拴好了吗？唉，媳妇，实在不行我们搬家吧？那口井就在我们院子隔壁，我怕……"

老张媳妇："用不着，不靠近就不会有事。"

村民老张："可是……"

老张忧心忡忡地闭上了眼，然而还没等他睡熟，忽然一个激灵清醒了过来。

村民老张："媳妇，别睡了，我们家的牛呢？"

老张媳妇："牛？不是在院子里吗？"

村民老张："我刚才看了一眼！院子里是空的！"

065

两个人急急忙忙地跑了出去，院子里果然空荡荡的。

　　老张媳妇："哪个臭不要脸的来偷我家牛！要是让我发现了，我非弄死你这个小兔崽子不可！"

　　村民老张："媳妇，别叫了。"

　　老张媳妇："我就叫！偷东西还不让人说了是吧！"

　　村民老张："让你别叫了！"

　　老张一声怒吼，媳妇一个哆嗦，两个人都闭上了嘴。

　　老张吞下了一口唾沫，用手指抠抠挖挖，在墙壁上弄开了一条缝隙。透过这条缝隙，墙壁那边隐约传来了一阵奇怪的吞咽声。他扒在墙壁上看了一眼，险些惊叫出声。

　　村民老张："井里的东西，在……在吃我们的牛！"

　　老张媳妇："你说什么？！"

　　她也扒了上去，只见井边蹲着一个畸形的东西，身上全部是黏液，嘴里含着巨大的牛头，牛已经死了。

　　村民老张："别看了！别看了！赶紧回去！"

　　老张媳妇："它是不是看到我们了？"

　　村民老张："没……没吧？你叫之前我就把你的嘴捂住了。"

　　老张媳妇："我们离开墙边的时候，它还在吞咽牛，那到底是什么东西？是井里的？"

　　两个人对视一眼，村民老张没把剩下的话说完。

　　村民老张："快睡吧、快睡吧，别说了，要怪就怪你，没把牛拴好，不然它也不会跑到隔壁院子里去。"

　　老张媳妇："我记得我是拴好了的。对了，老张，你说有没有可能，不是牛自己跑过去的？"

　　村民老张："你胡说八道什么？那东西不能离井太远！"

　　老张话还没有说完，两口子的身体就同时一僵。

　　不知道什么时候，院子里忽然多了一些奇怪的声音。

　　村民老张："……"

　　第二天早上，村子里的人发现了村民老张跟老张媳妇的尸体，而一直忍气吞声的村民终于忍不住了，他们决定，把井里的东西挖出来。

叶夜耶："不能再忍下去了！"

村民老刘："说得对！下次指不定是谁呢！"

一群村民拿着铁锹锄头，围在了井旁边，说挖就挖。几锄头下去，人群中忽然爆发了一阵剧烈的骚动。

村民老刘："血！土壤里有黑色的血冒出来了！"

锄头上沾着铁锈跟黑色的液体，村民毛骨悚然，不约而同地往后退去。

村民老刘："大家快跑！快跑啊！"

叶夜耶："跑什么！我家小小还在医院里面躺着，我绝对不会放过这里面的东西！"

叶夜耶咬紧了牙，挥动锄头，奋力地挖着泥土，村民都围在旁边窃窃私语……

万俟子琅在不远处看了一会儿，然后蹲下来，把乌龟放在了地上。

万俟子琅："乌龟都擅长挖土，你又是一只善良的龟龟，去帮帮他吧。"

乌龟："……"

万俟子琅："龟龟，善良。"

乌龟沉默了一下，缓慢地迈出了一条腿，一步一步朝着井口走了过去。它刚走到一半，叶夜耶就发出了一阵惊叫。

于是乌龟又沉默了一下，转过身体，朝着万俟子琅走了回去。

村民老刘："里……里面有什么？"

人群嘈杂，过了一会儿，终于有人忍不住上前去帮了忙。井边的土壤很快就全被翻开了，发出一股腥臭。叶夜耶一阵干呕，抬手就想要凿井。

万俟子琅："先等一下，披个雨披吧。"

村民老刘："披雨披干什么？里面要真的是……披什么都没用！"

万俟子琅："我觉得更像是……"

她的话还没有说完，人群忽然爆出了一阵惊呼，一个庞然大物冒了出来，"啪"的一声落在了人群中。

黑影硕大的眼睛盯着万俟子琅，舌头一卷，卷住了她的腰，拖着她再一次跳进了井里。围观的村民发出了一阵尖叫。

村民老刘："蛤蟆……好大的一只蛤蟆！"

叶夜耶："那个小姑娘被拖进去了！"

村民老刘："蛤蟆吃人了！"

叶夜耶："说不定还有救！大家快挖井救人啊！"

村民老刘："老叶……要不我们慢一点吧，等蛤蟆开始吃那个小姑娘的时候，再动手……"

叶夜耶："那个小姑娘是无辜的！"

村民老刘："都下去这么久了！肯定没救了啊！说不定那只蛤蟆已经……啊啊啊！"

巨大的蛤蟆忽然再一次从井口里跳了出来。它舌头一卷，瞄准了村民老刘。老刘目眦尽裂，叶夜耶却咆哮一声，一拳打在了蛤蟆身上。

叶夜耶："我让你害我女儿！"

他的皮肤立刻被黏液腐蚀，然而出乎所有人意料的是，蛤蟆竟然被他一拳打了出去。

村民老北："别愣着了！大家伙赶紧上啊！"

一群人蜂拥而上，很快把那只巨大的蛤蟆吊了起来。

村民老北："就是可惜，那个小姑娘白白送了一条命……还有你，老叶，你什么情况？你力气什么时候变得这么大了？"

叶夜耶："我也不知道……"

村民老刘："唉！别说了！我们还是抓紧时间把井填上吧！真是晦气！"

叶夜耶："井口怎么有只乌龟？"

村民老北："好像是那个小姑娘养的……它在看什么？"

村民老北靠近井口，往下一看，顿时惊叫出声。

村民老北："你们快看！那个小姑娘泡在井水里！还活着！"

万俟子琅被拉了上来，洗了个澡，换了套干净衣服。

那只蛤蟆的速度太快，被舌头卷住的一瞬间，她只能选择进入空间，本来想在身后给它致命一击，现在看来……倒是没这个必要了。

抓住了井里的怪物，村子里喜气洋洋。万俟子琅站在叶夜耶家门口，肩膀上扛着乌龟，静静地看着那口井。

叶夜耶："老板，今天被吓坏了吧？不过你是怎么猜出来井里面是蛤蟆的？"

万俟子琅："井口旁边埋着大量腐肉，但是没有苍蝇，能吃苍蝇，又有可能在井底的，就是青蛙或者蛤蟆。"

叶夜耶："也算是不幸中的万幸了，我们村的水果什么的，都给你准备好了。老板，先来验验货？"

他从地上抓起来一个西瓜，随手一弹，只听清脆的一声响，西瓜"嘎嘣"一声就碎了，露出了鲜红的红瓤，甘甜可口。

万俟子琅："这些瓜都运送到我给的地址去吧，要六车，其他水果也各来一车。"

她在村子里忙碌了几天，终于在空间里存储了不少水果。

西瓜、草莓、杨梅、水蜜桃……所有的水果加起来，也不过占据了两个格子，附近的村子都是大棚种植作物，因此各种反季水果也都有不少。万俟子琅又从村子里买了几大袋种子，暂时先放到了空间里。

万俟子琅："得先把空间里的草锄一下，看看能不能种植农作物。"

她出了空间，又去了一趟村子，把钱支付给了叶夜耶。

万俟子琅："村子里的那口井，你们准备怎么处理？"

叶夜耶："就那么放着吧，里面的蛤蟆已经被我们扒皮了。"

万俟子琅："……"

叶夜耶："最近怪事可真多，我的力气不知道怎么的，忽然变大了。"

万俟子琅："生物都在变异。"

叶夜耶："变异？"

万俟子琅："你们储备一点粮食吧，以防万一。"

叶夜耶憨厚地笑了笑。

叶夜耶："什么变异，我也听不懂，不过最近怪事的确有点多……"

他送走了万俟子琅，一扭头就看见了老刘几个人。

叶夜耶："老刘！你们干什么去？"

村民老刘："去把井边挖出来的东西都埋掉！"

叶夜耶："我跟你们一起！"

"嗯？"

村民老刘："怎么了？"

叶夜耶："有个地方很奇怪啊……"

村民老刘："什么啊？"

叶夜耶："老张两口子怎么没被埋进土里，而是被扔在了家里？"

村民老刘："我怎么知道啊？管那么多干什么！那口枯井也不会有人管了。"

叶夜耶："说得也是，那就走吧。"

两个人抬着骨头，朝着后山走去。天色渐渐暗了下来，周围安静得可怕。

村民们想不到，普通人也想不到，谁说井里只能有一种变异的东西？

离开村子之后，万俟子琅找到了一家郊区的大型超市，并直接联系上了这家超市的经理。

超市经理："小姐，就算你大量购入产品，我们也没有办法给优惠。"

万俟子琅："没关系，我按照零售价购买就好。"

超市经理："这……您说要购买一些产品，是做什么用的呢？"

万俟子琅："我想自己开个小卖部。"

超市经理："可你购入的就是零售价，怎么赚钱？"

万俟子琅："不赚钱，零利润，不做中间商，不赚差价，造福群众。"

超市经理："行吧，有钱任性。"

商场关门后，万俟子琅跟着经理去了里面，飞快地清点了一遍调味料和饮料。

万俟子琅："香油、盐、酱油、生抽、老抽、料酒、醋、冰糖、花椒、味精、鸡精、黑胡椒……冰红茶、冰绿茶、可乐、雪碧、咖啡……只有这些吗？"

超市经理："地下仓库里还有。"

万俟子琅："每种都要两百瓶。"

超市经理："全部要吗？这……您准备开多大的超市？"

万俟子琅："能开多大就开多大。"

即使有了这句话保底，超市经理依然被她的购买速度跟数量惊得目瞪口呆。

各种口味的方便面，海鲜的、红烧牛肉的、老坛酸菜的……再加上方便携带的压缩饼干跟一些休闲零食，猪肉脯、杂牌子的饼干、巧克力、能量棒、泡椒凤爪、泡椒猪皮……零零碎碎的干果，杧果干、夏威夷果、腰果仁、榛子仁、提子干……每一种的储存量都不小，几乎都有一百包左右。

万俟子琅："面包一类的有吗？"

超市经理:"有是有,但是不多,商场里的面包都是当天做的,现在只有没卖完剩下的了。"

万俟子琅:"我去看一下。"

面包剩得果然不多了,万俟子琅揪了一块,喂给了乌龟。

万俟子琅:"这些面包我也都要了,便宜一点吧。"

面包还散发着诱人的麦香味,各种口味的都有,蛋黄酥、半熟芝士、手撕面包棒、华夫饼……只可惜数量不多,超市经理跟在后面,记录着她说要的东西。

万俟子琅:"口香糖,各种饮料,还有烟酒、糖果……多来一点。"

超市经理:"好,那边就是生鲜区了,您还要过去看看吗?"

万俟子琅:"去。"

超市经理:"那个,我跟您讲一下,生鲜可能不太好保存。"

万俟子琅:"没关系,你们这里有冰柜冰箱吗?我也要。"

超市经理:"……"

生鲜区的肉类都是处理好的。白花花的猪肉,切好的牛肉,剁成条的肋骨,成块的鸡肉,甚至有各种各样的鱼……数量多,加起来足足有上百斤。

超市经理:"我记得库存里好像还有一点……您稍等,我去看一下,马上就回来!"

他晕晕乎乎地抱着采购单跑了,万俟子琅趴在鱼缸边,看了看在里面游泳的鱼,又看了看自己肩膀上的小乌龟。

万俟子琅:"……"

乌龟:"……"

万俟子琅:"进去洗澡?"

乌龟:"……"

万俟子琅:"还是想要跟鱼交配?"

乌龟:"……"

乌龟沉默了一下,默默地把腿伸进了鱼缸里——洗澡。

商场经理很快清点好了库存,宰杀好的鱼有上百条,还有放在冰柜里的八爪鱼、生蚝、三文鱼跟各种火锅材料，茼蒿、生菜、鱼豆腐、甜不辣、鸭血、金针菇……万俟子琅想了想，又打包了一堆火锅底料。

超市经理："这……材料全了，还要工具吗？"

万俟子琅："要，但是过会儿再去看，那边还有乳制品，先把能打劫……能买的食物收拾好。"

超市经理："我什么都没听到。"

两个人去了冰柜那边，乳制品是归类放置的。各种品牌的奶粉、酸奶、老酸奶、奶酪、鲜奶，还有一些冰激凌、雪糕一类的东西，刚好临近大冰柜，冰柜里面有一些酒酿、汤圆、元宵、饺子跟粽子一类的速冻食品……她干脆也全部要了。

空间的防腐效果非常好，而进入噩梦时代后，天气变化无常，经常会出现早上零下十几摄氏度，晚上高温达四十摄氏度的情况，多准备一些季节性的东西……肯定是没错的。

超市经理："食物差不多了……"

万俟子琅："五谷杂粮，还有油。"

超市经理："哦，对！五谷杂粮什么的在那边！我们去看看！"

五谷杂粮一类的比较干燥，因此库存非常多，玉米粒、大米、小米、白面粉、玉米面，都是最基本的，除此还有各种豆类，再加上一些其他的干货，如扇贝、粉丝，跟一些营养品……加起来重到恐怖。而只要是有的，万俟子琅全都要了。花生油、食用调和油、橄榄油、玉米胚油，加起来也至少几百桶。

超市经理："除非油炸东西，否则油的消耗是很少的，会不会要得太多了？"

万俟子琅："油不仅能用来炒菜做饭，还能用来火上浇油。"

超市经理："……"

两个人又到了生活用品区，碗筷，各种锅，不粘锅、炒菜锅、大铁锅，还有电饭煲、烤箱、微波炉跟各种锅铲……也是能要多少要多少。

万俟子琅满意地摸了摸锅铲："很好，很锋利，能一锅铲铲断人的脖子。"

超市经理："……"

而其他生活用品更是不能少，最基础的生活用品，香皂，洗衣粉，一些乱七八糟牌子的沐浴液和洗发露，牙刷、牙膏、漱口杯，卫生纸、抽纸、湿巾、毛巾……还有大量的内衣和卫生巾。

商场一楼已经被扫荡得差不多了，两个人上了二楼。大型超市一般都是一楼生活用品，二楼各种衣物。

万俟子琅："只有普通的衣服吗？没有特殊材质的衣服吗？"

超市经理已经从最开始的诧异变成了游刃有余，两只手轻松地背在身后，认定了这小姑娘不仅出手阔绰，还异常幽默。面对她的玩笑，他爽朗一笑。

超市经理："哈哈哈，您真幽默！"

乌龟默默地看了他一眼。

没有特殊材质的衣服跟鞋子，万俟子琅也没怎么在意。夏天的T恤、短裤、冬天的羽绒服、厚毛衣，鞋架那边的运动鞋、雨鞋、凉鞋、拖鞋，春夏秋冬各个季节的袜子以及文胸，全部被她收拢。

万俟子琅："衣服什么的也都可以了。还有那边，床上用品也都要。"

万俟子琅："看完之后我们再去看一下家电……哦，对了，你们这里有太阳能发电机吗？"

超市经理："哈哈哈，您确定您只是开个小卖部吗？"

万俟子琅："我确定，你放心就好，不会买完东西就跑的。我们龟龟知道，我待人和善，从来不打架。"

乌龟："……"

# 第五章
## 恶意之箱

万俟子琅："你怀疑我？"

乌龟："……"

万俟子琅："我没有撒谎，我真的从来不打架，我只斗殴。"

乌龟："……"

乌龟把脑袋缩进了壳里，不动弹了。万俟子琅满意地把它放到了口袋里。

她跟着商场经理，又去看了看床上用品，买了十张宽大的木质床。

万俟子琅："龟龟，你看，买了大床，到时候我们就可以一起上去打滚了。"

乌龟："……"

万俟子琅："别担心，十张的确不够，但是以后我们还可以去打家劫舍。"

商场经理："嗯？"

万俟子琅："枕头、被子跟床上四件套也要。"

商场经理："我们这里的床上用品是分档次的，跟乌龟一起睡的话……也不需要太好的吧？能省点钱。"

万俟子琅抓了抓松软的被子，噩梦时代的冬季冷得可怕，别说窝在松软温暖的被子里，能有一床没发霉的被子都已经是一种奢侈了……

万俟子琅："不，我不缺钱，也不想委屈龟龟……被子要最好的。"

羊绒毯子、蚕丝被、橡胶枕头、荞麦枕头，各种各样的四件套，能带走的她全部要了，单蓬松的被子就五十多条。

商场经理："看起来您是真的人傻钱多……不是，真的有钱，那要不要再考虑一下宠物粮食？乌龟很爱吃的。"

万俟子琅："不了，我家乌龟只喜欢吃土。"

商场经理一脸蒙地送走了她。商场的办事效率很高，但是从商场中购买的物资数量过于庞大，万俟子琅花了一个星期才规整好。而这些东西分类摆放，差不多占据了空间货架的一半，接下来的几天，她又从网上购置了大批量的罐头、老干妈等方便携带的食物。

一来二去又是一个星期……

万俟子琅："食物准备得差不多了，接下来是能源……柴油发电机是最普遍的发电机，但是消耗量也很大，那么水力发电机也就变成了必需品。"

她购买了不少柴油发电机和水轮发电机，全部放在了空间里。空间里的水是源源不断的，但是水流速度没有办法让水轮发电机发电，如果想要借助水力，就只能利用地势……这是个大工程。接下来的几天，她跑了不少烧烤店和杂货市场，购买了大量的烧烤炭跟燃烧取暖用的炭，几百车的炭，堆在了空间的一个小角落里。

万俟子琅："再然后是医疗用品，这个对我们来说很重要。"

乌龟："……"

万俟子琅："只从网上购买不行,很多处方药需要医生的处方。"

她想了想，决定暂时搁置。以防万一，她还储备了大量的水，全部放在密封桶中，就搁在燃烧炭的不远处。

服务生："您……您确定吗？"

万俟子琅："我确定,用最保暖的棉花跟鸭绒，各赶制一百套羽绒服跟棉服，一定要以轻便跟保暖为基础。"

服务生："您这是要……"

万俟子琅轻车熟路地回答："我要开店，不赚钱，为慈善。"

制衣店的服务生应了下来，不算小的单子，是有工厂愿意接单的，这边暂时不用万俟子琅担心。

她在网上翻了一下狸熊市的驴友论坛，然后联系了几家专门给驴友提供装备的专卖店，购买了大批量的登山鞋、冲锋衣、帐篷、背包、炉具跟攀岩绳一类的攀岩用品。

半个月后，她清点了棉衣棉袄，这些东西堆放在了一起，远远看上去，像是一堆软绵绵的云彩，也被她全部收入了空间里。

万俟子琅："龟龟，辛苦你这半个月忙前忙后了。"

乌龟："……"

万俟子琅："等清单上的物资收集完毕，我就给你奖励。"

接下来需要收集的物资，是非常重要的东西。

万俟子琅买了高铁票跟机票，在周边几个城市转了几圈，跟几家专门做铁器的地方下了订单，购置了一大批铁剑，这种东西制作起来非常麻烦，少说也要几个月。

万俟子琅就留了地址，然后返回狸熊市。回去之后，她接到了桑肖柠的电话。

桑肖柠："子琅，你最近看电视了吗？"

万俟子琅："没有，在忙。"

桑肖柠："忙什么？"

万俟子琅："跟龟龟约会。"

她一边说着，一边打开了电视机，主持人激动地涨红脸出现在了屏幕上。

主持人："摄像机、摄像机推进！大家请看！我们在云中的一个峡谷里，发现了大量蝴蝶！这种蝴蝶不同于普通蝴蝶，它们的翅膀是从未出现过的奇迹！"

摄像机猛然推进，傍晚天色阴暗。草丛里忽然有什么动了动，下一刻，一堆半个人大小的蝴蝶，忽然飞了起来！

而让人毛骨悚然的是，蝴蝶翅膀上的图案，像一颗倒放着的诡异骷髅。

蝴蝶飞起，像是大量骷髅飘到了天上。

主持人："我们的科研队伍即将进入云中峡谷，准备开始调查！"

随后便传来了隐约的走动声，摄制组扛着装备往里走。云中峡谷在西南方，这里植被茂密，空气潮湿，物种丰富，峡谷地形奇特，入口狭窄，内里宽阔。一群人刚刚走了几步，大量蝴蝶忽然飞了起来，然后密密麻麻地俯冲了下来。那边响起几阵惨叫声，镜头一片晃动，随后就黑屏了。

万俟子琅："你就是想让我看这个？"

桑肖柠："我……我没想到会有播出事故，但最近的确是报道了很多跟生物变异有关的事情。对了，那些记者跟拍摄者……"

万俟子琅："你仔细看一下，不要被主持人误导了。蝴蝶翅膀上的根本就不是图案……"

桑肖柠倒吸了一口冷气。

万俟子琅："噩梦时代，世界各地都出现了变异现象，有的非常严重，有的只是轻度变异。而那些原本就鲜有人迹的地方……出现的变异更加可怕。

"人类一直没有探寻出那些地方有什么。"

桑肖柠："比如？"

万俟子琅："云中峡谷就是一个，那里的鬼面蝴蝶，翅膀会越来越大……它们好像在守护着峡谷的什么东西，还有雅思山的深渊缝隙……"

桑肖柠："我知道了，我这几天会注意安全的，你有需要帮忙的地方吗？"

万俟子琅："有，我给你一个地址，你尽快过来。"

桑肖柠："好！你遇到危险了？"

万俟子琅："没有，我想请你过来帮我一起盖房子。"

桑肖柠："盖房子？"

万俟子琅："不仅是房子，还有其他东西。"

万俟子琅站在院子里，抓了一把脆弱的土墙，上面立刻落下来大量的灰尘。

太脆弱了，人类一碰就碎。这种房屋，可没有办法抵抗噩梦时代的生物变异。

她要推倒平房，重新打造地基，然后修建墙壁，建造没有办法被轻易突破的坚固环境。

桑肖柠第二天一早就到了，跟她同一时间抵达的是一支工程队。

工程师："小姑娘，你家大人呢？你一个小姑娘提出……"

万俟子琅："我就是我们家的大人。"

工程师："可是把整套房子都推掉重新建……是个大工程。"

万俟子琅："不是大工程我找工程队干什么？定金已经支付了，按照要求来就可以。山脚下的平地都归属于这套平房，我大概需要四个篮球场的大小当内院。"

工程师："内院？"

万俟子琅："内院建好我再跟你说外院的事情。"

万俟子琅拿出来了一张纸，把大概的形状画了一下。

万俟子琅："建一套三层的小别墅，墙壁一定要加固，里面的钢筋绝对不能偷工减料，窗户全部换成双层防弹窗，地基一定要打得很深、很结实。"

工程师试探地问："大概要多结实？"

万俟子琅："能抗七级地震的那种。"

工程师："你一个人住的话三层可能有点多。"

万俟子琅："这也是我要说的。三层，只有上面两层可以住人。"

工程师："下面一层用来养乌龟？"

万俟子琅："不，最下面一层加几根结实的水泥柱就可以。"

工程师："我懂你的意思，就是把一栋两层小别墅架起来？"

万俟子琅："是的，如果你不想接这个工程，我可以去找别人……"

工程师："我干！我还没有接过这么有挑战性的工程！"

万俟子琅："记住，一定要抗震等级高的，地下的树根野菜也一定要清理干净。"

工程师兴致勃勃地答应了下来，满脸兴奋。

万俟子琅思索了一会儿，问："工期最快是多久？"

工程师："别墅虽然小，但是从打桩开始，到建造承载平台、地梁、梁板，都是不小的工程。

"要三四个月吧。"

三四个月，距离噩梦时代已经非常近了，这还仅仅是一栋小别墅。

万俟子琅："不行，要加快速度。还有，如果可以，我想要一个大一点的地下储藏室，防水、抗震同样也要做好。"

工程师爽快地答应了下来，由于她挺早之前就进行了预约，因此工程队很快就进入了工作状态。领头的工程师头上戴着安全帽，异常兴奋地走来走去，像是准备释放压抑的天性。

万俟子琅看了一会儿，扭头问："你有认识的医生吗？"

桑肖柠："医生？你是不是又碰伤了？"

万俟子琅："没有，我想要收购一点药品，但是很多处方药没有处方拿不到。"

桑肖柠："这个……"

万俟子琅："没有？没有就算了。"

桑肖柠："你是想等噩梦时代来临之后再去药店随便拿？"

万俟子琅："不，我准备直接上街绑架一个医生。"

桑肖柠："……"

万俟子琅："开玩笑的，吓到你了？"

桑肖柠："是我的错觉吗？我觉得你这个表情不像是开玩笑。"

没有办法弄到处方药，只能先简单地搜索一下非处方药。毕竟感冒一类的疾病，虽然不至于让人丢了性命，但也确实会给身体带来很大负担。

万俟子琅："你可以吗？"

桑肖柠："可以！扛这么一点药还死不了人！"

万俟子琅："那就拿好，我们一人四筐，还不够。"

桑肖柠："去下一家药店？"

万俟子琅："走。"

桑肖柠："好……哎呀！"

巫鸦："不知道看路啊！撞到我了！还不赶紧道歉！"

桑肖柠："是你自己撞过来的。"

巫鸦："那是你眼瞎……哎哟，疼疼疼！"

万俟子琅从后面抓住他的一根小拇指，倒着用力往下一压！

081

万俟子琅："钱包交出来。"

巫鸦："你胡说八道什么？我好好地走着路，你还想打人！"

万俟子琅："交出来！"

男人骂骂咧咧地从口袋里摸出来一个钱包。

巫鸦："又不是偷你的！关你什么事？"

万俟子琅踹他一脚。

万俟子琅："关我什么事。"

桑肖柠看着那个男人走远，有些不好意思地摸了摸自己的钱包。

桑肖柠："真的是太谢谢你了……"

万俟子琅摇了摇头，没说什么。桑肖柠晚上还要回家看孩子，就先离开了。

万俟子琅找了个没人的地方，把收购的药品放在空间里。回去的路上，她走到一个小广场上，小广场上站满了看热闹的人。

杂耍艺人："走过路过！千万不要错过！来看一看啊！我走了好几个山头，才找到了这么多的宝贝！"

一个杂耍艺人手里抓着鞭子，抽得几只猴子"吱吱"叫。

猴子们手上捧着瓜子，到处给人送，不少路人笑嘻嘻地抓在了手里。

杂耍艺人："先来看个简单的！猴子跳火圈。"

"给我跳！"

几只猴子排着队，从火圈里跳了过去，有一只猴子的毛被火燎了一下，被吓得"吱吱"叫，杂耍艺人一脚踹了上去。

杂耍艺人："给你吃给你穿！关键时候掉链子！滚一边去！"

这只猴子叫着跑到了一边，杂耍艺人看着围观群众，大声嚷嚷。

杂耍艺人："大家都先别走啊！我的拿手好戏还没有给你们看看呢！"

旁边有人揣着手，问是什么好戏，杂耍艺人身后有个支起来的小箱子，用红布盖着。

杂耍艺人："大家有所不知，我有个双胞胎哥哥，我们兄弟两个走南闯北，见过特别多的奇闻轶事。大家知道吧，凶杀案从来都不少，而预防凶杀案，却是一个难题。直到我们在野外，见到了一个孕妇。"

路人乙："真是笑话！预防凶杀案跟孕妇有什么关系？"

杂耍艺人："那是一个伸手不见五指的夜晚，我们背着箱子，在玉米地里走，周围全是叶子，什么都看不清楚……黑暗中却忽然传来了一声惨叫，我们兄弟二人上前查看……大家猜猜，我们看到了什么！"

杂耍艺人："一个孕妇，在玉米地里生产！"

路人乙："生就生呗，关你什么事？"

杂耍艺人："我们当时觉得好奇，就围观了一下，没想到啊，这事还真有蹊跷！"

杂耍艺人："那孕妇拼尽全力，终于生出来了一个婴儿，婴儿刚落地，孕妇就惨叫一声，变成了一摊污黑的脓水。"

路人乙："骗谁呢？"

杂耍艺人："少安毋躁。"

杂耍艺人："大家应该也能猜出来，当时我们兄弟俩，可是被活活吓破了胆……于是我们一合计，就想要过去……"

他声音沙哑，像是一口破锣，小广场旁边的路灯忽闪了几下，然后灭了。

几个女孩子都尖叫了一声，然而大多数人却沉浸在杂耍艺人的故事里。

路人乙："然后呢？这可是犯法的！"

杂耍艺人："这婴儿啊，是个实打实的畸形儿，就在我们想要动手的时候，'它'却忽然说话了。"

杂耍艺人："声音根本就不像是个孩子，倒像是个八九十岁的老婆子，'它'说……"

"你们猜，这婴儿说了什么？"

路人乙："你倒是快说啊！"

083

杂耍艺人不紧不慢，随手一指。

杂耍艺人："小姑娘，你来猜猜，这婴儿说了什么。"

万俟子琅："脏话？"

杂耍艺人："这婴儿的瞳孔是全黑的。'它'看着我们，嘴咧得很大，里面全部是血，'它'说，你们今晚要死一个。"

他的语气太过阴森，围观的路人不约而同地屏住了呼吸。

杂耍艺人："我跟我同胞哥哥一听，就知道我们遇上什么事了。传说啊，有一种天生畸形的婴儿，能看见人的死亡，'它'知道谁该死，谁不该死，谁心里藏着杀意，谁想杀了谁……

"我们不敢犹豫，转身就跑，玉米地里什么都看不清楚，婴儿的哭声却跟在后面……我跟我哥哥一合计，干脆冲了回去，把婴儿塞进了箱子里。"

路人乙："就是你身后那个箱子？"

杂耍艺人阴森地笑了一声："对，就在我身后的箱子里，有人想要过来看一下吗？"

围观群众面面相觑，一个女孩子站了出来。

沈妤："就是街边杂耍艺人的小把戏，我才不信。"

沈妤："你那个箱子才一个篮球大小，婴儿的一半都装不下。"

杂耍艺人："你可以过来，不过也只能你一个人来，这婴儿一次只能见一个，多了可是要出事的。"

沈妤："来就来，谁怕谁！"

杂耍艺人："我最后问一次，你确定，对吗？"

杂耍艺人瘦骨嶙峋的手放在红布上，像是一只干瘪的鸡爪子。

杂耍艺人："这箱子里住着的娃娃，现在已经三岁了。"

沈妤："三岁！"

杂耍艺人："'它'是个畸形儿，被'它'说会死亡的人，就绝对活不到明天。"

沈妤："江湖骗术，我才不信。"

杂耍艺人："那就来吧。"

杂耍艺人一把掀开红布，露出了箱子。

箱子上面开着一个小洞，里面透出来一股粪便和腐烂食物混合在一起的怪味。

沈妤："这里面是……啊啊啊！"

她尖叫一声，一屁股坐在了地上。

沈妤："里面有人！有一只眼睛！"

杂耍艺人："当然是人，我说过了，里面是那个三岁的婴儿。"

沈妤："让开！你就是故意来吓人的！"

杂耍艺人："小姐，你还没有听到'它'说什么……"

沈妤："我不听！你离我远一点！"

沈橘灿："姐，你还在这里干什么？赶紧回家做饭去！"

杂耍艺人："小姐，你还没有听到它说什么……"

沈妤："说了不听！我也没钱！别挡路！"

杂耍艺人："小姐，这个畸形的怪物，说你活不过今晚，杀掉你的，会是……"

沈妤："你有完没完！神经病！"

沈妤怒冲冲地走了。旁边看热闹的人也散了，杂耍艺人两只手背在身后，看着沈妤的背影，阴森地笑了一声。

他抬手一指，一只尖嘴猴腮的猴子就鬼鬼祟祟地跟了上去……

杂耍艺人一扭头，一脚踹在了箱子上，嘴里骂骂咧咧："恶心的怪物！谁让你把眼露出来的？今晚是不是又想被开水滚一遍！

"还有那边几只猴子，愣着干吗？人都散了，赶紧收拾东西！"

他指挥着猴子收拾火圈，一扭头却看见有人在盯着自己看。

杂耍艺人："看什么看？不要了！离远一点！"

万俟子琅："我的乌龟也会钻火圈，但是我从来不打它，虐待动物，小心恶有恶报。"

杂耍艺人："哪里来的小贱胚子！赶紧滚！"

万俟子琅把乌龟放在脑袋上，转身走了。

085

阴冷的小路上。

沈妤："妈又去打麻将了？总是打麻将，家里都快没钱了！"

沈橘灿："姐，我想买双鞋。"

沈妤："你上个月不是刚买了吗？多少？"

沈橘灿："不贵，一千多。"

沈妤："一千多？你怎么不去抢！"

沈橘灿："一千多怎么了？我班里其他同学都有！"

沈妤："你跟妈要去！我又不是你妈！"

沈妤骂骂咧咧地走出了一段路，忽然发现沈橘灿没有跟上来。她的脚步一顿，脑海里顿时浮现出了箱子里那个怪物的声音。

她撒谎了，她其实听到"它"的声音了。只是那黑暗角落里传出来的沙哑声音太让人吃惊，她下意识地撒了谎。而现在，那道声音依然在她的大脑里盘旋。

"今晚……九点……你……"再往后的她就没听清了。

现在几点了？沈妤下意识地低下头，看了一眼手表。

嘀嗒、嘀嗒，在她看过去的一瞬间，手表的秒针重合。

九点了。

沈妤："我就知道，江湖骗子。

"沈橘灿，你还不赶紧跟上来……啊啊啊！"

沈橘灿手里抓着一块凹凸不平的石头，满脸狰狞地砸在了她的脸上！

沈橘灿："让你给我钱，你听到了没有？给我！给我！"

沈妤："别砸了，啊啊啊！我给你！钱包！钱包就在我的口袋里！"

沈橘灿："钱包……没有！你的口袋是空的！"

沈妤："我的钱包呢？！我的钱包呢？"

沈橘灿："居然敢骗我！我让你不给我钱！"

阴暗的小路上，男人气喘吁吁地扔掉石头，那一刻，沈妤手腕上的手表指针指到了九点零一分。

沈橘灿："呸！没钱还骗我！"

小道的角落里，一个男人吹着口哨，吊儿郎当地翻着钱包里的钱。

巫鸦："身份证……沈妤？看不出来，人那么穷酸，钱倒是不少，够我花一阵子了，也不枉我辛辛苦苦当扒手……"

沈橘灿不敢久留，匆忙走了。他离开没多久之后，一只目光呆滞的猴子忽然钻进了小胡同里，它熟练地在沈妤身上摸着，却迟迟摸不到钱包……

街边，杂耍艺人不耐烦地等着。

杂耍艺人："都九点了，猴子也该摸到钱包了。

"怎么还没回来！该不会失手了吧？靠着'箱'预知能力，再让猴子跟上去，摸钱包……这可从来没出过错！"

猴子毛茸茸的身影远远地出现了，杂耍艺人连忙走了过去。

杂耍艺人："钱包呢？"

猴子"吱吱"叫了一声。

杂耍艺人："你说什么？没摸到？"

猴子看着他狰狞的脸，惊恐地往后缩了缩，他冲着它招了招手。

杂耍艺人："过来，怕什么？我又不会虐待你。"

猴子小心翼翼地凑了过去，却被杂耍艺人一把掐住了脖子，它两条腿在空中蹬着，"吱吱"乱叫。

杂耍艺人："这点事都办不好！我掐死你这个没用的畜生！"

他猛地一用力，猴子发出了惨叫声。

杂耍艺人："给你吃给你穿！我让你这个狗东西吃里爬外……哎哟！"

一只硬邦邦的乌龟"咚"的一声砸在了他的头上，然后"吧嗒"一声落在地上，从头到尾，小乌龟默默地缩在自己的壳里。

杂耍艺人："小贱人……你敢砸我？"

万俟子琅："对不起，我撒了谎。我家乌龟不会跳火圈。

"我回来是想让你帮忙训练一下我家乌龟，没想到砸到了你的脑袋。"

杂耍艺人一脸狰狞。

杂耍艺人:"既然是你自己找死,那就不要怪我……"

万俟子琅:"你身后的箱子……"

杂耍艺人:"'箱'跑出来了?"

杂耍艺人猛地转过头,然后就被一脚踹在了屁股上。

万俟子琅:"你身后的箱子,什么事都没有。"

她抄起猴子、箱子跟乌龟,转身就跑。

杂耍艺人:"我要杀了你!我一定要杀了你!"

大街上,不能直接进入空间。万俟子琅怀里抱着东西,本来想找个地方躲藏一下,怀里的乌龟却忽然动了一下。她的脸色一变,举起乌龟,跟它对视了一眼。

万俟子琅:"你确定?"

乌龟:"……"

万俟子琅:"怪不得没有看见他的双胞胎哥哥……"

乌龟:"……"

万俟子琅:"现在绕小道,很有可能没进入空间就被他堵住!'它'还在跟在后面吗?"

乌龟:"……"

万俟子琅:"快要追上来了……好,龟龟,我抓紧时间跑,你帮我看着后面,一旦'它'靠近,立刻喊我。"

乌龟:"……"

乌龟趴在她的肩膀上,默默地踩着猴子的脑袋,盯着后面追上来的杂耍艺人。他一张脸狰狞,身体渐渐拉长,细瘦得吓人。

"箱"预测死亡,三年前深夜的玉米地里,双胞胎一定死了一个,但双胞胎哥哥没有出现,不意味着死掉的就是哥哥……

万俟子琅:"龟龟!"

乌龟:"……"

万俟子琅:"快要追上来了是吗?前面有商业街!左手还是

右手？"

乌龟："……"

万俟子琅："好！左手！"

万俟子琅咬着牙，冲进了左手边的一家商铺中，这刚好是一家奶茶店。她从空间里拿出来一顶帽子跟一件风衣，飞快地套在身上，然后坐在了角落里。

奶茶店里到处是绿植，还有不少人，她的存在感很低。

万俟子琅："别怕，龟龟，我会保护你的。"

乌龟："……"

万俟子琅："我们假装在约会，这样我们看上去就是一对普通情侣了。"

乌龟："……"

小猴子安安静静地趴在她怀里，身上伤痕累累。

万俟子琅低下头，摸了摸它的脑袋。

万俟子琅："要把它放进空间里吗？"

乌龟："……"

乌龟还没来得及回答，奶茶店的门"叮当"一声开了。万俟子琅屏住了呼吸，没有往那边看。

奶茶店店员："先生，你好，请问有什么需要吗？"

杂耍艺人："我找人……找人，一个女孩子。"

奶茶店店员："先生，您长得好奇怪呢。找人的话您就随便看看吧。

"刚才我在忙，没有注意到进来了什么人。"

杂耍艺人扭过了脖子，恐怖的眼睛缓缓地扫视着店里的人。

他记得刚才那个女孩子穿的是什么衣服，但是好像没有……她不在这里。

杂耍艺人扭了扭脖子，发出了让人毛骨悚然的脆响。

杂耍艺人："她不在这里……她走掉了……"

奶茶店店员："好的呢，先生，来店里不消费，您真是好样的呢。"

089

杂耍艺人推开了门，万俟子琅的手放松了一下，怀里的猴子却忽然一伸爪子，一把挠在了她脸上，然后吱吱叫着冲了出去，死死地抱住了杂耍艺人的大腿。

它"吱吱"地叫着，用爪子拼命地指着万俟子琅的方向，杂耍艺人猛地转过头。

杂耍艺人："找到你了！"

万俟子琅："……"

她脸上的血缓缓流了下来，杂耍艺人站在她身后，污秽的气息喷洒在了她的脸上。

杂耍艺人："把'箱'交出来，我给你留……留一条腿。"

万俟子琅："先生，您认错人了。"

奶茶店店员："你们在干什么？"

万俟子琅："他认错人了，我要回家了，告辞。"

杂耍艺人："把东西留下！留下！留下！"

杂耍艺人的声音尖锐刺耳，吵嚷声引起了其他人的注意，甚至有人举起了手机。万俟子琅看了一眼店里围观的人，心里知道不能再僵持下去了，她可以进入空间，但是其他人……她顿了一下，把箱子递了过去。

杂耍艺人阴冷地看了她一眼，抱着箱子跟猴子，悄无声息地走了出去。

万俟子琅手心出了一点汗，她摸了摸口袋，却发现里面是空的。

万俟子琅："龟龟？"

杂耍艺人把箱子放在地上，那只小猴子讨好地凑了过来。

杂耍艺人："滚一边去！不中用的东西！"

猴子还是一个劲儿地往他身上蹭。

杂耍艺人："你要给我看什么？"

"这是什么？乌龟？"

他脸上浮现出了诡异的笑。

杂耍艺人："那个贱人的乌龟，她一定会来找的。等她过来……"

与此同时，万俟子琅安心地躺在了床上。

万俟子琅："睡醒了再去找吧。"

杂耍艺人蹲在那个角落等了三天，别说是细皮嫩肉的人，连个影子都没看到。他终于忍耐不住了，用力嗅了嗅一直没有探头的乌龟的气味。

杂耍艺人："这个气味，真的好香，到底什么时候能吃到……箱、箱，回答我，她什么时候回来……"

"箱"没有声音。

杂耍艺人阴森地笑了一声，猴子立刻讨好地把一壶开水递了过来。杂耍艺人顺着小孔，把滚烫的开水全部浇在了箱子里。里面有东西猛地挣扎了一下，却很快平静了下来，然而箱子在剧烈地震动，就像是里面的东西在无声地惨叫。

杂耍艺人："畸形、怪物、垃圾……"

箱子里散发出来一股恶臭，杂耍艺人又踹了"它"一脚。猴子蹭着他，伸出了爪子。

杂耍艺人："滚远点！别来烦我，不知道吗？"

几只猴子都围着他叫，有一只的爪子指着杂耍艺人的背包，吃的！里面有吃的……有坚果！

杂耍艺人拿起鞭子，"啪啪"两声打了上去。

杂耍艺人："让你们别烦我，没听到吗？"

猴子被他抽得瑟瑟发抖，围在了角落里。杂耍艺人翻了个白眼，躺下睡觉。街上经常有流浪汉，所以他并不是很引人注目。旁边陆陆续续有人经过，深夜的时候已经没剩下多少人了，只有一个奶茶店店员下班经过这里，忽然听到了一阵细细的哭声……

奶茶店店员："谁在那里？

"有人丢弃婴儿了？不对，声音好像是从那个箱子里传出来的。"

她蹲了下来，观察着那个箱子，箱子忽然动了一下，从小孔里伸出一个东西……

第六章

燕子归来

箱子里伸出来的是一只小小的手,手臂上是凹凸不平的烫伤疤痕。

箱:"姐姐,救救我吧。"

奶茶店店员:"小孩子?怎么会被关在里面?"

箱:"我是被拐卖的,那个杂耍艺人一直在虐待我……求求你了,姐姐,放我出去吧。"

奶茶店店员:"你别动!我帮你打开箱子!"

箱:"小点声,姐姐……不要吵醒杂耍艺人。姐姐,我好饿,我可以含一下你的手指吗?"

奶茶店店员:"手指又不是奶茶,垫不了肚子的。"

箱:"没关系,姐姐,你伸进来就好……我当奶嘴含。"

奶茶店店员把手指伸了进去,感觉有什么湿润的东西含住了她的手指。她有些不适应地缩了一下,但也顾不上那么多了,另一只手飞快地摆弄着箱子上的锁。

奶茶店店员:"弄不开!实在不行我就把杂耍艺人踹起来!反正我也看他不顺眼,报警把他送进去!"

箱:"不要……千万不要啊,姐姐!"

奶茶店店员:"你的脸是不是变黑了?"

她凑到了小孔旁边,狐疑地看着里面的婴儿睁着一双漆黑的眼睛,的确没有她最开始看到的那么白嫩了,尤其是身体。

箱:"没……没有姐姐……你快点开锁吧。"

奶茶店店员:"不对,好像真的变了……你别用手挡着,你的身体看上去怎么那么像是一团漆黑的液体?"

奶茶店店员:"啊啊啊!"

箱:"别叫!你会吵醒'它'的!"

杂耍艺人:"你在干什么?"

第二天早上，杂耍艺人混在电线杆旁的人群里面，听着路人的讨论。

路人甲："太可怕了吧……死相凄惨。"

路人乙："好像是附近奶茶店的店员。"

路人甲："是谁干的呢？"

路人乙："不知道，警察还没有查到。最近小心点吧，好像哪里都不太平。"

杂耍艺人牵好猴子、背上箱子，然后低着头走远了。他一边走，一边拿出一根长长的毛线针，然后对准箱子上的小孔，一下又一下地刺着。

每刺一下，针上面都会带出浓黑的血来。

杂耍艺人："我让你跑！让你跑！不要忘记谁是你的主人！"

"箱"蜷缩在箱子里，一动也不动。杂耍艺人冷笑一声，用力嗅了嗅乌龟身上的气味："马上就能去吃好吃的了。"

万俟子琅这几天住在家里，其间桑肖柠上了一次门。

桑肖柠："你这几天在家里？饿不饿？我去给你做饭？"

万俟子琅："来吧，我最近好无聊，感觉忘了什么事。"

桑肖柠："我也感觉……你的乌龟呢？"

万俟子琅："哦，对，龟龟丢了，我伤心得吃不下饭。"

桑肖柠："我去给你做饭吧。"

万俟子琅打了个嗝。

桑肖柠："……"

万俟子琅："饿嗝，我今天真的没吃下饭，就吃了几袋方便面和几根火腿肠。"

桑肖柠一边在厨房做饭，一边说："你心情不好的话，过会儿我下去陪你看杂耍，你家楼下来了个杂耍艺人，好多人都在看呢。"

万俟子琅："……"

万俟子琅拉开窗帘，往下看了一眼。楼下的人已经散得差不多了，但是电线杆旁边，还有一个牵着猴子的瘦长身影。

桑肖柠："是那个杂耍艺人，我们过会儿下去看看？"

万俟子琅："……"

桑肖柠："好吧，我知道了，你是不是还在因为丢了乌龟难过？那我过会儿跟你一起去找乌龟。"

万俟子琅："龟龟就在这个人身上，但是龟龟说，我可能打不过对方。"

桑肖柠："这的确是比较麻烦，要不然我上网买点东西？"

万俟子琅："现在是法治社会。"

桑肖柠："……"

万俟子琅："我们报警吧。"

桑肖柠："报警能行吗？"

事实证明能行。十几分钟后，看着被警车带走的杂耍艺人，桑肖柠沉默了很久。

由于杂耍艺人没有什么实际行动，所以很快就被放出来了。杂耍艺人满心不甘，又开始在万俟子琅家楼下徘徊。

于是万俟子琅又报了一次警。

一个星期后，万俟子琅在楼下被杂耍艺人堵住了。

杂耍艺人："你再报一次警试试！"

万俟子琅："好的，试试就试试。"

这次有监控录下了杂耍艺人堵住万俟子琅的场面，所以他被关的时间长了一些。一整个星期过去了，万俟子琅才被他堵了第四次。

杂耍艺人："我不会再来找你了，我只是个普通的生意人，你走你的独木桥，我走我的阳关道。"

万俟子琅："凭什么你走阳关道？"

杂耍艺人："你走你的阳关道，我走我的独木桥。"

万俟子琅："好，你先把龟龟还给我。"

杂耍艺人把乌龟扔给了她。

杂耍艺人："你发誓你不会再报警了。"

万俟子琅："我发誓，如果我再报警，龟龟当场暴毙。"

乌龟默默伸出头，看了她一眼。而杂耍艺人走了之后，她熟练地拨通了110。

万俟子琅："你看我干什么？"

乌龟："……"

万俟子琅："哦，刚才发的那个誓对吧？你就这么在意？既然你在意，我就当没看见你谴责的眼神好了。"

乌龟："……"

万俟子琅："我相信警察叔叔会保证我们的安全。而且龟龟，你不在的时候，我真的很伤心。"

乌龟："……"

万俟子琅："吃不下饭，睡不着觉。"

这时候桑肖柠推门走了进来。

桑肖柠："子琅，你看，你让我买的新乌龟。"

乌龟："……"

万俟子琅："我没有让你买。"

桑肖柠："就是你让我买的啊，你还说反正都是乌龟，长得差不多。"

乌龟："……"

万俟子琅："你听错了。"

桑肖柠看了一眼她手里的乌龟，恍然大悟。

桑肖柠："哦，我知道了，我最近可能太忙了，出现幻听了，我去把新乌龟退掉吧。"

桑肖柠回来的时候，万俟子琅在拆快递。

万俟子琅："在隔壁市定做的剑，到了一部分，你要试试切菜吗？"

桑肖柠："不用了，我用普通菜刀就好。

"话说回来，那个杂耍艺人被抓了这么多次，应该不会再缠着你了吧？"

万俟子琅："嗯，他不会再来找我了，所以我要去找他。"

桑肖柠："找他干什么？"

万俟子琅背了一个小包，往里面塞了一些东西。

万俟子琅："对方想要钱，需要进食，还能被警察带走，都证明了对方还被人类社会限制着，而被限制的，就有弱点。

"我去除掉'它'。"

她把乌龟放在了地上。

万俟子琅："龟龟，闻闻'它'在哪个方向。"

乌龟："……"

乌龟沉默了一下，默默把头缩进了壳里，不闻。

桑肖柠："乌龟闻不出来吧？"

万俟子琅："它能闻出来。"

桑肖柠："那现在它是……"

万俟子琅："因为我太久没有去接它，所以它生气闹别扭了。你是没听到，我刚才接到它的时候，它骂我负心汉的那个语气。"

桑肖柠："那怎么办？"

万俟子琅："没关系，我哄哄它就好了，低声下气一点，它会原谅我的。"

万俟子琅去厨房烧了一壶开水，耐心地哄了两句。

万俟子琅："原谅我，不然我就把你扔进开水里。"

乌龟："……"

壳下，水咕噜噜地滚着，龟龟默默地把头伸了出来。

乌龟："……"

万俟子琅："太好了，龟龟。在我低声下气的恳求下，你愿意原谅我了。它往哪边走了？"

乌龟："……"

万俟子琅："好吧，我保证，我以后再也不会出'龟'了。"

乌龟："……"

万俟子琅把乌龟举到了自己耳边，听了一会儿。

万俟子琅："龟龟说杂耍艺人一般都在路边睡。"

桑肖柠："这太危险了，你有计划吗？"

万俟子琅："有一个很详细的计划。"

桑肖柠："说一下。"

万俟子琅："找个没监控的地方……"

桑肖柠："然后？"

万俟子琅："然后回家，洗手，要用洗手液洗三遍，洗完之后上床睡觉。"

桑肖柠放弃了继续询问的念头。

万俟子琅收拾好东西，吃了顿晚饭，在深夜揣着乌龟出了门。深夜的路上安静得可怕，她很快找到了杂耍艺人。"它"躺在一条小胡同的垃圾桶旁边呼呼大睡。几只猴子正在翻垃圾桶里的垃圾，不停地往嘴里填。

万俟子琅进入胡同，悄无声息地走到了垃圾桶旁边，刚好对着箱子。

还没等她蹲好，旁边的箱子里就传出了一道细微又紧张的声音。

箱："姐姐，我是被拐卖的，你能放我出去吗……"

万俟子琅一言不发，满脸都写着"铁石心肠"。

箱的声音渐渐小了下去，最后没声儿了。半晌后，它小小声地说了一句"对不起"。

万俟子琅却忽然开了口："我可以放你出来。"

箱显然没有想到她会答应，声音立刻雀跃了起来："真的？"

万俟子琅："真的。"

她侧过了头，碎发从脸颊边滑过。

"但是我有一个条件。"

箱："你说！只要我能满足你，我一定……"

万俟子琅："帮我看看杂耍艺人的死期。"

红布下陡然安静，里面的东西像是有些纠结，但最后，它还是一咬牙答应了下来："好，那姐姐你转一下箱子，记得不要……"

它话音未落，万俟子琅就已经掀开了红布。箱猝不及防，直接对上了她的眼。它的声音里满是惊慌："不要看我！我会看到你的……"

说到最后，它的声音已经微弱了下来。

太晚了，它看见了她的死期。

它有些不安地攥住了自己的手，拼命想要收回目光，而面前的人显然也意识到了什么，她稍微沉默，最后说出口的，竟然是"没有关系"。

箱："……"

"没听到吗？我说没有关系。"万俟子琅看着它的眼睛，呼吸平稳，戴着半指手套的手里还捏着那块肮脏的红布，语气淡定得好像在聊今晚吃什么，"我不惧怕死亡。"

箱愣了一下。

而在它发愣的时候，万俟子琅已经掉转了箱子，并轻敲了一下箱壁。清脆的敲击声让箱回过神，夜幕中，它一眼就看到了蜷缩在肮脏破布上的杂耍艺人。

箱："今天。"

它声音带着诧异。

箱："他的死期，就是今天。"

万俟子琅："好，再见。"

箱："？"

箱："等一下，姐姐！我们说好了……姐姐？"

一眨眼的工夫，它面前的万俟子琅就不见了，箱又喊了一声"姐姐"，却惊动了旁边的猴子们。它们吱吱叫着围了过来，有些疑惑地盯着换了个方向的箱子看。

杂耍艺人被吵醒了，不耐烦地坐了起来："你们吵吵什么？"

猴子叫着，胡乱比画着。

099

杂耍艺人："滚一边去！没吃的！箱子怎么转过来了？"

"周围没有人，是我记错了吧……滚开！"

他一脚踢开一只猴子，倒下去继续睡了。

小孔里露出了箱的眼睛，它还有些茫然，只伸出了手，隔空摸了摸他的背影。而就在它把手指伸出去后，那几只猴子盯了过来。它们看着那根手指，口水一点点地滴落在地，最后有一只忍不住，一口咬了上去！

箱猛地把手指缩了回去，却已经晚了。

猴子的眼睛已经开始发红，有的猴子还试图从小孔里掏箱，但那孔隙毕竟狭窄，几番尝试之后，它们一无所获，急得抓耳挠腮，其中一只却忽然看见了躺在地上的杂耍艺人。

他的手就那么放着。

猴子："……"

它的口水在分泌，原始的饥饿感支配着它，不知不觉中它凑到了杂耍艺人身边，贪婪的目光就盯着他的手。它没想干什么，只是好饿啊、好饿啊、好饿啊……

猴子们围上去，很快就发出了让人毛骨悚然的咀嚼声……

箱目睹了全过程，它莫名有些愣怔。

万俟子琅："你是在难过？"

箱一愣，这才发现，不知道什么时候，万俟子琅又出现在了它身边。

她半晌忽然冒出来了一句："要是你难过的话，那你别难过。

"我爸跟我说过，死亡只是另外一种存在形式，所以他其实也不算死了。"

箱："我没难过……"

万俟子琅："哦，那我白安慰了——钥匙在哪儿？"

箱："钥匙被猴子拿走了，应该就在附近。"

万俟子琅找了一会儿钥匙，最后在下水道旁边停了下来。

万俟子琅："钥匙被丢到下面去了，我试试看能不能捞上来。"

她正准备伸手,却在阴暗的下水道里,看见了无数亮起来的猩红眼睛。

是一群老鼠。

万俟子琅:"谢谢你,龟龟。"

乌龟:"……"

她面不改色,用绳子吊住乌龟,把乌龟放了下去。乌龟沉默一下,伸出四条腿抱住了钥匙。

箱:"姐姐……姐姐,你拿到了对吗?可以放我出去了吗?你把我放出来,我一定会报答你的!"

万俟子琅:"你确定,这钥匙能开锁?"

箱:"我确定!是杂耍艺人告诉我的,这是箱子配套的钥匙,他还说了,只要我乖乖听话,他就会在未来的某一天放我出去,让我看看外面的花花,还有会蹦跶的小兔子……"

"箱"的眼睛都是亮的,然而万俟子琅沉默了一下。

万俟子琅:"但是,这把锁的锁孔,已经被彻底堵住了,它压根儿就没有想要放你出去。"

箱:"我不相信……

"我不相信!"

万俟子琅:"是真的,钥匙完全插不进去。"

箱子里响起了凄厉的哭声,万俟子琅垂下了眼帘,手指却忽然被攥住了。

箱:"那姐姐,你把手指伸进来,好吗?让我舔一舔。

"我保证,我绝对不会做什么的。"

万俟子琅:"好。"

万俟子琅伸进去的手指被什么冰凉的东西抓到了。小小的"箱"贴在箱壁上,柔软纤细的舌头舔着她的手,冰凉的牙齿偶尔会碰到她的皮肤。

万俟子琅感觉到了"箱"尖锐的牙。它吞咽着口水,已经饿得不行了。

她尝试着往回抽了一下手指，没抽动，箱子却忽然动了一下。

箱："既然你是个好人，那能不能、能不能让我轻轻地咬一口？我就咬一口，轻轻地咬一口。"

万俟子琅手指上的触感忽然消失了，因为"箱"真的咬了下去。而她感觉不到疼痛，所以触感消失了。

乌龟用爪爪碰了一下万俟子琅的脸，她却没有说话，只是半蹲了下来，轻声问："可以松开了吗？"

"箱"怯生生地张开了嘴。万俟子琅把手指抽了出来，上面还带着一圈乳牙咬的牙印。

万俟子琅："我的手指有这么香吗？"

"箱"的眼睛贴在小孔上，嘴里咬着自己的手指，眼巴巴地看着万俟子琅收回去的手，声音稚嫩、渴望又小心翼翼。它害怕万俟子琅离开，那只圆溜溜的眼睛里，写的全部是"不要走"。

箱："姐姐的手指是甜的，有花花的味道。"

万俟子琅："胡说八道，你闻过花的气味吗？"

箱："……"

万俟子琅其实没有苛责的意思，但谎言被揭穿，它的脸色还是苍白了起来，讷讷地想要解释什么，然而还没等它说话，一直禁锢着它的箱子，骤然发出了尖锐的破裂声。

路灯有微弱的光芒，"箱"有些迷茫地抬起了头，一眼就看到了少女冷静的脸。

万俟子琅："闻了再来跟我讲吧。"

少女的声音清冷，瞳孔如夜色一样漆黑，细小柔软的碎发贴在耳边，声音清亮又平静，却又那样温柔。这箱子困了"箱"整整三年，按理说它第一个反应应该是激动落泪，然而此时它愣了一下，第一反应是去捂住自己的脸——

箱："不要……不要看我！不要看我！我会吓到你的！"

"箱"的脸不停地转变着，死死地捂着自己的头，却挡不住畸形的身体。

它听杂耍艺人猜测，自己原来应该拥有异能，但从出生开始就被困在这个狭小的箱子里，四肢早就已经变形了，像是一只丑陋的蛤蟆。现在被她这么看着，它浑身颤抖，自卑恐惧得想要死掉。

万俟子琅："你又没有忽然说话，为什么会吓到我？"

她用力地抓住了它的手。

万俟子琅："你不丑，抬起头来看我。"

箱："我丑！那个奶茶店的姐姐，就是因为被我吓到，才会被杂耍艺人杀掉！"

万俟子琅："你不丑，龟龟才是真的丑。"

乌龟："……"

箱："真……真的吗？"

万俟子琅："当然是真的，要抱抱吗？"

万俟子琅把它抱了起来，然后把乌龟放在了脑袋上。

箱："……"

"箱"趴在她怀里，无声地哭泣着。

箱："我没有害死我妈妈……我不知道发生了什么……"

万俟子琅："嗯，我知道，给你擦擦眼泪。"

"箱"死死地抱住了她的手，用力地、深深地吸了一口她身上温暖的气息。

它离开那个阴森狭窄的箱子了，三年，一千多个日日夜夜，被囚禁的痛苦……它看着万俟子琅的眼睛里，充斥着孺慕跟依恋。

然而下一刻，它的身体忽然一僵，目光落在了万俟子琅手中的匕首上。

它在里面，看到了自己跟万俟子琅的倒影。

箱："姐姐。"

万俟子琅："嗯？"

箱："我没有见过阳光，白天的时候，杂耍艺人会在箱子上盖上厚厚的绒布，只有有人参观的时候，我才能从里面窥探到一点点，我想知道被阳光照射是什么样的感觉。"

万俟子琅："等天亮了，你就可以看到了。"

箱："我想现在就看。"

"箱"把脸埋在万俟子琅怀里，小小的身体不停地颤抖着。

箱："我想现在就看，我怕我现在不看，以后就再也看不到了。"

万俟子琅："不会的……"

她话还没有说完，"箱"忽然干呕出了一堆秽物，身体剧烈地颤抖起来。

万俟子琅："你怎么了？"

箱："我没有明天了，我看到我的死期了……就在今晚，杂耍艺人跟我的命，是连在一起的……我……"

"箱"的声音沙哑，面孔丑陋，眼睛却透着不舍的光。

箱："我再也看不到阳光了。"

万俟子琅："……"

她闭上了眼，立刻抱着它进入空间。在进入的瞬间，两个人同时被阳光笼罩。光芒明亮得有些刺眼，"箱"的眼睛瞬间亮了。

箱："这就是阳光吗？真好看……还有这个，这个香香的，就是花儿吗？"

"箱"干瘪的手指触碰到的，其实根本就不是什么花儿，而是一株有些发黄的狗尾巴草，味道也并不好闻，甚至有些奇怪的草腥味，然而它那样小心，就好像碰到了什么娇艳脆弱的东西。

万俟子琅："张嘴，喝水。"

万俟子琅往"箱"嘴里灌了一些水，然而空间里的水仅仅能促进伤口愈合而已，对"箱"没有用。她沉默下来，轻轻地摸了摸"箱"的额头，"箱"却没有到处乱看了，而是眼睛亮亮地看向了她。

箱："姐姐，没用啦，但是我已经心满意足了……"

万俟子琅："还有其他想要的吗？"

箱："原来有，想要去看看星星，去尝一尝糖果……"

万俟子琅往它嘴里塞了一颗糖。

"箱"鼓着脸颊嚼了嚼,眼睛弯弯的,把剩下的一句话补了上去。

箱:"但是现在我想要的不是这些。"

"我想要一个名字。"

"箱"不知道自己是谁,从出生开始就被囚禁,杂耍艺人殴打它,它对杂耍艺人也抱着极大的恶意。它能听到自己的大脑里有另外一个声音,那个声音是黏稠的,像是漆黑流动的石油,鼓动着它去虐杀、去破坏。然而此时,被少女抱在怀里,看着刺眼的阳光和她平静的脸,它忽然什么声音都听不到了。

万俟子琅:"叫'燕归'吧,似曾相识燕归来,你总有一天,会……"

她吐字清晰,手指微动,编织了什么,然后她轻柔地伸出手,在它的手腕上,系上了一根细细的草绳。

箱愣愣地看着那根草绳,用粗糙的手指摩挲了两下,就好像是在摸世间最珍贵的宝物。

箱死在三分钟后。

不知道是不甘还是留恋,它的手攥着万俟子琅的衣服,即使死掉,也不愿意松开。

万俟子琅抱着它坐了很久,然后脱下了外衣,把它包裹了起来。

她在公园里挖了个坑,把它埋在了花坛里,又在旁边立了一块小小的墓碑。

上面的字是她一笔一画刻上去的。

"未来这里会被生机勃勃的植被覆盖。

"但你不会。"

天微亮的时候,她离开了。

没过多久,那座墓碑旁,忽然落下来了一只本不该出现在城市里面的秃鹫。

下一刻,有什么东西破土而出一把掐住了秃鹫,秃鹫挣扎了一下,很快没了声息。"箱"的尸体扭动了一下,变成了一只完整的"秃鹫"。它落在一家医院的墙上。而它身后出现了一个乞丐的身影,乞丐一张嘴,把秃鹫吞了进去。

乞丐:"好饿啊……吃鸟,吃了一只鸟。"

乞丐的话还没有说完,肚子忽然一阵鼓胀,他扭动了一下身体。

乞丐的身影渐渐消失在了医院的深处,这家被封锁的医院,迎来了更可怕的"东西"……

万俟子琅缓了几天,距离噩梦时代越来越近,世界各地发生的生物变异现象也更加严重。

桑肖柠:"你看新闻了吗?云中峡谷的事情闹大了,那些进去的记者都很快失去了联系,去搜寻的救援人员也全部消失了。还有东南边,据说出现了巨大的不明飞行物,撞到了一架客运飞机,飞机上的人无一幸存。"

万俟子琅:"飞机停运了?"

桑肖柠:"别的航班还好,但是往东南那一块的全部停了。"

万俟子琅打开了电视,上面是各种纷乱的新闻报道,乱哄哄的。她看了一会儿就关掉了电视。

万俟子琅:"都怪你,龟龟,你要是爬得快一点,我们就可以省一笔钱了。"

乌龟:"……"

万俟子琅:"现在,该去买几辆车了。"

她去了就近的一家4S店。

在这里,万俟子琅受到了热情招待。

4S店销售员:"小姐,您想要买什么车呢?我们这家店是狸熊市唯一4S店,不管您喜欢轻便的还是舒适的,我们都能找到合适的车子呢。"

万俟子琅:"我想要卡车。"

4S店销售员:"来捣乱的?"

万俟子琅:"我是认真的。"

4S 店销售员："去，别捣乱。"

万俟子琅："没有吗？"

4S 店销售员："有，问题是你个小姑娘，买了干什么？"

万俟子琅："摆在家里，灌水，当游泳池。"

4S 店销售员："……"

万俟子琅："我有钱，不可以吗？"

4S 销售员狐疑地看了万俟子琅一眼，她倒是不怎么在意，很快选购了两辆合适的中型卡车。万俟子琅付了全款，然后让 4S 店的人送去了一家改装车辆的地方。

4S 店销售员："卡车要挂牌。小姐，我们会尽快弄好的……"

万俟子琅："不用挂。"

4S 店销售员："不挂的话卡车是没有办法开出去的呢，小姐。"

万俟子琅："我说了，买卡车是为了给我们家龟龟当游泳池。"

4S 店销售员："真当游泳池啊？"

万俟子琅低下了头。

万俟子琅："你确定吗？"

乌龟："……"

万俟子琅："好吧，谁让我宠你呢。

"龟龟还想要两辆越野车，有合适的推荐吗？"

4S 店销售员："有没有合适的车我不知道，但是我有合适的乌龟人选。我大学毕业，专业金融，销售能力极强，请问您家还缺乌龟吗？"

万俟子琅的动作很快，末了又加了两辆。

万俟子琅："除了越野车，再加一批 SUV。"

4S 店销售员："SUV？"

万俟子琅点了点头。比起越野车，运动型多用途汽车更适合在城市跟郊外使用。她很快付好了款，然后离开了 4S 店。

过了几天，她去了一趟改装车辆的地方，一辆中型卡车，两辆 SUV，就摆放在那里。

107

万俟子琅敲了敲，满意地点了一下头。

万俟子琅："将近十四吨的重量，足够把所有生物压碎了。"

改装工人深吸了一口气。

改装工人："小姐，您确定想要改装吗？中型卡车是不需要改装的，上路都能开。"

万俟子琅："确定，而且要大改。玻璃全部换成防弹的，能在外面打一个铁笼子吗？就在轮胎之上，往外扩一米左右，人可以踩上去。"

改装工人："这是卡车……一般是用来装货的。"

万俟子琅："但是我家里有一只凶猛的野兽。"

乌龟："……"

改装工人："可以，我们今天就开始改装，不过装上笼子之后，上下车可能比较麻烦。"

万俟子琅："没关系。"

她低下头，扫了一眼自己画出来的示意图。卡车外面罩上一个巨大的铁笼子，能够防止异变体一类的东西直接扑在车窗上，甚至能一边开车，一边快乐地烧烤，而有缝隙的铁笼子也不需要担心烟雾问题。卡车内部副驾驶座的后排座改成了可以睡觉的地方，车厢等地方则进行了加固。

看着正在忙碌的改装工人，万俟子琅想了一会儿，忽然问："能在车厢里安空调吗？"

改装工人："您确定只是给这只……凶猛的野兽住？"

万俟子琅："可以吗？"

改装工人："没有电啊，或者您直接考虑一下房车？"

万俟子琅："房车我买了，但是不好改装，所以卡车这边也得继续。发电的话试试太阳能发电机？在上面安装一个，功率不需要很大，能运作就可以。"

改装工人想了想，觉得可以尝试一下。

万俟子琅又监督了一会儿，就跟桑肖柠去了郊外那套房子。

万俟子琅:"你不需要看孩子吗?"

桑肖柠:"我家宝宝整天都在睡觉,而且不知道是不是我的错觉,宝宝长得好像有点快。"

万俟子琅:"热胀冷缩,现在天气这么热,长得快是正常的。"

桑肖柠沉默了一会儿,转移话题道:"宝宝还没有名字呢,你帮他想一个?"

万俟子琅:"他逢凶化吉,从苦难中出生,经历了天大的机遇才能活下来。

"既然这样,不如我们就叫他……

"'下来吧'。"

桑肖柠又沉默了一会儿,若无其事地转过了头。

桑肖柠:"你的异能应该是跟储存有关?

"你可以进去的话,为什么还要准备卡车跟抵抗异变体的房子?"

万俟子琅:"因为我还想要去找我的爸爸妈妈。噩梦时代,生物跟异变体也在不断地进化着,异变体一开始仅仅是一级异变体,能咬人而已,再往后就进化得非常可怕了。而且……"

她沉默了一下,看向了某个方向。

万俟子琅:"你还记得我们逃出来的那家医院吗?上一次,它在中期已经变成了毛蚴巢。所有想去探寻的异能者,全部死在了里面。"

桑肖柠若有所思地点了点头。

然而她们谁也没有想到,那家布满了毛蚴的医院,因为万俟子琅,产生了蝴蝶效应,已经彻底改变了。

医院里,乞丐静静地坐在病床上,歪着脑袋。

而他的面前,是一片密集的死毛蚴。

车子平稳地行驶着,很快停在了郊区。万俟子琅跟桑肖柠下了车,然后沉默了。

109

桑肖柠："我们才两个星期没有来吧……是不是走错地方了？"

工程师："没有走错！来，这边！既然老板钱给够了，我们肯定是要加班加点的！地基已经打好了。"

万俟子琅："不，我问的不是地基，那边那两个……是什么？"

工程师积极道："炮台啊！多明显啊！老板，帅不帅？"

第七章

群鼠涌动

桑肖柠:"炮台?"

工程师:"对啊,老板不是想要建造一座进可攻退可守的城池吗?"

万俟子琅:"我没说。"

工程师:"你说了,我当时听得很清楚。"

万俟子琅:"……"

万俟子琅低头看乌龟。

万俟子琅:"我没说,但是他听到了,那就只能是你说的了。"

乌龟:"……"

工程师建起来的,是两根圆柱形的大柱子,带楼梯,水泥还没干。柱子的上面有一个圆形的平台,面积不算很小。万俟子琅上去看了一眼,工程师有些紧张地搓了搓手。

工程师:"时间太紧了,我还没来得及造大炮……"

万俟子琅:"不是这个的问题。"

桑肖柠:"对啊!不是这个问题!他没有经过同意自己建了炮台——"

万俟子琅:"我觉得还差一条护城河。"

桑肖柠:"……"

工程师:"有的!已经在规划中了!河里还可以养乌龟,高不高兴啊?小家伙。"

工程师挠了挠乌龟的下巴。

乌龟:"……"

乌龟把头缩了进去,工程师看万俟子琅,就好像是一条看见了骨头的狗。两个人凑在一起,又规划了一下城池该怎么建造。

万俟子琅:"护城河可以有,但是最好加固,里面也绝对不可以养任何生物。"

工程师:"为什么?养点食人鱼不好吗?"

万俟子琅："不好，最近的生物变异很可怕，你注意到了吗？"

工程师若有所思地点了点头。山下非常大，周围的农作物已经请其他人帮忙清理走了。所有植株跟地下的根系也基本上清理干净了。万俟子琅在纸上圈出来了一块地方。

万俟子琅："内院大概有四个篮球场大，中央建造一栋结实的别墅，这个我们之前已经讨论过了。"

工程师："内院外面呢？护城河？"

万俟子琅："不，内院外面给我留四个车库，其他地方改造成小农场跟水产养殖基地。"

空间是她最大的秘密武器，不到万不得已，不能轻易在人前暴露。而把物资合理化的一个方式就是养殖。噩梦时代大量动植物变异，但还是有一些没有产生变异的。

工程师："哦，我懂！小说里都是这么写的。"

万俟子琅："炮台建造得很漂亮，位置也刚刚好，可以用来做大门两边的瞭望台。大门一定要厚实，下面铺一层厚铁皮，尽量不要留空隙。"

工程师一边听她说一边飞快地记录着。

万俟子琅："还有，墙可以建造得高一点吗？"

工程师："多高？"

万俟子琅："能多高就多高，最好是双层，上面建造能巡逻的通道。"

工程师："我确认一下，你这不是准备自立为王对吧？"

得到万俟子琅的肯定回答之后，工程师比了个"OK"的手势，然后粗略地计算了一下。

工程师："墙壁一般分为砖墙、剪力墙跟玻璃幕墙，砖墙是最为常见的，但是我觉得我们做剪力墙比较好。剪力墙又叫抗震墙，可以承受水平力，一般是钢筋混凝土造的，这玩意儿抵抗力很强，高度的话……我给你造个七八米的？普通楼房的挑高一般是三四米，七八米的相当于两层楼高了。"

万俟子琅:"四舍五入一下,造个二十米的吧。"

工程师:"我试一下,双层,中间还能预留出一部分储物空间来。"

万俟子琅又陪着他规划了一会儿。几天后,她去改造汽车的地方看了一下,车辆改造要比她想象中的快,已经完成大部分了。

万俟子琅在旁边看了一会儿,忽然说:"问你个事。"

改装工人:"您又想到了什么幺蛾子?"

万俟子琅:"可以在栏杆上再焊一点倒刺吗?"

改装工人:"可以啊,不过我是真觉得,您要是单纯地想玩玩,可以买辆房车什么的,那个舒服,有空调有床,还能做饭、上厕所。"

万俟子琅摇了摇头:"房车太脆弱了,就算能改装,基础也远远比不上中型卡车跟越野车。"

改装工人比了个"OK"的手势,没再说什么。万俟子琅又围观了一会儿,忽然听见角落里有什么东西"吱吱"地叫了一声。

万俟子琅:"角落里有东西。"

改装工人:"老鼠吧,这里老鼠挺多的。"

万俟子琅:"老鼠有篮球那么大吗?"

阴暗的角落里,传来了"嘎吱嘎吱"的声音,改装工人走了过去。

改装工人:"这是什么东西……真的是老鼠!好大!"

角落里趴着一只灰色的大老鼠,它怀里抱着什么东西,啃得正香。

改装工人:"好恶心!它抱着一只小的老鼠头在啃!"

岳决:"不是都说虎毒不食子吗?怎么还同类相残了!"

改装工人:"老岳,你让开,我把这只老鼠踹走!"

岳决:"别啊,你先去招呼客人吧。"

改装工人抱怨了一句,继续去招待万俟子琅了。万俟子琅往那边看了一眼,淡淡地道:"多买点老鼠药吧,说不定不止一只。"

改装工人:"别了,这么恶心的东西大概也就只剩下这一只了。"

万俟子琅:"我先回去了。"

她离开之后,改装车间里就只剩下几个人。改装工人叹了一口气,扭头的时候被吓了一大跳。

改装工人:"老岳,你站我身后干什么?"

岳决:"我抓住那只大老鼠了。"

改装工人:"你抓它干什么?"

岳决:"养着玩呗,你怎么这么害怕?"

改装工人:"害怕倒不至于,主要是嫌恶心。"

改装工人嘀嘀咕咕走到一边去了,岳决逗了那只老鼠一会儿,就把粗糙的铁笼子放在了一边。而他没有注意到,他转身离开之后,那只巨大的老鼠忽然张开嘴,啃了两口铁笼子。

第二天,万俟子琅肩膀上扛着乌龟去了改装汽车的地方。

万俟子琅:"改装好了吗?"

改装工人:"还差一点。"

"嘎吱——嘎吱——嘎吱——"

万俟子琅:"什么声音?"

改装工人:"你别过去!那边可恶心了,我们改装车间的老岳,也不知道从哪里捡了一只被撞死的兔子,在喂老鼠呢。"

万俟子琅:"我可以看一下吗?"

改装工人:"还是别了,怕吓到你。"

万俟子琅:"有道理,我确实很害怕血腥的东西。"

她把乌龟放在了地上。

万俟子琅:"所以你去帮我看一下那只老鼠有多大。"

乌龟:"……"

乌龟慢吞吞地朝着那边爬。

万俟子琅:"你们还是多买一点耗子药吧。"

改装工人:"也没什么大事,那么大的老鼠,大概也就这一只了。"

岳决:"小姑娘,别往这边看了,老鼠已经把兔子啃一半了。"

万俟子琅点了点头,把爬了几厘米的乌龟拿了起来,一边往外走,一边把它放在了耳边。

万俟子琅:"跟我说说,你看到了什么。"

乌龟:"……"

万俟子琅:"我知道了。"

乌龟:"……"

万俟子琅:"我们去买点耗子药。"

乌龟:"……"

万俟子琅:"你很想吃耗子药的话,我会多买一点的。"

乌龟:"……"

万俟子琅离开之后,改装工人有点不耐烦地踹了一下车子。

改装工人:"你能不能把那只老鼠拿出去?"

岳决:"为什么要拿走啊?让大家一起新奇新奇呗。"

沈兮:"就是啊,大家一起玩呗,你看看,老鼠吃兔子,多难得一见啊。"

笼子里篮球大的老鼠,两只前爪捧着兔子,眼睛猩红,一口接着一口地撕咬着,笼子上面全部是落下来的残屑碎渣。

沈兮:"这老鼠吃肉这么厉害,会不会也能吃别的?蔬菜它吃不吃?"

沈兮:"我这里有中午剩下的盒饭!还有几根菜叶子!来给它试一试?"

沈兮:"哎哟,它真吃了!米饭吃吗?米饭也吃!"

岳决:"再来点水果试试看!"

不少改装工人都兴致勃勃地冲了上来,不停地给老鼠喂着东西,米饭、蔬菜、水果……不知道是谁突发奇想,将一把塑料梳子递到老鼠面前,它竟然也吃了下去,一群人顿时更兴奋了。

改装工人:"老鼠有什么好玩的?还那么大,也不嫌恶心……算了,我干我的活。"

他掀开了一辆废旧汽车的前盖,瞬间,里面的黑色东西像是蜂巢一样，密密麻麻地涌动了起来！无数黑色的老鼠趴在里面，长长的尾巴上没有毛，像是鸡皮一样让人作呕。它们睁着绿豆大的眼睛，贪婪地看着眼前的改装工人。

改装工人："这都是什么东西？"

他忙不迭地往后退，密密麻麻的黑色老鼠顺着车往下跑，有一只看准了机会，猛地一跃，径直钻进了他的嘴里。他惨叫一声，一把抓住老鼠尾巴，猛地把它扯了出来！

改装工人："呕——"

岳决："好多老鼠！小沈，快拿扫把来！"

沈兮："打死你们！打死你们！老鼠都散了！你没事吧？"

改装工人弯着腰，干呕不止，那只老鼠……那只老鼠想顺着他的嘴钻进去！

改装工人："我今天下午就去买老鼠药！"

沈兮："这些老鼠是哪里来的？也太多太吓人了吧！我刚才打死了一只，怎么处理？"

岳决："给我吧。"

岳决抓着死老鼠的尾巴，扔到了大老鼠的笼子里，大老鼠用两只爪子捧起死老鼠，很快啃完。

改装工人有些反胃。

改装工人："你们尽快处理了吧，别闹出事来，我先回家休息了。"

岳决："行，这老鼠连自己的同类也吃啊。"

沈兮："什么都吃，真可怕，铅笔它吃不吃？"

岳决："你捅它一下试试看。"

沈兮捅了大老鼠一下，大老鼠很快就把铅笔吃了，两个人都发出了惊叹声，忍不住又拿了一些东西来喂这只大老鼠。

晚上，岳决脱下了工作服，准备下班。

岳决："今晚你值班吧？抓着扫把等，看看能不能再打死几只老鼠。"

沈兮等了一晚上也没等到老鼠冒头，第二天改装工人就拿来了老鼠药，放在香喷喷的米饭上，然后用纸板盛好，堆到了角落里。一个星期后，他们药死了十几只老鼠。

改装工人："太少了，跟那天见到的比起来，还远远不够。"

岳决："那就再等等呗，反正老鼠药也够……"

万俟子琅："我来提车了，改装好了吗？"

改装工人："改装好了，老板，这边来，你可以先上车试试看，小心一点，里面别钻进去老鼠，小女生都害怕这个……"

他话音刚落，真皮座椅上忽然动了起来，上面居然趴着一层密密麻麻的老鼠！

改装工人："老板，快让开——"

万俟子琅："让开！"

万俟子琅抓住乌龟砸了下去。她的准头非常好，一乌龟一个老鼠脑袋，砸死几只后，其他的老鼠一哄而散。

改装工人："……"

万俟子琅："座椅脏了，可以换吗？"

改装工人："可……可以，要不要再帮您擦一下乌龟？"

万俟子琅："不用了，我家乌龟挺喜欢老鼠的。"

改装工人去擦座椅的时候，万俟子琅又扫了几眼笼子里的大老鼠。

万俟子琅："是我的错觉吗？这只老鼠好像变大了。"

岳决："吃多了吧……老板，您别看了，这脏东西有什么好看的？"

万俟子琅点了点头，看着他们收拾好了东西，也跟着离开了。她怀里抱着乌龟，走了几步之后却忽然转过了头，身后的路上空无一人，但是莫名有一股寒气。

万俟子琅："……"

乌龟："……"

万俟子琅："你说的是真的？"

乌龟："……"

万俟子琅："我知道了，我会小心的。我记得杂耍艺人那次确实顺道杀了几只老鼠。只是我没想到，老鼠居然这么记仇……"

万俟子琅离开后，改装工人忍着恶心，把十几只死老鼠收拾了一下。

改装工人："串成一串，扔了吧。"

岳决："扔了干什么？多浪费？"

改装工人："不然你想干什么？当下酒菜？"

岳决："喂老鼠啊！"

岳决把十几只死老鼠扔进了笼子里，兴致勃勃地看着大老鼠吃东西。

沈兮："真有意思，给它塞什么它都吃。"

岳决："我下班了，今天还是沈兮值班吧？"

车间里的人很快就走得没剩下几个了，沈兮随手关了灯，然后拿了块饼干，"咔咔"地咬着。

"嘎吱——嘎吱——嘎吱嘎吱嘎吱……"他的动作忽然一顿。

沈兮："谁在那里吃东西？老岳？是你吗？"

嘎吱声消失了。

沈兮："听错了吧。"

他又吃了一口饼干，又响起了嘎吱声……

沈兮："是老鼠在吃东西？不对啊，今天丢给它的吃的都被吃完了啊，它在吃什么……"

他打开手机手电筒，凑了过去，黑暗阴冷的车间里，回响着嘎吱声。这一看，他瞬间冷汗直流！这只老鼠在啃铁笼子！而且已经啃开口了！

沈兮："得赶紧打电话喊老岳！"

沈兮："喂？老岳，你养的老鼠……呜！呜呜呜！"

他张嘴刚说了一句话，那只巨大的老鼠就一跃而起，然后……

119

第二天。

改装工人："老岳！你老老实实待在家里，别来车间了！"

岳决："怎么了？"

改装工人："沈兮被什么东西咬死了……"

岳决："死了？被什么咬的？"

改装工人："警方还在调查，不过我看了现场照片。"

他给岳决发了一张照片。

改装工人："看到了吗？感觉出不对来了吗？"

岳决："笼子上……怎么有一道口子？"

改装工人："你要小心，一定要小心，警方分析说，这种野兽报复心很强，说不定会找上我们……"

岳决："你别胡说！我先挂了！"

他心惊胆战地挂掉电话，飞快地检查了屋子里的缝隙，然后把门窗关严，躺在了床上。

岳决："这里距离车间那么远，应该不会被找上门来吧？早知道就不养那只老鼠了。"

他睡了过去，睡了整整一个白天。再睁眼的时候，外面的天已经彻底暗了，他去检查了一下门窗，都关得严严实实的。

岳决："果然是多想了，还是继续睡吧。"

他打了个哈欠，又睡了过去。

这次的梦又黑又沉，他舒服得打着鼾，却忽然感觉自己的喉咙被什么东西堵住了，梦里他奋力挣扎，然而那东西越钻越深，越钻越深……

岳决一睁眼，牙齿重重地合上，嘴里有什么东西被他生生咬成了两半！

密不透风的屋子里一片寂静，岳决的被子里，有什么东西在涌动着。即使不用看，他也能猜到，那是大量密集的、油光水滑的老鼠……

万俟子琅脱了衣服，泡到浴池里。

桑肖柠："怎么半夜忽然来约我洗澡？"

万俟子琅："洗掉身上的气味，能防止被凶猛的野兽跟踪。"

桑肖柠："我还是第一次来这种大浴场，浴池好大啊，泡我们两个也没问题。"

万俟子琅："需要我给你搓背吗？"

桑肖柠："不用……我还是有点害羞的。"

桑肖柠："你手里拿的什么？"

万俟子琅："小刷子，给龟龟刷壳用的，泡澡的时候就顺便了。"

万俟子琅："龟龟，过来。"

乌龟："……"

乌龟默默地看了她一眼，又默默地……掉了个头。

桑肖柠："它不想洗澡？"

万俟子琅："害羞了吧，以前我给它刷壳都是穿着衣服的。"

桑肖柠："那就让它自己待着吧。"

万俟子琅："好的，我尊重龟龟的隐私。"

桑肖柠："你这乌龟是公的？"

万俟子琅："……"

她突然站起来，水珠"哗啦啦"地落了下去。她抓住乌龟，掰开它的两条后腿，看了一眼。

万俟子琅："是公的。"

乌龟："……"

桑肖柠："你一直喊着要嫁给龟龟，结果你连人家是公是母都不知道？"

乌龟："……"

桑肖柠："它好像不开心了。"

万俟子琅："没有。"

桑肖柠："它在挣扎。"

万俟子琅："你看错了。"

121

桑肖柠："它挣扎得越来越厉害了。"

万俟子琅："说了你看错了，它这是在兴奋地呐喊，说：啊！子琅要嫁给我了！好高兴哦！"

桑肖柠："它快要从你手里挣脱了。"

万俟子琅："它害羞了，我劝劝它。"

她抓着乌龟，在地上凿了两下。

万俟子琅："再乱动我就让你变成母的。"

乌龟："……"

龟龟不动了。

万俟子琅："骗你的，我不忍心。"

桑肖柠："你刚才那个表情好恐怖，并不像是开玩笑。"

万俟子琅："龟龟知道我是在开玩笑，对吧？"

乌龟："……"

万俟子琅把它放在浴池边，然后坐在了浴池里。桑肖柠也习惯了她每天对着一只乌龟自言自语，很快就把这段奇怪的对话忽略了。

桑肖柠："洗去身上的气味……你又招惹上什么东西了？"

万俟子琅："老鼠。老鼠是非常可怕的动物，属于啮齿类，是哺乳动物中繁殖最快的。城市钢筋铁骨，麻雀等鸟类几乎消失，但是老鼠依然可以生存……"

桑肖柠："老鼠……感觉有点恶心。"

万俟子琅："摸摸。"

桑肖柠："你是怎么招惹上它们的？"

万俟子琅："我家乌龟咬死了几只老鼠，被看见了。"

桑肖柠："洗干净了就没事了？"

万俟子琅："难说，老鼠无处不在。噩梦时代早期鼠患就非常严重，它们啃食尸体甚至活着的人类。还会有体型小的，直接往人嘴里钻。"

桑肖柠默默捂住了自己的嘴。

万俟子琅:"不用怕,对付它们的方法很简单。"

桑肖柠:"什么方法?"

万俟子琅:"钻进去的一瞬间咬断它们。"

桑肖柠:"我宁愿被它们钻进去。"

万俟子琅:"我洗好了,我们回去吧。"

桑肖柠:"好,浴场也快关门了。"

两个人一前一后从浴池里走了出来,坐在外面的软凳上换衣服。

桑肖柠:"这个浴池里有好多头发,刚才有一缕缠绕在了我脚上,可能是我不小心踩在了地漏上吧。"

桑肖柠弯腰抓了抓头发,脚踝上果然有一大缕又黑又长的头发,她没怎么在意,却忽然被万俟子琅抓住了手腕。

桑肖柠:"怎么了?"

万俟子琅:"在浴池里,头发会聚集在地漏旁边。"

桑肖柠:"我知道啊,所以我……"

万俟子琅:"你没踩在地漏上!地漏在浴池的另外一边,距离我们很远!"

桑肖柠的脸色瞬间惨白。

桑肖柠:"那我刚才在浴池里……踩到了什么?"

万俟子琅:"报警!"

警察来了之后,浴池中乳白色的水很快被排空。里面打捞上来了一具尸体。

警方调查,问了她们几句话,安抚了一下就放了人。

桑肖柠:"我先回去了,回去缓缓。"

万俟子琅:"今晚陪我睡觉。"

桑肖柠:"我有儿子了。"

万俟子琅:"有儿子就不能陪我睡了吗?"

桑肖柠:"你……你给我几天时间,让我做做心理准备?"

万俟子琅:"你别乱想,我怕今晚老鼠去找你,我刚才在口

123

袋里摸到了这个。"

她把手摊开，里面放着一只软绵绵的老鼠尸体。

万俟子琅："是老鼠放过来的，你现在回家，会遇到危险。"

桑肖柠："你是说……"

万俟子琅轻声道："今晚，可能会有不少老鼠过来。"

桑肖柠跟着她去了山脚下的小别墅那里，建筑工人都回去休息了，旁边有临时搭建的小棚子，四四方方，桑肖柠把边角都用胶带缠了一遍。

桑肖柠："这样可以了吗？今晚我们都别睡了？"

万俟子琅："轮流睡，老鼠非常狡猾，如果我们都不睡，它们可能会趁着凌晨我们都疲乏时过来。"

桑肖柠点了点头，先去睡了。半夜的时候，她被万俟子琅摇醒。外面空荡荡的，一片漆黑，小房子里只有一盏台灯，万俟子琅往外看了一眼。

万俟子琅："夜晚已经过去一大半了，还有两个小时天就亮了。"

万俟子琅："我睡一会儿，如果你听到有什么奇怪的声音，一定要喊我。"

桑肖柠："好的。"

万俟子琅钻进被子里，抱着乌龟，很快就睡着了。桑肖柠往外看了一眼，打了个哈欠。半个小时后，天微微亮了，但是可见度依然很低，台灯的灯泡忽然扑簌簌闪了两下，然后熄灭了。

桑肖柠："怎么灭了？"

她心头闪过一丝不好的预感，连忙在黑暗中去摇晃万俟子琅。

桑肖柠："子琅，别睡了！台灯忽然灭了，我不知道……啊啊啊！"

她伸手一摸，竟然在万俟子琅脸上摸到了一片毛茸茸的东西。她尖叫一声，立刻打开了手机手电筒。一看之下，她差点吓得魂飞魄散。

万俟子琅的脸上爬满了老鼠！有一只老鼠已经钻进了她的

嘴里！

桑肖柠："子琅！"

她颤抖着伸出手，想要把万俟子琅嘴里的老鼠拽出来，而万俟子琅一动不动。

桑肖柠："子琅，你快醒醒！该不会已经有别的老鼠钻进去了吧……子琅，你别吓我……"

她的哭腔刚开始，一直闭着眼的万俟子琅忽然睁开了眼，一口咬了下去！她看了桑肖柠一眼。

万俟子琅："你哭什么？"

桑肖柠："你一直没动，我以为你死了……"

万俟子琅："我早就醒了。"

桑肖柠："醒了为什么不闭上嘴！老鼠差一点就……"

万俟子琅："它不钻进来我怎么咬死它？"

桑肖柠："你跟我说咬死，不是开玩笑的？"

万俟子琅："不是，擦擦眼泪。吓到你了？"

桑肖柠："吓死了好吧……"

万俟子琅："对不起，剩下的老鼠给你，当补偿。"

桑肖柠："你确定这是补偿？"

万俟子琅："是补偿，因为它很补。"

桑肖柠："老鼠是怎么进来的？缝隙明明都堵上了。"

万俟子琅沉默着，接连拍死了几只老鼠。她趴在房子的墙壁上停了一会儿，忽然抬头。

万俟子琅："上桌子。"

桑肖柠："好！我上去了！"

桑肖柠看了一眼窗户，迟疑道："外面的地面是不是动起来了？地震？"

万俟子琅："不，是老鼠。"

她拿出了一把刀，又找出了一根绳子，三两下把乌龟绑在了绳子的一端，然后递给桑肖柠。

万俟子琅:"天马流'龟'锤,拿着防身,老鼠爬上来你就用龟龟把它们砸下去。"

乌龟:"……"

桑肖柠:"你还是给我把刀吧。"

万俟子琅:"好。"

万俟子琅又拿出胶带,把两个人的嘴巴全部粘了起来,严严实实,好几层。然后比了一下手势,示意桑肖柠在桌子上站好,桑肖柠还能发声,嘟囔着问:"我们在这里守到天亮就可以了吧?"

万俟子琅摇了摇头,沉稳地看向了窗外。地上,无数老鼠交叠涌动,它们长长的尾巴光秃秃的,像是粪坑里大量的蛆虫。而不远处,有一只大到让人毛骨悚然的影子——它两只爪子放在胸前,贪婪地看着万俟子琅。

桑肖柠:"子琅,你小心!"

万俟子琅迅速穿上雨靴,然后一个箭步冲了出去,手上剑光一闪,一剑一片老鼠。

桑肖柠吓得心脏都要跳出来了。她的嘴角都是汗,胶带松了一些。

桑肖柠:"子琅嘴角的胶带是不是被咬开了?老鼠要钻进去了!我……我过去只能是拖累,快想想办法……"

乌龟:"……"

桑肖柠:"办法……"

她看向了乌龟,乌龟默默地跟她对视。

桑肖柠:"办法就是你了!乌龟!"

乌龟:"……"

桑肖柠:"子琅那么相信你!那就说明你一定是她保命的秘密手段!"

桑肖柠:"我把你扔过去,你一定可以把子琅救回来!"

乌龟:"……"

桑肖柠用力，把乌龟朝着万俟子琅扔了过去。

桑肖柠："子琅，接着！"

万俟子琅远远看见有个东西被扔了过来，下意识一个飞踢，一脚把乌龟踹进了老鼠堆里，乌龟瞬间被淹没了。她来不及多想，死死地闭上了嘴。

胶带松开了！老鼠咬着她的嘴角，她却像是完全没有感觉一样，直直地朝着大老鼠跑去！

桑肖柠："子琅加油！你是最棒的！"

万俟子琅充耳不闻，耳朵却忽然一痒，下一刻她感觉耳边有液体流了下来——有老鼠想要往她的耳朵里钻！

桑肖柠："耳塞！拿耳塞啊，子琅！"

万俟子琅立刻拿出了耳塞，一边塞一边继续往前走！她已经很接近那只巨大的老鼠了。大老鼠有些胆寒地看了她一眼，终于在她即将逼近的时候尖叫一声，迅速号退了鼠潮。

桑肖柠："子琅！子琅，你没事吧？"

万俟子琅："没事。"

桑肖柠："这叫没事？你看看你自己啊！"

万俟子琅："上点药就好，龟龟呢？没在你身边？"

桑肖柠："被你一脚踢出去了，啊，在那里。"

万俟子琅："没认出来。"

桑肖柠把乌龟捡了起来，然后放在万俟子琅的手心。乌龟探出了头。

乌龟："……"

万俟子琅："我刚才认出你来了，为了不让你陷入危险，才把你踢出去。"

乌龟："……"

万俟子琅："没骗你，我从来不撒谎。"

乌龟："……"

万俟子琅："我要是撒谎，你就当场暴毙，可以了吧？"

127

乌龟:"……"

乌龟把头缩了回去。

桑肖柠:"先别跟它说话了,快回去坐好!我帮你包扎一下伤口,然后我们去医院!"

万俟子琅:"你会包扎吗?"

桑肖柠:"我是学护理的,可惜当时没找工作,被胁迫着嫁了人,生了孩子……老鼠还会回来吗?"

万俟子琅:"不会了,生存法则,群居动物如果有久攻不下的猎物,不会耗着。"

桑肖柠:"那些老鼠……会去哪里?"

万俟子琅:"等着看吧。"

几天后,狸熊市的各处都闹起了鼠患,建筑被啃坏,粮食被偷盗,甚至有很多人在大街上被老鼠袭击。打疫苗的人数量大大增加,不过即使鼠患严重,人类社会也还没有出现崩溃迹象,经过几天的投喂耗子药、城管上街捕鼠,老鼠的数量很快大大缩减。

而这时候,距离噩梦时代来临只剩下三个月的时间了。不少具有危机意识的人,已经开始囤粮囤物资,一时间物价飞涨,而更多的人,依然没有察觉到即将到来的危机。

万俟子琅又关注了一下云中峡谷,发现峡谷的入口已经被疯长的植物覆盖,进去的人再也没有出来,搜查队放弃了对云中峡谷的探寻。而天上那只巨大的鸟,活动区域已经从东南沿海,渐渐扩大到了内陆。

工程师:"古人说得不错,祸祸就是动力。

"一整支工程队都在这里,工程进行得比我们想象中的更快,别墅已经建造完了。

"接下来就是墙壁……那边怎么开过来了几辆卡车?"

万俟子琅:"是我订的鸡、鸭、肉羊,还有兔子一类的可食用牲畜,我去检查一下。"

她这次订了不少动物,最基础的鸡、鸭、牛、羊、兔子,还有两只鸵鸟。一般来说，十到二十只母畜，配一只配种的就差不多了。万俟子琅按照比例清点了一下数目，然后跟着工人一起搬运。

不远处，工程师跟桑肖柠肩并肩地蹲着。

工程师："你有没有感觉我们老板其实不太对？"

桑肖柠："啊？"

工程师："她不太像是普通女孩子。"

桑肖柠："哦……因为她喜欢乌龟？"

工程师："啊？"

桑肖柠："她自己说的。"

工程师："不是，你看，这么大的地方，总不能就因为一个小女孩儿的一时兴起吧？而且你看她那张脸，跟面部瘫痪一样。"

桑肖柠："她有表情，只是你没看过而已。"

工程师："你这么骄傲干什么？"

桑肖柠："不喜欢你说她的坏话。"

工程师："我没说啊！而且我说的是实话，你看，她搬着兔子跟搬着一筐大粪一样。普通女孩子都会蹲下来摸摸毛茸茸的小兔子吧？"

桑肖柠："可能她想背着我们摸呢？"

这话她说得犹犹豫豫，自己都有些不信。而她话音刚落，不远处的万俟子琅就蹲了下来，从笼子里抓起来一只毛茸茸的小兔子。

桑肖柠瞬间理直气壮："你看！就是个普通女孩子吧！她看着那只兔子，表情都要软化了——"

万俟子琅扣住兔子的后脑勺，"咔"的一声扭断了它的脖子，然后抽刀，干脆利索地放了个血。

工程师："我去干活了。"

桑肖柠："子琅，你在干什么？"

万俟子琅："你来得刚好，新鲜的兔子血，尝一下吗？"

桑肖柠："兔子这么可爱，为什么要喝它的血？"

129

万俟子琅："噩梦时代开始之后，水源被大量污染，可用水的数量急速下降，那时候补充水分的最好东西，就是牲畜和鱼类的血。"

桑肖柠："有点恶心，还有别的能补充水分的吗？"

万俟子琅："有，尿液。"

桑肖柠："……"

万俟子琅："要试试吗？刚好那边有个易拉罐……"

桑肖柠："你把兔子血给我，我尝尝。"

她闷头灌了几口，忽视难闻的铁锈味，兔子血果然非常解渴。等她睁开眼，万俟子琅已经把兔子剥了皮、洗干净、串在烤架上了。

万俟子琅："兔子皮你带回去，给自己做个手套，今晚吃烤兔子……饿吗？"

桑肖柠："子琅。"

万俟子琅："嗯？"

桑肖柠："没什么，就是……感觉在你身边，很有安全感。"

万俟子琅："我有龟龟了。"

桑肖柠笑了笑，正想说什么，却忽然接到了一个电话。她听了一会儿，忽然变了神色。

桑肖柠："子琅！我们得去公安局看一下！法医在那具尸体的肚子里发现了……"

第八章

湿发
乌长

桑肖柠："法医在那具尸体的肚子里发现了大量头发。"

万俟子琅："嗯。"

万俟子琅找了个烤架，又从垃圾堆里挑挑拣拣，做了一个简易的钻木取火的工具，然后很快地点起了火，一边烤兔子一边听桑肖柠面色惨白地跟她解释情况。

桑肖柠："除了头发，还有大量石头。"

万俟子琅："怪不得没有浮上来。"

桑肖柠："而且，她的肚子上没有伤口，这就意味着，石头跟头发全部是她自己吞下去的。"

万俟子琅："兔子肉烤好了，吃吗？"

兔子肉的表面被她刷了一层孜然，兔肉被烤得吱吱响，油脂顺着杆流了下来，喷香扑鼻。

桑肖柠："我不吃了，你最好也别吃，我不想吐在公安局。"

她去开车了，万俟子琅看看手里的兔肉，又看了看旁边的乌龟。

万俟子琅："每天都对着龟龟的脸，这算什么？"

乌龟："……"

万俟子琅："没有骂你。"

乌龟："……"

万俟子琅："爱你，啵。"

乌龟："……"

龟龟动了动腿。

万俟子琅心满意足。

两个人很快就到了公安局。虽然是案发现场的第一发现人，但是这件事的确与她们无关，警察很快就放人了。出来的时候，桑肖柠跟一个穿着白大褂的青年擦肩而过，两个人同时一顿。

桑肖柠："分题？你在这里干什么？"

宋分题:"我是这里的法医。"

桑肖柠:"子琅,我来给你介绍一下!这是我大学校友宋分题。"

宋分题:"你好。"

万俟子琅:"你好。"

两个人握了一下手。

桑肖柠:"分题是个很友好的人,过会儿我们一起去吃……"

宋分题吐了:"哇——"

万俟子琅:"……"

宋分题:"对不起,你身上的气味很奇特,让人感觉你像是被一筐大粪迎头浇了一样。"

万俟子琅:"……"

宋分题忍了又忍,但最后还是没忍住,去旁边干呕了。

桑肖柠:"抱歉啊,子琅,他有洁癖,而且嗅觉很灵敏,不是在嫌弃你。"

万俟子琅:"我知道,因为臭味不是我身上的。龟龟,听见了吗?那个人说你像是从粪坑里捞出来的。下辈子记得勤洗澡。"

乌龟:"……"

没多久,宋分题脸色惨白地回来了。他戴上了口罩、手套,浑身包裹得严严实实。

万俟子琅:"我们能去看一下那具尸体吗?"

宋分题:"可以倒是可以,别吐就好。"

宋分题一边往里走一边说:"我检查过了,尸体上没有伤口,但是肚子里有大量石头,这就说明,石头是她生前吃下去的……"

尸体旁边则堆积着大量的石头和头发。

万俟子琅:"数量比我想象中的要多,她究竟吃了多少?"

宋分题:"很多,胃基本被撑烂了。"

万俟子琅:"我可以看一下石头吗?"

宋分题:"可以。"

万俟子琅拿了一块放到乌龟面前。

万俟子琅："龟儿，闻一下这是哪里的石头。"

乌龟："……"

万俟子琅："'龟儿'是爱称，你不喜欢吗？"

乌龟："……"

万俟子琅："龟龟说，石头上的气味很奇怪，而且看石头的类型，不像是市区会有的。"

宋分题："……"

万俟子琅："我们要去看看，你一起吗？"

宋分题："一起。"

他不相信万俟子琅的话，总感觉这小姑娘奇奇怪怪的，看起来不太像是正常人。但这段时间诡异的事情太多，警力彻底不够用了。他迟疑了一下，最后还是决定跟她们一起去。

她们刚好也可以蹭车，上车之后，万俟子琅就开始睡。

宋分题："好久不见，你还好吗？"

桑肖柠："我？我挺好的，生了个儿子。"

宋分题："是我孤陋寡闻了。"

桑肖柠："不是！你清醒一点！"

宋分题迟疑地看了她一眼："那孩子是……你们在一起之后领养的？"

桑肖柠放弃了交谈。

他们抵达山区的时候，已经是深夜了。山林阴森恐怖，到处是大雾。万俟子琅抱着乌龟，很快停在了一条河边，河水混浊。

宋分题："我看了一下，石头是一样的没错……你们有没有听到哭声？"

万俟子琅："我听到了，那边有人在蹲着哭。"

一个女孩子，佝偻着身体，正蹲在河边"呜呜"地哭。她看见万俟子琅等人，惊慌失措地站了起来。

童初："你们来这里干什么？赶紧走！别再过来了！"

桑肖柠："我们想问一下，你们这边最近有没有人失踪？"

女孩子的脸瞬间惨白了起来。

童初："你们碰过那些头发了？快来，快来这里蹲着！烧纸！千万不要停下！"

宋分题："头发是怎么回事？"

女孩子的嘴唇哆嗦了一下。

童初："你让我看一下！那个东西有没有跟着你们回来！"

万俟子琅："回来？"

童初："半个月前的深夜，我亲眼看到，我们山村里最后一个女人，疯了一样地吃着石头，然后跳进了河水里。我爷爷不准我去河对岸，还跟我说……说，是'它'……是'它'又回来了……"

宋分题："'它'是谁？"

童初："头发，很多很多的头发……

"我们山村里，不管男女老少，都曾经留着一头长发，这是我们的象征，也是我们的荣耀。"

万俟子琅："……"

万俟子琅默默把乌龟放在了自己头顶上——象征。

童初："但是很久之前，村子里有个女孩子，离经叛道，一定要留短头发……

"然后她被扔进了河水里。"

宋分题："这是什么风俗？"

童初："我们村的事情，为什么要让别人的规矩来管？"

宋分题没搭话。

童初："那个女孩子死了后，村子里的人给她做了一顶假发，然后在她的肚子里塞满了石头，把她扔进了河里……但是几个星期前的晚上，有人看见，有很大的东西从河里爬了出来……"

桑肖柠："很大的东西？"

童初："然后村子里就开始出现怪事……"

桑肖柠："没有人逃命？"

童初："想要逃跑的，全部在河里淹死了，我跟爷爷住在村子的河对面,所以才没有遭难。

"你们……你们为什么来这里?"

宋分题:"我们在外面发现了一具肚子里有石头和头发的尸体。"

童初:"这绝对不可能!村子三面环山,要离开这里只能通过这条河,但是我跟爷爷从来没有见过有人离开。"

童初:"你们是不是有人碰过了?"

桑肖柠:"我碰过……"

童初颤抖了一下。

童初:"我回家去问问爷爷!"

她转身就跑了,一头长长的头发在身后摇晃。

不远处有一口井。

童初去了很久都没有回来,就在三个人有些疑虑的时候,河对面忽然出现了一个人。

老奶奶:"孩子……你们在这里干什么?"

桑肖柠:"那个女孩子不是说村子里的人全部死了吗?"

万俟子琅:"我们在这里烧纸。"

老奶奶:"别烧了……孩子,别烧了!村子里进了怪物……"

"你在这里烧纸,那个怪物就会继续在村子里徘徊……"

万俟子琅:"奶奶,你是怪物吗?"

老奶奶:"我?我当然不是怪物,我是个活人,心地善良的活人……"

万俟子琅:"可是奶奶,我看你像是个怪物。"

老奶奶:"唉……村子里的活人的确不多了,大家都躲起来了,想要等那个怪物离开……"

桑肖柠:"哪个怪物?是从河底爬出来的那个东西吗?"

老奶奶:"是'它'!'它'还在村子里徘徊,我随时都有可能被发现。孩子,别烧了,你烧下去,那个怪物就不会离开,我们村子里的人跟你无冤无仇,你为什么要阻止怪物离开?"

桑肖柠："我们也是刚刚到这里，刚才是一个叫童初的女孩子在这里烧纸……"

老奶奶："童初……童初？这不可能……绝对不可能啊！"

桑肖柠："有什么不对吗？"

老奶奶："那个怪物从河底爬出来之后，先去了河对岸……杀了童初跟她的爷爷，然后才进入村子……"

桑肖柠的脸顿时白了一点。

桑肖柠："但是我们刚才还跟她说话了！"

宋分题："你为什么这么害怕？"

桑肖柠："我当然害怕啊！这说明她们肯定有一个人在撒谎！"

宋分题："或许她们都是活的呢？"

桑肖柠："……"

宋分题："我是个法医，我相信科学。"他坚定地道，"除非山无陵，天地合。"

桑肖柠："子琅，怎么办？不然我们先回去……"

童初："我回来了！你们在这里干什么？那边怎么会有人？"

老奶奶："童初？你怎么还活着？我是亲眼看到你被长发女杀死的！"

童初："我也亲眼看着你被杀死！你是不是长发女变的？"

老奶奶使劲地冲着万俟子琅等人挥手。

老奶奶："快跑！快跑！"

童初："不要相信'它'！'它'想骗你们过去，然后杀死你们！"

桑肖柠："……"

桑肖柠很想问问该怎么办，但是她左边的万俟子琅在逗乌龟，右边的宋分题一脸"我不信，你们一定是在唬我"。

老奶奶："我现在就给你们证明！我可以从河里游过去！"

万俟子琅："河对岸那个老太太在撒谎。"

老奶奶："你凭什么这么说？"

万俟子琅："拄着拐杖，走都走不动，你还能游过来？"

137

老奶奶:"……"

童初惊慌失措,把纸烧成的灰全部撒进了河水里,对面的老奶奶阴森地看着她。老奶奶的脸忽然抽搐一下,长长的头发冒了出来。

宋分题:"……"

万俟子琅:"哦,我说呢,什么长发女短发女,原来是磁场变异。"

宋分题:"嗯?"

桑肖柠:"啊?"

万俟子琅:"他应该是想问磁场变异是什么,但是因为过于震惊张不开嘴。把耳朵伸过来,我给你解释一下。"

宋分题:"……"

万俟子琅:"伸过来了对吧?我跟你讲,磁场变异……就是磁场发生了变异。"

宋分题:"……"

长发女:"你这个小贱人……"

童初:"你等着吧!只要我活着一天,你就别想从村子里出来!"

童初松了一口气。

童初:"纸灰全部在河里,'它'过不来的,我送你们走吧。"

桑肖柠:"那我……"

童初:"'它'没有办法离开村子,你就是安全的,但是我不知道你们发现的尸体究竟是怎么回事……"

宋分题看着河对岸的长发女,若有所思。

童初:"对了!你们谁跟我回一趟家?我去给你们拿点纸,你们回家烧一下。"

万俟子琅:"我跟着你去吧。"

童初羞涩地笑了笑,万俟子琅跟着她往另外一边走。

童初的家,是一栋破旧的平房,院子外面是密密麻麻的荆棘,屋子里面破旧简陋,窗户全部被封死了,再加上大雾,里面阴暗得可怕，还有一股难闻的臭味。

童初："我爷爷瘫痪在床很久了，所以屋子里的气味有点难闻。你先坐吧，我去给你取。"

万俟子琅："嗯，你去吧。"

童初进了房间，里面传来了隐隐约约的翻箱倒柜的声音。万俟子琅原来坐在板凳上，却忽然感觉有哪里不太对。

这时候，她的身后忽然响起了童初的声音："你在看什么？"

童初盯着她看了一会儿，眼睛忽然一弯，笑容温暖。

童初："你要来看看我的爷爷吗？他躺在床上，太寂寞了。"

万俟子琅："我爸妈从小就教导我，要礼尚往来，你请我看你爷爷，我就请你看龟龟的尾巴吧。"

她轻轻地抚摸了一下乌龟的壳，跟它对视了一眼。

万俟子琅："帮我看着她，如果她想要动手，你就大声叫喊提醒我。"

乌龟："……"

万俟子琅："爱你，啵。"

万俟子琅跟在她后面走进了狭窄的屋子里，里面没有床，只有一张狭窄的土炕。一个干瘪的、皮包骨的东西躺在床上，身上盖着一层乌黑的棉被，棉絮已经脏得结成块了。

童初："我爷爷动不了，你凑近一点看吧。"

万俟子琅："好，我需要说什么？"

童初："低下头，凑近，告诉他，你看到他有多高兴。"

万俟子琅："老爷子，见到你我很开心，呵呵。"

床上老人挣扎了两下，似乎在盯着万俟子琅。

万俟子琅："老爷子不高兴吗？"

童初："他今年才五十多岁，你应该喊得年轻一点。"

万俟子琅："好的。孙子，我来看你了，你高兴吗？"

老人又动了两下，喉咙里发出来骇人的声音，像是想说什么话。

万俟子琅低下了头："孙子，你说话声音大点，我听不到！"

她猛地一偏头，童初"咚"的一声砸在了她放在床边的手上！

童初："居然让你躲过去了，不过没关系，我还是砸中你的手了。剧烈的疼痛会让人眼前发花，你别想离开这间屋子了。我得想想，怎么才能让你的同伴分开！"

万俟子琅面不改色，一脚踹在了她的肚子上，然后一把将乌龟抢了回来。

万俟子琅："谢谢你的大声提醒，让我及时躲开。"

乌龟："……"

童初的身体撞开了一片锅碗瓢盆。她连滚带爬站起来，反手就锁上了门。

童初："想要离开？别做梦了……"

万俟子琅："我劝你一句，你最好再加一道锁。"

童初一低头，抬手就想要去拿菜刀，却被万俟子琅抓着乌龟"咚咚咚"地砸着脑壳。她怨恨地退到了门边，被重击七八下还找不到反击机会之后，终于忍无可忍，打开锁就跑了出去！

万俟子琅："你爷爷还在我手里！我家乌龟还缺个媳妇！你想清楚了！"

童初头都没有回。

万俟子琅："太没良心了。"

乌龟："……"

万俟子琅："我跟你保证，如果是你被扣住了，我也绝对不回头。"

乌龟："……"

万俟子琅："不拿你当武器了，你太圆、太小了，不好抓。

"刚好她没把菜刀带走。既然能被我殴打，那就是有弱点。走。"

她抓住菜刀，跟着童初的背影跑了过去。

宋分题："怎么还没回来？"

桑肖柠："你能不能不要埋着头跟我说话？"

宋分题:"我忍了一路了,这条河像是冲洗了婴儿夜便,然后又洗了一次拖过打翻了的纳豆跟臭豆腐混合体的拖把一样臭。"

"不把头埋着我会吐出来的。"

桑肖柠:"那我们去找子琅吧,我担心她……"

宋分题:"她一看就不好惹,手上全部是茧子。"

桑肖柠:"别胡说,子琅是个好女孩。

"那边来人了!好像是子琅?不对,前面的是那个烧纸钱的女孩子!"

宋分题抬起了头,两个人看着好女孩万俟子琅抓着菜刀,满脸阴冷地追逐着童初。

桑肖柠:"……"

宋分题:"……"

万俟子琅:"拦住她!"

童初:"给我让开!"

童初扑通一声跳进了河水里,长长的头发瞬间被泡开,然后眨眼就消失不见了。

万俟子琅简单地说了一下情况,然后在河岸边的隐蔽处,找出来一只染血的箩筐,跟几把沉重的斧头。

万俟子琅:"不是没有人逃出去,而是所有试图逃出去的人,都被守在河这边的童初杀死了。"

桑肖柠:"她图什么呢?杀人狂魔吗?"

万俟子琅:"她自己已经说过了。"

三个人没有在这里逗留,而是选择了开车回去。

他们离开没多久,河水忽然冒了一个泡。童初从河里爬了上来,摇摇晃晃地走到河岸的井边,然后一屁股坐在了井沿上。

童初:"幸好我跑得快……"

她低下头,对着井水倒映出来的影子,怜爱地捧起了长发:"幸好没有弄乱我的头发……"

她坐了一会儿就回家了。

童初："爷爷，没有食物来源了，我看河边的井里还有水，我今晚去打些水来喝。"

老人看着童初，忽然剧烈地挣扎了起来。

童初："爷爷，你怎么了？你想说什么？大点声,我听不见……"

爷爷："井……井……嘀……嘀嘀……"

童初："井怎么了？你以前都不让我靠近，但是今天情况特殊，你别生气了，爷爷。"

爷爷："井……井！"

童初："井到底怎么了？"

老人干瘪的身体抽搐了一下，嘴角全部是流出来的白沫子。

童初趴在他的耳边，外面炸开了一道响雷，天阴森得可怕，窗户外面的树被吹得摇摇晃晃，她无意中看到院子门开了……

是刚才进来的时候没关好吗？还是被风吹开了？

老人"呼哧呼哧"的喘息声把她的心思拉了回来。

童初："你到底说不说？不说我就要出去找吃的了！"

爷爷："井里……"

童初："啊？"

老头的声音沙哑得可怕。

爷爷："井里……没有水……那是一口,干枯了很多年的井……"

童初："你说什么？"

但是刚刚她坐在井边，明明在里面看到了自己的倒影！如果里面没有水，那她看到的是什么？

童初毛骨悚然，下意识站起来，看向了窗外——

这次她没有看到被风吹动的院子门，她看到的，是一个长发女。

长发女："没有人说过，磁场变异只局限在那个村子里吧……我来……找你了。"

万俟子琅开着车，宋分题虚弱地靠在座椅上。

桑肖柠:"很难受吗?看你都蔫儿了。"

万俟子琅:"和腐烂叶子一样蔫儿吗……"

桑肖柠:"子琅,你也少说点话吧。"

万俟子琅:"不是我想说,是龟龟太记仇。"

宋分题冷笑一声:"我怀疑你是故意的。"

万俟子琅:"不用怀疑,我就是故意的。"

宋分题:"随便你说,我的胃里已经没东西了,再吐也吐不出来了。"

万俟子琅:"人体内胃酸的主要成分是盐酸,带一点酸苦味,吐出来是黄绿色的话,大概就是胆汁反流,如果你想知道这具体是什么味道……"

宋分题:"别说了!"

宋分题在路边一阵狂吐。

桑肖柠:"还好吗?"

宋分题:"至少我的科学信仰没有被改变……"

他的话说到一半,刚好看见一辆货车跟他们擦肩而过,露天的车厢里躺着一个女人,她的头发极长。

宋分题:"……"

货车奔驰而去,宋分题沉默了很久才回到车上。

宋分题:"……"

万俟子琅:"山无陵,天地合。"

宋分题:"我信了,这究竟是怎么回事?是不是……跟最近的变异有关?"

来山脚下别墅帮忙的又多了一个人,工程已经进行得差不多了,别墅整体修筑完成,只剩下最后的围墙修建。

工程师:"我得先走了,剩下的工程其他工人会做好的。"

万俟子琅:"你要去哪里?"

工程师:"回隔壁的青红市看一下我老婆孩子,之前专家一直说情况很快会好起来,但是变异情况越来越严重。狸熊市还好,青红市那边的植物开始疯长了,有几栋高楼大厦都被地下长出来的植物顶倒了。"

工程师担心那边的情况,没说几句就走了。围墙的建造工作还在继续,宋分题在帮桑肖柠带孩子,万俟子琅趁着这段空闲时间,去简单地装修了一下别墅。第三层基本上都是起居室,主卧有飘窗。她在地上铺了一层厚厚的羊毛地毯,床铺上也堆积了大量蓬松柔软的被子。

桑肖柠:"为什么要弄这么多被子?现在刚秋天吧?"

万俟子琅:"一月初,噩梦时代来临,那个时候的气温低得可怕,出去就会被冻僵,所以多准备一点棉衣、被子比较好。"

桑肖柠:"对了,你让建造的动物养殖场差不多行了,保温措施也准备得差不多了。"

万俟子琅:"三十头牛,三十只羊,以及大量的鸡、鸭、鹅、兔子,够我们吃一段时间了。

"剩下的就是蔬菜,得趁着冬天还没来,先把种子播下去。"

桑肖柠:"可是气温降低的话,会不会——"

万俟子琅:"不会,放心就好,植物的生存能力比人类强多了。"

她采购了几台犁地、播种的机器,把围墙里面的空地都犁了一遍,又趁着别人没注意的时候,往空间里带了一批家畜跟种子。

桑肖柠的房子还在挂牌出售,但是她已经搬过来跟万俟子琅一起住了。宝宝跟她住在一起,还是小猫咪的形态,鲜少有睁眼的时候,几乎每天都在睡。

动植物的异变越来越强烈,天气也越来越反常。十月的某一天,天空竟然下起了毛绒大雪,万俟子琅准备的棉衣、棉被刚好用得上。工程队把地窖挖好了,她又在里面放置了大量白菜、苹果、腊肉等易于保存的食物。

桑肖柠:"雪还在下。

"越来越大了,已经连续下了一个星期,再这么下去……"

万俟子琅："快停了。"
　　几天后，雪果然停了，没有再下。然而气温反常地变高了，几乎天天都能到四十摄氏度，地窖里的温度低没有受到什么影响。万俟子琅打着伞，去周边摸了一下加油站的位置，然后画出了简单的位置图，又购买了大量的桶。
　　万俟子琅："油的价格太高了……而且是消耗品，只能等之后再去收集。"
　　桑肖柠："子琅！你听说了吗？
　　"有家养狗场的狗咬死了养狗人，然后跑掉了！好像就在这附近！你最近出门小心一点！"

第九章

狂吠狗群

万俟子琅:"狗?是什么时候传过来的消息?"

桑肖柠:"我听人说是今天下午五点多跑的。"

万俟子琅:"狸熊市的异变体爆发,就是从养狗场开始的。"

桑肖柠:"养狗场离我们不远,那我们要怎么……"

万俟子琅:"跟我过来。"

天快要黑了,外面的植株都被清理过,一眼看过去空荡荡的。万俟子琅准备了大量的铁蒺藜,跟桑肖柠分开行动,在围墙旁边安置了一大堆,等她们忙完,天已经黑了。桑肖柠站在墙边,刚擦了一把汗,就被万俟子琅一把捂住了嘴。

万俟子琅:"嘘——"

桑肖柠:"怎么了?"

远处忽然响起了隐隐约约的狗吠声,桑肖柠顿时一阵毛骨悚然。这阵狗叫声虽然很小,但是听上去距离她们不远。

万俟子琅:"回去,关上门,它们进不来。"

巨大的铁门缓缓闭合。

桑肖柠:"铁门应该不会出故障吧?"

万俟子琅:"不会,厚度足足有二十厘米,门缝几乎完全闭合,材料特殊,很难攻破。"

厚厚的墙壁和铁门让这里固若金汤,万俟子琅没有睡,拿着一把锋利的叉子上了炮台,又找了数根细长的绳子。

万俟子琅:"你跟宝宝睡吧,今晚我守夜。"

桑肖柠:"你等我一下,我给宝宝喂一下奶,然后上来陪你。"

桑肖柠进屋了,万俟子琅低头看了乌龟一眼。

万俟子琅:"你看我干什么?"

乌龟:"……"

万俟子琅:"没有,我跟她不像一家三口,你才是我的心肝宝贝。"

乌龟："……"

龟龟还没有回话，万俟子琅忽然警惕地看向了远方。不远处有个村子，现在明明已经是休息时间了，但是那里人声鼎沸……

万俟子琅："它们进到村子里去了。"

乌龟："……"

村子里不断有人开车逃出来，没多久，村子那边就安静了下来。

万俟子琅屏住呼吸，眯眼看着只剩下灯光的村子。沉寂之后，喧嚣忽起，一群油光水滑的东西朝着这边跑了过来。

万俟子琅："来了！龟龟，准备好！"

乌龟："……"

宋分题："你让一只乌龟准备好什么？"

万俟子琅："我跟龟龟之间，不需要第三者指手画脚。"

宋分题："肖柠不放心,让我上来看看你有什么需要我帮忙的。"

万俟子琅："你别说话就……"

宋分题想说什么，万俟子琅却已经绷紧了神经，短短几十秒，上百只巨大的狗已经聚集在炮台下。

宋分题："这是已经异变的狗？"

万俟子琅："看上去还没有，如果是已经完全异变的，那它们现在应该已经不管不顾地咬铁门了。"

宋分题："我们就在这里跟它们僵持？"

万俟子琅："你先下去吧，我忽然想起来，家里还缺一点肉干。"

宋分题："让我把你一个小姑娘留在这里……"

他话没说完，万俟子琅已经抓着手里的叉子，对准了一颗狗头，猛地投掷了下去。她力气极大，准头也好，那条狗眨眼就没了声息。狗群一阵骚动。

宋分题："……"

万俟子琅抓着绳子把死狗拖了上来，然后抓住菜刀……

万俟子琅："你刚才说什么？不是要来帮忙吗？来啊。"

宋分题："这就来。"

万俟子琅："来啊。"

宋分题："来了！"

他在原地没动。

万俟子琅："你还好吗？"

宋分题："我很好，就是这个画面有点冲击太大，不过还在我的承受范围内——哇——"

他吐了。

宋分题："范围内。"

万俟子琅："……"

下面的狗吠声越来越大，狗群已经开始疯狂地抓挠铁门。万俟子琅面不改色，一叉一个，每拖上来一只，就干脆利索地动手。

宋分题在炮台旁边看了一会儿，忽然说："你来看一下，它们的状态好像不太对！"

宋分题指的是狗群的中央，那里的狗聚集得好像要比周围密集，虽然在黑暗中他们什么都看不清楚，但是中间的狗隐隐约约比周围的狗高出许多。

万俟子琅看了一会儿，神色忽然暗淡了下来。

宋分题："它们背着一只残疾狗？"

万俟子琅："不是残疾，它的半个大脑都在外面！前腿也没了，按理来说这种狗会被狗群遗弃……是变异源！"

那只狗趴在其他狗的后背上，呼哧呼哧地喘着粗气。

万俟子琅："它还在进化初期，病毒没有大量扩散，所以其他狗还没有被感染？"

万俟子琅："但是有哪里不太对，按理来说它们在这里找不到食物，就该离开了，却一直聚集在这里……"

宋分题："……"

万俟子琅："……"

两个人对视了一眼。

宋分题："变异初期，它们想找个地方当老巢？"

149

万俟子琅："看上去是。"

宋分题："那就耗着，我们不愁吃的。"

万俟子琅："只能先这样了。"

两个人站了起来，往炮台下面走了几步。走着走着，万俟子琅却忽然停下了脚步。

宋分题："怎么了？"

万俟子琅："嘘——"

宋分题："没有什么声音——"

他的声音戛然而止，两个人的后背上都出了一点冷汗。

是的，没有声音，然而没有声音才是最可怕的。不知道什么时候，狗叫声消失了。

万俟子琅猛地转过了头，炮台的楼梯上面，趴着一条黑色的影子——是一条狗。

宋分题："它是怎么上来的？小心！"

那条狗一跃而起，扑了万俟子琅身上。她被扑得在地上滚了几圈，后背被磨破了一大片皮。那只狗张着嘴，口水全部流到了她的脸上，而它的大半个脑子裸露在外面，前腿光秃秃的。

竟然是那个变异源。

宋分题："外面的狗搭了梯子！不要用手碰它的牙，不然你会被感染的！"

万俟子琅一只手死死抓着它的耳朵用力往后一扯，宋分题一脚踹在了狗的身体上，只听"扑哧"一声，他的脚尖直接没了进去！

宋分题："这条狗完全腐烂了，我踢它它都没反应！"

他咬紧了牙，扑到了狗的身体上，用力地勒住了它的脖子。

万俟子琅："大脑已经被我破坏一半了！"

这是她第一次接触异变源，按理来说，一般异变体被击中大脑就会失去行动力，但是眼前这只狗纹丝不动。她只能加快速度，竭力地去破坏它的大脑。它的牙齿距离她越来越近，又一声"扑哧"，宋分题的手忽然一轻，狗头被他勒了下来。

异变体狗尸首分离,然而两半身体还都在动,它尖锐的牙,朝着万俟子琅啃了过去——

被咬中的话……就要被感染了!而狗牙轻轻松松就能刺破她的皮肤。

就在这时候,趴在万俟子琅头上的乌龟忽然动了动脚,一下子就从万俟子琅的脑门儿滑到了她的脖子上。下一刻她反应迅速,立刻松了手,狗牙猛地刺在了龟壳上。

宋分题:"给你叉子!叉它脑袋!"

万俟子琅:"不用!让开!"

万俟子琅反手抓住了狗头,一把将它扔在地上,然后半跪下去,膝盖压在地面上,发出了一声让人牙酸的撞击声。然后她屏住呼吸,不管狗头还在活动,一拳捣在了它的脑袋上。几拳下去狗头就不动了。

宋分题:"你体力不支了!我扶你一把!"

万俟子琅:"别过来,这里太脏了,我怕你……"

宋分题呕吐起来:"哇——"

万俟子琅:"……"

宋分题:"对不起。"

万俟子琅:"……"

宋分题:"反正你都是要洗澡的。"

万俟子琅:"你为什么闭着眼跟我说话?"

宋分题:"我不仅闭着眼,还戴上了口罩。"

万俟子琅:"我简单清理了一下,你可以睁开眼了。"

宋分题:"脑袋被你砸烂了,那它的下半身怎么办?"

两个人同时看向狗的下半身,夜幕中,失去了头颅的狗尸在院子中摇摇晃晃地走着。

万俟子琅:"它在找自己的头。"

宋分题:"我把叉子给你拿过来,还是你直接用拳头砸烂?"

万俟子琅:"拳头砸太暴力了,我其实是个淑女。"

淑女万俟子琅拿来了一桶汽油和一个打火机。

万俟子琅："用火烧是最干净的处理方式，希望感染源能彻底消失。"

外面的铁门被狗抓得不停响。两个人都没说话，看见院子里火光的桑肖柠急匆匆赶了出来。

桑肖柠："怎么了？出什么事了吗？"

万俟子琅："我打爆了一颗狗头。"

桑肖柠："你把谁的狗头打爆了？"

万俟子琅："不是，我打爆了一只狗的头。"

桑肖柠被吓得手脚冰凉，万俟子琅摸了摸她的头。

万俟子琅："你先去睡吧，今晚轮流守夜。"

院子里一直烧到天亮，外面的狗叫声则迟迟没有散去。半夜，宋分题出来换班，一抬头就看见了站在炮台上的万俟子琅。她头上顶着乌龟，旁边是一堆死狗，他下意识想起了昨晚她干脆利落的动作。

宋分题："在考虑以后的出路吗？噩梦时代一定会来临，与其迷茫，不如收心，我跟肖柠帮不上多大的忙，但是会尽力。"

万俟子琅："你看我。"

她严肃地握紧了拳头。

万俟子琅："看我，用叉这么厉害，像不像海王？"

宋分题："你像闰土。"

万俟子琅睡到第二天中午。

万俟子琅："外面怎么样了？"

桑肖柠："宋分题学会叉狗了，叉一会儿吐一会儿，叉一会儿吐一会儿。"

万俟子琅："我去看看吧。"

院子里还在燃烧，幸亏那片地方够空旷，没有烧坏什么东西。中午十二点，死狗终于被彻底烧成了灰。外面的狗群也散了，院子里的人都松了一口气。

寂静的山林里，忽然跑过了一群狗。它们跑到了一棵树底下，其中一只扒拉了一会儿，从土坑里扒拉出了什么东西。

是一只腐烂的狗爪，领头的那只狗龇牙咧嘴地警告着其他狗，然后一仰头，把狗爪吞了下去……

狸熊市区内，一个小女孩儿正蹲在角落里，用力地踹着一条流浪狗。

木嘻嘻："让你不听我的话！让你不听我的话！"

长发女："你在这里……干什么？"

木嘻嘻："我……我打我家的狗，跟你有什么关系？"

长发女："……"

女人舔了舔嘴唇。

木嘻嘻看了长发女一眼，转身就跑。而长发女动了动脖子，身体渐渐变矮。

十几分钟后，一个小女孩儿从巷子里走了出来。她舔了舔嘴唇，眼睛是红色的。

木嘻嘻："姐姐，我……来找……你了。"

木嘻嘻朝着一个方向走了过去，却被一个脚步急匆匆的女人撞了一下。

伞小蕊："哪儿来的小孩子！你家里人呢？"

木嘻嘻："我……只有……姐姐。"

伞小蕊："是个孤儿？"

伞小蕊眼珠子转了转，一把将木嘻嘻抱了起来。

伞小蕊："走，阿姨带你回家吃好吃的去！"

木嘻嘻："姐……姐姐……"

伞小蕊抱着它离开没多久，万俟子琅顶着乌龟，经过了这里。

唐延玉："老婆，这是谁家的孩子啊？"

伞小蕊："街上捡的，没爸妈，我就抱回来了，现在找媳妇多难啊，给她口饭吃，把她养大，将来给我们家儿子当媳妇。"

唐延玉："你叫什么？"

木嘻嘻："燕……燕归。"

153

唐延玉:"她说什么？"

伞小蕊:"不用听她说了什么，她身上还有写着名字的字条……叫木嘻嘻，这小孩儿说话还结巴，不过傻乎乎的，好糊弄。来，喊爸爸妈妈。"

木嘻嘻的脸部表情有些僵硬，像是一个刚接触世界的小孩子。它茫然地看着伞小蕊，脸忽然动了一下，然后轻轻地舔了舔嘴唇，眼睛有些兴奋地亮了起来。

木嘻嘻:"爸……爸爸、妈妈。"

伞小蕊:"这就对了，去干活吧，记住了，爸爸妈妈很爱你，所以你也要爱爸爸妈妈，知道了吗？"

木嘻嘻:"知……知道了。"

它的脸抽搐了一下，有些甜腻地笑了。

木嘻嘻:"我爱你，所以，你也一定要爱我。"

它被安排在了杂物间。唐延玉跟伞小蕊的儿子初中住校，家里只有他们三个人，它抱着腿，坐在角落里，轻轻地舔着自己的膝盖。

木嘻嘻:"我爱你，所以……你……你也一定要爱我。

"姐姐。"

半夜，杂物间的门忽然"嘎吱"一声被推开了。木嘻嘻睁开眼睛，歪了歪头，看着肥腻的男人走了进来。他长长的影子拖在地上，几乎完全把蜷曲着的它笼罩住了。

唐延玉:"大半夜的你睡什么觉呢？"

唐延玉:"问你话呢！半夜是睡觉的时候吗？"

他的身上全部是酒味。

唐延玉:"滚起来，给我买烟去！"

木嘻嘻:"……"

男人一脚踹在了木嘻嘻身上，它轻轻地抱着自己的头，缩成了一团。

唐延玉:"让你去买烟，你听到了没有？跟个聋子似的！"

木嘻嘻:"吃……吃……吃。"

唐延玉："还知道我是谁啊！再不起来就别怪我不客气了！"
　　他又接连踢了几脚，木嘻嘻都静静地坐着。
　　唐延玉"咕咚"咽了一口唾沫，忍不住轻轻地摸了摸它的脸。
　　唐延玉："与其等你长大……"
　　木嘻嘻："想……想姐姐……"
　　唐延玉："嘘，闭嘴……"
　　木嘻嘻："我……饿。"
　　半个小时后，伞小蕊上了个厕所，一扭头，却忽然撞在了它变成的"唐延玉"身上。
　　伞小蕊："这大半夜的，你不睡觉乱跑什么？那个小丫头呢，别跑了吧！"
　　唐延玉："……"
　　伞小蕊："说话啊！神经病！早点跟你离婚算了！"
　　伞小蕊翻了个白眼，回去睡觉了，唐延玉轻轻地舔了一下嘴唇，它没有跟上去，而是悄无声息地进入了书房。
　　它坐在桌子前，翻书的速度快得吓人，短短十几分钟就已经把一本字典翻了一大半，然后摸索着打开了电脑……
　　天蒙蒙亮的时候，伞小蕊睡得迷迷糊糊，忽然感觉有什么东西钻进了自己的被子里。
　　伞小蕊："谁？"
　　唐延玉："是我。"
　　伞小蕊："你有病啊！大早上不睡觉来抱我？你去洗冷水澡了？身上跟蛇一样冷！滚下去！"
　　唐延玉："宝贝，别生气了。"
　　它从后面抱着伞小蕊，声音温柔，目光里却平静得可怕……简直是一汪死水。
　　唐延玉："昨天是我不对，不该半夜吓你，但是我做噩梦了。"
　　伞小蕊："做什么噩梦了？"
　　唐延玉："梦见你不要我了，被吓醒之后就再也睡不着了。"

伞小蕊："今天嘴巴怎么这么甜？算了，原谅你了，我去做早饭。"

唐延玉："老婆，你躺着休息吧，早饭我去做，小心别被油烟伤了手。"

他弯眼笑着，看得伞小蕊一阵心脏乱跳。

几天后的周末，二人的儿子回了家。

唐范统："妈，你有没有感觉爸最近不太对？"

伞小蕊的脸一红。

伞小蕊："你还真别说，你爸最近变得既温柔又体贴，比当年谈恋爱的时候还要疼人。就连他放走了那个小女孩儿，我也生不起气来。"

唐延玉从厨房走了出来，把洗好的水果放在桌子上，给了伞小蕊一个灿烂的笑容。

唐延玉："老婆，最近外面不安生，我出去买点吃的，你们就别出门了。"

他出了门，闻着气味上了一辆末班公交车。车上只有司机和另外一个乘客。

唐延玉低着头，像是一个普通的路人坐了下来，却在低头的一瞬间，舔了一下嘴角。

唐延玉："姐姐……"

车上的另外一个乘客正是万俟子琅。她刚采买回来，手撑在额头上，眯着眼休息，听见这道声音，只有乌龟从拉链里探出了头。

乌龟："……"

唐延玉："……"

唐延玉轻轻张开嘴，一口咬住了乌龟的头，然后缓缓地，把乌龟从书包里拖了出来。它一仰头，把乌龟咽了下去。然而下一刻，它却一顿，张嘴就把乌龟吐了出来。

乌龟落在地上，只发出很轻的一声，万俟子琅却瞬间睁开了眼。

万俟子琅："龟龟？"

唐延玉："小姑娘，你的乌龟刚才在乱动，从你的书包里滚出来了，我帮你捡起来。"

万俟子琅："捡就捡，你为什么摸我的手？"

唐延玉："递东西时的正常接触而已，我到站了。"

他神色无异，转身就下了车。

万俟子琅："刚才怎么了，龟龟？"

乌龟："……"

万俟子琅："你确定？刚才那个男人想要吃了你？"

乌龟："……"

万俟子琅："扑哧。"

乌龟："……"

万俟子琅："我？我没笑啊，我很少笑的。"

乌龟："……"

万俟子琅："我相信你，但是这不妨碍我觉得很好笑。"

乌龟："……"

万俟子琅："没有说好笑，你听错了，我现在在替你难过。"

乌龟："……"

乌龟慢慢地伸出头，咬住书包拉链，拉上了书包拉链。

唐家。

伞小蕊敲了敲门。

伞小蕊："老公？你怎么回来就进房间了？出来吃水果，现在水果可贵了。"

唐延玉："老婆，你先吃吧，我有点事情要处理。"

伞小蕊闻言便走开了。

然而，屋子里面一片狼藉，它咬着自己的手，贪婪地舔着那一小块皮肤，侧脸上不断浮现出其他人的脸——秃鹫、乞丐、长发女、木嘻嘻……全部是充斥着恶意的东西。

木嘻嘻："姐姐，我好喜欢你……"

乞丐："等着我，一定要等着我。"

唐延玉："我会去找你的，一定会去找你的……"

几天后，唐延玉跟伞小蕊手挽手，在外面散步，对面忽然走过来一个脚步匆匆的女人。

艾珍奈："小蕊，好久不见了，跟你老公散步呢？"

伞小蕊："对啊，你家老邵呢？"

艾珍奈脸色一变。

艾珍奈："老邵……老邵最近换了新工作，在忙呢。"

她没有多说，很快就走了。

伞小蕊："你还记得她吗？叫艾珍奈，是我们邻居，跟她老公特别恩爱。

"以前总爱在我面前炫。"

唐延玉："你放心就好了，你还有我呢。"

伞小蕊："老公，还是你好……你的手指怎么了？破皮了，被什么东西剐到了吗？看上去怎么像是舔的？"

唐延玉："你看错了。"

艾珍奈回到家没多久，门忽然被敲响了。

艾珍奈："老公？你到底去哪里了？你三天没回家了！"

邵雪啸："别担心，没什么事，公司里忙。"

艾珍奈："到底是什么工作？你电话不接短信也不回！"

邵雪啸："别再问了！"

艾珍奈："你吼我？"

邵雪啸："我不是跟你说了吗？我签过保密协议，工作内容绝对不能说！"

艾珍奈："老公，你别生气，我也是担心你啊……"

艾珍奈一把抱住了他，却忽然动了动鼻子。

艾珍奈："你身上是不是有什么味？"

邵雪啸："味？没有啊。"

邵雪啸："我去洗洗澡吧，你也早点休息，过几天我还要出差。"

他进去洗澡的时候，艾珍奈犹豫着，翻了一下他的公文包。没有其他女人的头发，也没有衣物，唯一奇怪的是，包里有一个塑料小瓶子，瓶子里面是密密麻麻的……

艾珍奈："鸡心？"

邵雪啸："老婆？"

艾珍奈一个激灵，连忙把瓶子塞了回去。洗漱好之后，两个人就都上了床，艾珍奈一直没睡着，午夜三更，却忽然听到了一阵窸窸窣窣的声音——邵雪啸在穿衣服。

艾珍奈："老公？"

邵雪啸："你睡吧，公司领导打电话让我去公司一趟。"

艾珍奈："你别去了……自从你前几个星期换了工作之后，就一直很不对劲。"

邵雪啸："别说傻话，我不工作，怎么养你？乖，先睡，我很快就回来。"

他急匆匆地走了，艾珍奈咬紧了嘴唇，穿上衣服，打了一辆出租车跟在他后面。

邵雪啸在一家酒店前面下了车，然而让人奇怪的是，他没有进入酒店，而是绕过酒店去了后面。艾珍奈一路跟在后面，很快看着他停在了后厨那边。

周围全部是厨房垃圾，腥臭肮脏，艾珍奈的心脏扑通扑通地跳着。她趴在墙上，朝着里面看去……

邵雪啸站在距离巷子入口很近的地方，旁边有一个巨大的垃圾车，车后面好像坐着一个很漂亮的女孩子。

邵雪啸："贝贝，别哭了，我来给你送吃的了。"

邵雪啸蹲下来，把鸡心扔给了那个坐在垃圾车后面的女孩子。

邵雪啸："你也别闹脾气了……"

艾珍奈："邵雪啸，你敢给我戴绿帽子！"

邵雪啸："珍奈？你怎么跟过来了？"

艾珍奈："我不跟过来，好让你跟那个贱人约会吗？"

邵雪啸："不是，珍奈，你误会了！"

贝采薇："是啊，姐姐，你误会了。"

那个垃圾箱后面的女孩子也柔柔弱弱地开了口。

艾珍奈："我误会了？你们不是在这里约会，难道是相约一起吃垃圾吗？"

邵雪啸："珍奈，你听我解释！"

邵雪啸压低了声音："这个女孩子很可怜的，是我的同事。她叫贝采薇，前不久跟她男朋友分手了，那男的还骗她，说让她在这里等，很快就来接她，然后她精神出了一些问题，一直坐在这里不肯走。"

艾珍奈："她在这里坐了多久了？"

邵雪啸："两个星期了，要不是我给她送吃的，她早就饿死了。"

艾珍奈看了一眼躲在垃圾桶后面的贝采薇，她的脸跟身上的确都很脏。

邵雪啸："我过几天就要出差了，你帮我给她送点吃的吧，我们总不能看她饿死。"

艾珍奈："老公，是我误会你了。"

两个人在巷子口拥抱了一会儿，第二天下午，邵雪啸收拾好了东西，当天晚上就去出差了。临走之前，他再三叮嘱。

邵雪啸："每周日给她送一次鸡心，多了绝对不能给，知道了吗？"

艾珍奈："为什么？"

邵雪啸："总之就是不能多给，你记住就好。"

艾珍奈做了一盒便当，去了巷子口。贝采薇坐在垃圾桶后面，身体被极大的垃圾箱遮着，只露出了长长的头发跟头颅。巷子里的光线微弱，艾珍奈看不清她的脸，却隐约能看到她精致的五官。

艾珍奈："你干吗非要在一棵树上吊死呢？"

贝采薇："我跟他约好了的，他说会来接我。"

艾珍奈："唉……便当我给你放在这里了，你好好吃吧。"

接下来的几天，艾珍奈一直在给这个女孩子送饭。她把饭盒放在巷子口，离开之后，贝采薇就会爬出来自己拿。

她虽然精神有些问题，但是谈吐温柔优雅，给人的感觉很不错。

几天后，艾珍奈忽然被喊住了。

贝采薇："姐姐，明天就是周日了。"

艾珍奈："哦，对，你要吃鸡心是吧？"

第二天，她带了一瓶鸡心过来，刚放在巷子口，垃圾桶后面就忽然传过来了一阵奇怪的锁链声。

艾珍奈："什么声音？"

贝采薇："没什么，我不小心踢到垃圾了，姐姐……姐姐，你把瓶子给我扔过来吧。"

艾珍奈："好，我扔过去了，你慢点……"

贝采薇一把抓住瓶子，一仰头就把那一片连在一起的鸡心全部吞了下去。

艾珍奈："你……你很喜欢吃鸡心吗？"

贝采薇："很喜欢！姐姐，你明天能再给我带一点鸡心过来吗？"

艾珍奈："我老公走的时候说，不让我给你吃太多。"

贝采薇："求你了，姐姐，求求你了！"

艾珍奈没答应，第二天照常来送饭。但是当她第三天过来的时候，发现放在巷子口的便当盒没有动。

艾珍奈："你怎么了？没吃饭吗？"

贝采薇："我想吃鸡心……求求你了，姐姐，我真的很想吃鸡心。"

艾珍奈："那好吧，明天我再来给你带一点，但是你别跟别人说。"

她买了一些鸡心，贝采薇狼吞虎咽。

第三天，贝采薇依然要求艾珍奈给她买鸡心。

艾珍奈："你吃太多了吧？我不能再给你买了。"

贝采薇："你不给我买，我就不吃饭。"

艾珍奈："你爱吃不吃！"

艾珍奈也有点不耐烦了，转身就走。到酒店门口，她撞到了一个怀里抱着孩子的人。

桑肖柠："对不起……"

艾珍奈："你没长眼啊！"

她翻个白眼，走了。桑肖柠怀里的小猫咪却忽然睁开眼睛，然后冲着巷子口"喵喵"地叫了起来。

桑肖柠："宝宝怎么了？里面有你想吃的东西吗？妈妈带你去看一看？"

小猫咪的叫声奶呼呼的，桑肖柠抱着它进了巷子，听到垃圾桶后面传来了一阵轻微的哭声。

桑肖柠："谁？谁在里面？"

贝采薇："呜呜呜……我好饿……路过的好心人，你能给我一点吃的吗？"

桑肖柠正想说话，却忽然被跟过来的万俟子琅抓住了手腕。

万俟子琅："你想吃什么？尽管说。"

贝采薇："我想吃鸡心……"

万俟子琅："你说了我也不给你买，走吧。"

桑肖柠："宝宝一直在冲着她叫。"

万俟子琅："'下来吧'在提醒你，想让你看看那个女孩子，以后遇到类似的，就可以避开了。"

桑肖柠："类似的？"

万俟子琅："是噩梦时代前期出现的变异物种，我们管它们叫'美人头'。"

艾珍奈好几天都没去看贝采薇。她压根儿不信什么绝食，哪怕真绝食了，饿几天就知道怕了。然而等她再去巷子口的时候，却发现之前自己放过来的盒饭还在,里面的饭已经馊了。

艾珍奈:"你疯了?你真的一口都不吃?不怕饿死吗?"

贝采薇:"姐姐,我好饿……"

贝采薇的身体被垃圾箱遮盖。她倒在地上,痛苦地哀号着。

贝采薇:"求你了,姐姐,给我一点鸡心吃吧……"

艾珍奈:"我现在就去给你买!"

艾珍奈吓坏了,给她买了三大塑料袋鸡心,眼睁睁地看着她囫囵地吞下去,嚼都没有嚼。

艾珍奈打了个寒战,转身往家走。路上,她给邵雪啸打了个电话。

艾珍奈:"奇了怪了,怎么没人接……"

孙依星:"艾珍奈。"

艾珍奈:"你是?"

公园旁边的长椅上,坐着一个穿着黑色长裙的女人。

孙依星:"我是你老公邵雪啸的同事。"

艾珍奈:"有什么事情吗?"

孙依星:"我奉劝你一句,不要相信你老公了,也绝对不要再去给垃圾桶后面的女孩子喂食了。"

艾珍奈:"你说不让就不让?凭什么?"

孙依星:"你老公早就已经不爱你了,不仅不爱你,他甚至早就已经开始利用你了。"

艾珍奈:"神经病。"

艾珍奈翻了个白眼,转身就走,孙依星加大了声音。

孙依星:"你真的就不好奇,那个女孩子为什么一直不肯离开垃圾桶吗?你真的就不想知道,你老公为什么忽然出差吗?我告诉你!我们公司最近转型了,上面的领导要求我们研究一种刚变异的、叫'美人头'的东西!"

艾珍奈脚步一顿。

艾珍奈:"美人头?那是什么?"

第十章

影人
阴美

万俟子琅："你听说过灯笼鱼吗？"

桑肖柠："就是，脑袋上有灯笼的鱼？"

万俟子琅："灯笼鱼又叫头尾灯鱼，是脂鲤科的，一般都有发光器，具体种类不同，发光器的位置也不一样，有的在头部，有的在尾部。"

万俟子琅："美人头的性质，跟灯笼鱼很像。"

她找了一个纸盒子，把乌龟塞了进去，然后把两根手指插进了龟壳里，夹着龟龟的头，把它的头拔了出来。

乌龟："……"

万俟子琅："就像这样，它们只有头，头下可能有部分躯干。

"躯干下面，连接着更可怕的东西，头颅往往艳丽无比，勾引着过路的人到它们身边，然后……"

乌龟："……"

万俟子琅："啾。"

乌龟："……"

万俟子琅："你勾引我，你这只该死的小乌龟。美人头勾引到人之后，就会啃咬这些人的脖子。不过美人头喜好肉食，肢体力量却很弱，只要保持警惕，一般来说是能挣脱的。"

桑肖柠默默地做着笔记，万俟子琅站了起来。

万俟子琅："你先写，我去那边看一眼，顺便竖个牌子什么的。"


另一边，艾珍奈坐在孙依星旁边。

艾珍奈："美人头？你们有毛病？"

孙依星："我说的是真的，我们公司一直在研究美人头，贝采薇就是试验品。你老公根本就没有去出差，他一直在暗中观察着你，用你来测试美人头的诱惑力。"

艾珍奈翻了个白眼，站起来就走了，但是孙依星的话回响在她耳边。

晚上,她又去了酒店后厨,贝采薇趴在垃圾桶后面,好像在睡觉。贝采薇的头发很长,遮住了脸,脖子以下被垃圾桶遮挡着,什么也看不到。

艾珍奈:"美人头,真的假的?"

艾珍奈:"应该是假的吧……"

她嘴上虽然这么说,脚却忍不住朝着贝采薇迈了过去。反正贝采薇在睡觉,她走近一点,趴在垃圾桶旁边看一眼……应该不会有问题吧?

艾珍奈的脚步很轻,贝采薇趴在地上,嘴皮耷拉着,睡得很熟。巷子里光线不足,垃圾桶后面更是什么都看不清楚。艾珍奈还没往下看,忽然一顿,然后伸出手,轻轻地抓住了贝采薇的嘴唇,然后掀起来一点。

艾珍奈:"果然是在骗我,如果真的是怪物,那牙齿应该是尖锐的,能用来撕裂食物。但是她的嘴唇很正常。"

她松开了手,见贝采薇睡得依然很熟,便胆大地拿出手机,打开了手机手电筒,一点点地朝着贝采薇的身体照了过去。

她有头、有脖子、有手臂、有胸,胸下有腰……

没有腰!

艾珍奈死死地捂住自己的嘴,抓着手机的手一松,手机"吧嗒"一声掉在了地上!

艾珍奈:"糟了——"

她的心脏剧烈地跳动着,幸运的是,贝采薇依然闭着眼,没有被她吵醒。

艾珍奈松了一口气,也有了强烈的、想要干呕的欲望。她看清楚了,贝采薇没有下半身,而是一条长长的、像脐带一样的东西往后延伸。

艾珍奈:"这到底是……到底是什么东西?"

她小心翼翼地捡起手机,然后缓缓地朝后面照射过去。带子的另外一端连接着什么？是拴在墙上的吗？还是……

手机的光亮很快照到了后面，艾珍奈看清楚了。

带子的另外一端，是另外一个上半身。它睁着眼，盯着她。

贝采薇："嘿嘿……姐姐。"

艾珍奈："救命……救命！"

贝采薇："一直以来都很谢谢你，不过鸡心我吃腻了。现在，我想尝尝人心是什么味道……你尽管喊吧，就算你叫破喉咙，也不会有人来救你的。"

艾珍奈："啊啊啊！"

万俟子琅站在胡同口，还没来得及动，旁边忽然冲过去一个人。

宋命题："啊啊啊！"

他一脚朝着贝采薇其中一颗头踹了过去，但那一脚成功地踹在了墙上。

宋命题："怎么没踹中？"

艾珍奈："大哥，救救我！"

宋命题："我不是你大哥，我还是个孩子！"

万俟子琅："接着！"

万俟子琅给他扔了一块板砖。他抓着板砖，砸在了贝采薇漂亮的头上。

砸了一会儿后，少年把艾珍奈扶了起来。

宋命题："你没事吧？"

艾珍奈："我……我没事，谢谢你，谢谢你救了我，呜呜呜……"

宋命题："不要哭了！我宋命题做好事不求回报，也不会告诉你我的名字！你千万别找我家长。

"我也不会跟你说我哥的电话号码是……"

艾珍奈被吓破了胆，完全没有听到他在说什么，抽泣了一声，就摇摇晃晃地走了。

然后她找到了孙依星，一屁股坐了下来。

167

孙依星："现在肯相信我的话了？"

艾珍奈："邵雪啸那个王八蛋！他现在在哪里？我要杀了他！"

孙依星："实验失败，他肯定不会再出现在你面前了。"

孙依星喝了口水，瓶子却忽然掉到了地上。

孙依星："抱歉，我的腰不太好，你能帮我捡起来吗？"

艾珍奈擦了擦眼泪，点点头，正准备弯腰时，手机却忽然响了。于是她一边接通了电话，一边弯腰在长椅下摸索着瓶子，而电话那边竟然是邵雪啸的留言。他的声音哆哆嗦嗦，在不停地颤抖："对不起……对不起，宝贝。如果你听到这个语音留言，那么证明你还活着……我不该让你去照顾贝采薇，是我骗了你，它不是我的同事，而是一种叫'美人头'的变异怪物。

"照顾它们是我的工作……应该是我照顾它们，但是前不久，有另外一只美人头跑掉了……

"我必须把那个美人头找回来，所以只能拜托你去照顾贝采薇。

"是的……我一共养了两只……两只美人头……另外一只比贝采薇还要危险，它……它……"

艾珍奈："……"

邵雪啸的声音停了。

天色渐渐暗了下来，周围没有行人。艾珍奈摸到孙依星的水杯。

除此，艾珍奈还看到了另一颗人头，人头上有一根带子，跟孙依星的腰连接在一起。

孙依星："鸡心，我也吃腻了呢。"

万俟子琅找了一块小木牌，钉在了胡同口。

宋命题："里面那个两个头的漂亮小姐姐……"

万俟子琅："叫'美人头'。"

宋命题："不是被我砸烂了吗？"

万俟子琅:"砸烂了也没用,美人头虽然没有办法自己移动,但生命力极强,用不了多久就会复生,很难彻底根除。"

宋命题想了想,然后快乐地说:"那其实可以带着它走,它复生一次就砸烂一次。"

万俟子琅:"你说得有道理。"

两个人默契地击了一下掌,然后万俟子琅帮忙把美人头铲了起来,让宋命题背到了背上。她揣着乌龟转身就走,没走几步就发现少年跟了上来。

万俟子琅:"有事吗?"

少年比她高一点,她冷着张脸,面无表情地跟他对视。两个人无声地对视了一会儿,忽然同时偏开了头。她扭头就走,宋命题却抱住了她的腿。

宋命题:"说出来你可能不信,我是古代皇帝。我刚刚复活,只要你给我一千块钱,我就能召集军队,等我一统天下,可以让你做大司马。"

万俟子琅:"挺巧的,我上辈子是只企鹅。"

宋命题:"为什么是企鹅?"

万俟子琅:"因为我很'南',而且我长得跟企鹅也很像。"

宋命题:"我感觉你在骗我。"

万俟子琅:"我就不一样了,我不是感觉你在骗我,我能确定你就是骗我。"

宋命题:"兄弟!求求你收留我吧!我是个孤儿,我家里只有一个哥哥,前几天大学莫名死了好多人,我只能来投奔我哥。但是我哥好像也出事了,我打电话打不通,你看!"

万俟子琅:"这个电话号码看上去有点眼熟,我打打试试?"

宋命题:"不可能打通的,我哥爱我,他不接电话只可能是因为他死了……"

万俟子琅:"啊,接通了。"

万俟子琅开了免提,乌龟趴在她手腕上,盯着手机看,宋分

169

题的声音传了出来。

宋分题:"肖柠让我问你,怎么还没回来,需不需要去接你。"

宋命题:"哥!"

宋分题:"……"

宋命题:"哥!我是命题啊!我来找你了!哥,我好想你!"

宋分题:"喂?子琅?你说什么?我听不清楚,信号不好,先挂了。"

万俟子琅:"他挂了。"

再打过去的时候,万俟子琅的号码也被拉黑了。

宋命题:"我哥那里信号为什么不好?他是不是遇到意外了?"

万俟子琅:"你被拉黑了。"

宋命题:"我得去救他!"

万俟子琅:"不是,只是因为你被拉黑了。"

宋命题:"必须去!"

万俟子琅:"……"

万俟子琅找了一辆共享自行车,宋命题二话不说就坐在了后座上。她想了想,反正是宋分题的弟弟,带过去让他们兄弟见个面也不算什么大事,于是就骑车往回走。

万俟子琅领着宋命题回到了山脚下的别墅。工程队的工程已经基本上告罄,宋命题快乐地奔向院子,又失望地走了回来。

宋命题:"我哥不在。"

桑肖柠:"你哥说他有事情要处理,晚上说不定就回来了。"

宋命题的耳朵耷拉了下来,下意识地摸了摸自己的裤兜。

桑肖柠:"你急着找你哥干什么?"

宋命题:"干他爱干的事情,他最喜欢洗东西,所以我特地两个月没洗袜子,就准备送给他。"

万俟子琅:"晚上给宋分题打个电话,这段时间先不要让他外出了。距离噩梦时代只剩下一个月不到了,外面的情况……已经很不好了。"

桑肖柠:"是,我也看到了,西南方的地震越来越强烈。据说,青红市已经完全被植物占据了,也不知道还活着多少人。"

别墅这边有信号,万俟子琅还特地装了加强信号的装置。晚上宋分题没有回来,宝宝在睡觉。桑肖柠、宋命题和万俟子琅就坐在沙发上看电视,电视上的娱乐节目基本上已经消失了,取而代之的是世界各地的灾情报道。

事态在不断恶化,植物的生长速度已经远远超出人类的预料,一个星期不清理的草就已经齐腰高,城市中的树木生长速度也十分惊人,而深山老林中树木的生长趋势已经到了恐怖的地步。航班、动车大量停运,交通速度延缓数倍,养殖的动物也出现了大量袭击人类的事件,物价越来越高,超市里的东西刚刚上架就会被哄抢,街上也鲜少能看到人影。

桑肖柠:"我这段时间一直在这里没出去,外面的情况已经这么糟糕了啊。"

桑肖柠:"不过好像还有一部分乐天派,一直觉得人类能控制住……唉。"

外面的天黑了,宋命题还蹲在炮台上等他哥。

万俟子琅接上了桑肖柠的话。

万俟子琅:"控制不住的。3020年1月1日,也就是30天后,噩梦时代开启。

"而我们这些天经历的一切,仅仅是噩梦时代来临的前兆。"

桑肖柠:"仅仅是前兆?那生物变异是从几个月前开始的,为什么以1月1日为分界线?"

# 第十一章
## 噩梦将临

万俟子琅："3020年1月1日，人类的城市覆灭了。"

桑肖柠心口一跳："覆灭？"

万俟子琅："现在的植物，生长速度仅仅是不同寻常地快，而1月1日晚上，它们的生长速度快到匪夷所思的地步了。

"城市中的楼房变成了森林中的杂草，其他生物的进化同样加速，人类的生存空间被飞速挤压。

"更可怕的是，异变体彻底爆发了。"

桑肖柠："像是生化危机？"

万俟子琅："不一样，如果是类似于生化危机的异变体，其实根本就不会大规模爆发。人类对于疫情的防护效率，比普通人想象中的更高更快。

"但是我一直在怀疑一件事。"

桑肖柠："什么？"

万俟子琅："狗并不是唯一的感染源。"

她在纸张上简单地画了几笔。

万俟子琅："大规模异变体爆发，普通人都没有见过几次，所以不知道军队的效率。一旦发现异变体，被隔离仅仅是十几分钟后的事情，而且前期异变体相比人类，只是强在没有痛觉、生命力较为顽强而已，如果只靠撕咬传染，那连个村子都传染不了。"

桑肖柠："可你不是说，噩梦时代开始之后，异变体要比磁场变异更多吗？"

万俟子琅："这涉及传播途径和潜伏期的问题，噩梦时代的前兆，异变体病毒已经大规模传播。但是由于潜伏期长，很多人跟正常人无异，他们自己也不知道自己的身体已经开始变异了，而1月1日，潜伏期结束，大量人类忽然变异……"

万俟子琅："你想象一下吧。"

桑肖柠不寒而栗。病毒的潜伏期长，就意味着很多人被感染而没有发觉。如果病毒真的是在1月1日爆发，就意味着，当时任何一个开始避灾的基地、家庭，都会从内部爆发异变体。

溜达回来的宋命题沉思了一会儿。

宋命题："子琅。"

万俟子琅："嗯？"

宋命题："那你是怎么确定……我没有被感染呢？"

万俟子琅："有没有被感染都没有关系。"

宋命题一脸感动。

宋命题："兄弟，你太够意思了！我们的友情感天动地！"

万俟子琅："我的力气很大，即使你变异了，我砸烂你的脑袋也不会花费太多工夫。"

宋命题："……"

旁边的桑肖柠若有所思，临睡前拉了一下万俟子琅的衣服，低声说："你异能觉醒的事情，我没有跟别人说，你也不要跟别人说，毕竟空间……真的很惹人觊觎。"

万俟子琅："嗯，我知道。不过，我从来没有把空间当成我的底牌，也不想过多依赖它。"

桑肖柠："为什么？那么强大的异能……"

万俟子琅轻轻摸了摸她的头。

万俟子琅："真正能依赖的强大，是我本身和钱。"

距离噩梦时代到来越来越近，万俟子琅抽了一天工夫，去把之前改造的车提了回来。她分别在车库和空间里放了一辆卡车、一辆SUV。

万俟子琅："街上的人已经很少了，维持秩序的军队也出现了。"

桑肖柠："也就只能管管城市了，偏远地区的变异程度更可怕，但是那些地方的人手彻底不够了。"

万俟子琅："这几天就开始做准备吧，植物变异，能顶翻楼房的大多是树木。我委托工程队检查过这附近的树根,但是难免有遗漏,所以这段时间我们还要继续检查。"

桑肖柠习以为常,宋命题干什么都高高兴兴地,几个人花了些工夫,把周围检查了一圈。

万俟子琅也着手种植农作物、养殖水产等。这几天她养殖的动物出现了不少变异情况,有苗头的基本上都被她一刀捅死了。

万俟子琅:"筛选出来的基本上不会变异,可以留下来继续繁殖。"

桑肖柠:"那被你杀死的呢?天气这么热,用不了多久就坏掉了。"

已经12月了,但是温度湿度都很反常,天气依然热得可怕,只要出门走一圈,身上就要被晒脱一层皮。

万俟子琅翻出来了磨刀石、菜刀跟几个大红盆,又准备了各种香料和盐巴。

万俟子琅:"做腊肉,水分比较少,容易保存。"

桑肖柠:"那我先清理一下皮毛。"

两个人一人一个小马扎,在院子里的棚子下面处理各种肉类。棚子靠近别墅,旁边放着一台巨大的电风扇,上面是翠绿的丝瓜,勉强还算是阴凉。肥瘦相间的肉都被处理了一遍,然后切成了手腕粗细的长条,一段切开一道小口。

万俟子琅:"红盆先放太阳底下晒一下,把水分晒干。"

太阳太毒,几分钟后红盆里就非常干燥了,万俟子琅往里面倒了几袋子盐,等量的白糖,几袋子香料、白酒、酱油,均匀地搅拌了一遍,然后穿绳,挂在了棚子下面。

万俟子琅:"自然风干,等几天后肉的水分少一点,再涂抹酱油,然后继续晒。

"晒干之后容易储存,冬天可以拿来炒菜炖汤什么的。"

桑肖柠:"院子里的菜成熟得也很快,地下室里堆积很多了。"

这几天,三个人都没有忙别的,一点一点收拾着院子,发现少了什么，就立刻去买，短短几天时间，别墅周围就堆积了各种各样的物资，摆放得整整齐齐。

宋分题还是没回来。

万俟子琅："不能再拖了，去接他，虽然还没有到1月1日，但是变异生物已经非常多了。"

一听要去接人，宋命题瞬间兴奋了起来，高高兴兴地背着小包上了车。桑肖柠开车，路上到处能看见戴着口罩的人，也能看到全副武装的军队。

桑肖柠："街上居然还有卖东西的，他们就一点都不怕吗？"

宋命题："那边有人在募集物资欸。"

那边确实汇聚着不少人。现在各地异变频发，狸熊市还好，但有的地方灾变严重，募集物资也是情理之中，志愿者还做了一批小礼物，给捐赠者分发。

万俟子琅："先去见你哥，还是先去捐点物资？"

宋命题："我永远爱我哥，所以我们去凑凑热闹吧！"

几个人就下了车。万俟子琅从空间里拿了不少盐，递给了宋命题，后者一接手，就跟撒欢的小狗一样冲向了志愿者。桑肖柠左右看了几眼，看见了卖棉花糖的小摊子，就跟万俟子琅说了一声，兴致勃勃地走了过去。

万俟子琅靠在了车上，低头给宋分题发短信，而还没等短信编辑完，一只手忽然伸了过来。

她抬起了眼，看见了一张中年男人的脸。

他长相端正，笑容和善，袖子上用曲别针别着志愿者的红袖标，上面写着他的名字——唐延玉。

他手里拿着一面小锦旗，语气温和："同学，你的捐赠礼物。"

万俟子琅："……"

万俟子琅："我没去捐东西吧？"

唐延玉："我看见了，你给了你朋友很多袋盐，他那边在忙……"

他往不远处看了一眼，示意万俟子琅顺着他的目光看。不远处，宋命题正在跟一个小孩吵架。

唐延玉:"所以我就想,干脆把东西给你。"

万俟子琅没说话,男人脸上的笑容也没变,依然伸着手。

僵持了几十秒后,万俟子琅接过了他手里的锦旗,在两个人的手同时触碰到锦旗的瞬间,她忽然开了口。

"我之前在公交车上见过你。"

唐延玉:"是吗?我们之前遇到过?我没印象了。"

万俟子琅:"……"

她没再说话,男人也不在意,冲着她笑了笑就走了,看上去好像真的是什么萍水相逢的陌生人。

乌龟:"……"

万俟子琅:"嗯,我知道。"

桑肖柠:"子琅,我回来了,给——好吃吗?"

万俟子琅:"好吃。"

宋命题:"我也觉得,看上去应该很好吃。"

宋命题吵完回来了,顺嘴咬了一口万俟子琅手里的棉花糖。

万俟子琅:"……"

她把棉花糖举高了。

宋命题看看她手里的棉花糖又看了看她的脸,嬉皮笑脸:"你不会觉得……"

万俟子琅一脚踹在他的膝盖上,完成了"举高手里零食还能不被个子高的人一踮脚就够到"的方法的第二步。

宋命题滚了一会儿就自己爬了起来,正想说什么,却忽然听到了一阵吵嚷声——一个女孩子骂骂咧咧,拍打着自己的衣服。

白开:"一个臭卖棉花糖的,蹭脏了我的衣服你赔得起吗!"

卖棉花糖的老奶奶:"是你自己低头看手机……"

白开勃然大怒:"臭老太婆!还敢顶嘴!"

志愿者:"你这个人怎么说话的!看你手里的纪念包,你还是A大的学生呢!"

白开："用得着你多管闲事儿？"

志愿者也是个暴脾气，二话不说就站在她面前。白开脸一扭，抬手就去推她："你算什么东……"

她刚碰到那个志愿者，志愿者就发出了一声凄厉的惨叫，然后跟跄几步，倒在了地上，身体也跟着剧烈抽搐了起来！

周围人群跟着一乱，爆发出了无数尖叫。

"杀人了！她手里有刀！有刀！"

"志愿者吐血了！要死人了！"

有人报警有人凑热闹，志愿者的情况却越来越严重，脖子上像是被什么利器划了一道，口鼻也有黑色的液体溢了出来。

白开没想到会出现这种情况，神情莫名慌乱，左右看了几眼，然后不顾阻拦，冲回了学校。

女孩子回到宿舍之后，室友阴阳怪气地张开了嘴。

沐熙："这不是白大小姐吗？怎么了，不勾搭别人的男朋友，改去捡破烂了？"

程肉肉："别说了、别说了……"

沐熙："我凭什么不说？！你看她，浑身上下脏兮兮的，也不怕脏了寝室！"

白开："……"

程肉肉："白开要生气了……"

沐熙："生气怎么了？有本事打我啊！本来这几天学校要停课，我心里火气就大！"

白开怒发冲冠，一个箭步，抬手就捏在了铁栏杆上。她一用力，铁栏杆竟然硬生生被她掰了下来。

沐熙惊恐地叫了一声："你干什么……你要干什么？"

白开一巴掌扇了上去，沐熙这次连尖叫声都没有——她的脑袋竟然被活生生扇得扭了好几圈。

程肉肉："杀人了……杀人了！"

程肉肉尖叫一声，转身就想开门跑出去。但她手上全是汗水，再加上过度恐惧，门竟然打不开。

　　白开愣愣地看着自己的手，有些难以置信，却很快狂喜起来。直到现在，她才从那种不切实际的虚幻感中，感觉到了真实。

　　白开："异能……这就是小说中写的异能？

　　"怪不得最近环境这么奇怪！人出现变异也是正常的！

　　"我有异能……哈哈哈，我有异能！"

　　程肉肉："救命啊！杀人了……杀人了！"

　　白开："你给我回来！再喊一声，我现在就捏死你！"

　　程肉肉："杀人是犯法的！"

　　白开："你最好清醒一点！现在已经不是原来那个世界了！用不了多久，这里就会是我们异能者的天下！"

　　程肉肉："可是尸体……尸体早晚会被发现的。"

　　白开："别傻了，变异情况越来越严重，要不了多久，人类的社会就会被颠覆！到时候，还有谁会在乎我杀过人？"

　　她兴奋地撕扯着寝室的东西，眼珠转了转，看向了躲在角落里的程肉肉。

　　白开："你，去把隔壁寝室得罪过我的那个人喊过来！

　　"告诉她，要是想借助我的力量活下去，就乖乖滚过来道歉！"

　　桑肖柠有些担忧地问："刚才那个女孩子……真的不用理？她看起来好像是……"

　　万俟子琅："是异能者，而且是力量变异加轻微的钢铁化。"

　　桑肖柠："毕竟是异能者，如果能拉拢过来，说不定……"

　　万俟子琅："心术不正的人，有了异能是灾难。"

　　桑肖柠若有所思地看了看自己的手。

　　桑肖柠："我回去就开始锻炼身体，就算不是异能者，我也尽量不拖后腿。"

　　万俟子琅："没关系。"

　　桑肖柠："可是我怕拖累你……"

万俟子琅摸了摸她的脸。

万俟子琅:"你心术正,所以即便是拖累,也没关系。"

桑肖柠:"我年纪比你大,你不要随便摸我的脸。"

万俟子琅:"我没有随便摸,我是在认真摸。"

虽然是久别重逢,但很明显宋分题并没有感觉到快乐,一双眼冷冷地盯着宋命题,宋命题快乐地看着他。

宋命题:"哥!"

宋分题:"滚!"

宋命题:"抱——"

宋分题呕吐起来:"哇——"

桑肖柠连忙拍了拍他的后背。

桑肖柠:"怎么吐得这么厉害?"

宋分题:"他身上有股很恶心的臭味,让我想到了那种穿了三个月的硬邦邦的黑袜子。"

宋命题:"我没有!"

桑肖柠:"对啊,命题没有。他再怎么说也是你弟弟,你别太排斥他……"

宋命题委屈巴巴地从怀里掏出来一个塑料袋,委屈巴巴地打开。

宋命题:"我的袜子明明才穿了两个月……"

桑肖柠:"别打了,分题,别打了!再打他真的要死了!"

木已成舟,宋分题就算再不情愿,也分得清轻重缓急,满脸绝望地上了车。接下来的几天,几个人就在山脚下检查防护墙、整理物资。而几天后,桑肖柠忽然接了个电话。

桑肖柠:"命题,你跟子琅说一下,我得出去一趟。"

宋命题:"出什么事情了吗?"

桑肖柠:"没什么,房产中介找我有事,我很快就回来,你们在家里好好待着。"

她匆忙回了家,刚打开门就看到了房产中介。房产中介拼命地朝着她使眼色。

桑肖柠一愣，随后有人站在她身后，把防盗门锁上了。

房产中介："对不起……对不起啊，小姐！我也是被逼的！我就是卖个房子！

"这些人抓住我，说要是不把你骗过来，就不让我走……"

桑肖柠的嘴唇颤抖了一下。她还没说什么，出现在她房子里的人，就一脚踹在了她肚子上。

张先生："臭娘儿们，你还有脸回来！"

桑肖柠生产完不到六个月，身体还没有完全恢复。她的肚子一阵剧痛，挣扎着站起来，却再一次被一脚踹在了地上。

桑肖柠："疼！"

她咬着嘴唇，脸色惨白，大颗大颗汗水滚落了下来。

房产中介："别打了！你们疯了吗？再打人信不信我报警！"

张母："你去啊！我们这是家事！"

张先生："就是！老公打老婆天经地义！再说了，这贱人生了孩子就想跟我离婚，还不知道肚子里是谁的野种！"

房产中介："这……"

房产中介毕竟不知道他们家的真实情况，听张先生这么一说，顿时犹豫了起来，家事警察不好管，她掺和进来算什么……

桑肖柠："帮我报警！我不认识他们！"

张先生："她叫桑肖柠！是我老婆！你别多管闲事，赶紧走！"

房产中介转身就跑，桑肖柠捂着剧痛的肚子也想冲出去，却被一把抓住了头发，狠狠地拖了回来！

张先生："臭娘儿们，还想跑……"

桑肖柠："你想干什么？我们已经离婚了！麻烦你们立刻出去！否则我就报警了！"

张母："你报吧！你一个女人，既然嫁给了我儿子，那就是我儿子的人！

"什么结婚、离婚的？你跟我儿子都在一起了！要是闹大了，你的脸都得丢干净！"

桑肖柠："我正常地结婚、离婚，有什么好丢脸的？"

张先生："臭娘儿们还敢叫！我让你叫！让你叫！"

张先生几巴掌扇了上来，把桑肖柠打得奄奄一息。他呸了一口，气喘吁吁地坐在沙发上。

张先生："可算是打服气了，本来离婚就离婚了吧，没想到这臭娘儿们还想带着房子跑，凭什么！"

桑肖柠："这是婚前房产，不是共同财产！"

张母："胡说八道！结过婚你们就是老婆汉子！房子有我儿子一半，你凭什么说卖就卖！"

张先生："妈，消消气，我们不跟她一般见识。"

张母："这小贱蹄子，气死我了！"

张先生："妈，我给你倒杯水，现在外面不安生，我们就先在这里住着吧。"

桑肖柠："……"

她的手放在后面，想要偷偷地拿手机给万俟子琅打电话，却又被一脚踩在了手上。

张先生："这臭娘儿们还想给她的姘头打电话！真是没挨够打！"

张先生："我先看看这臭娘儿们想给谁打电话……子琅？我就知道你想给我戴绿帽子！

"那个畸形的小怪物肯定不是我的种！"

张母："这贱人的姘头长什么样？有钱吗？跟他要钱，让他把这个贱人赎回去！"

张先生："算了，万一对方找人来打我们怎么办？"

张母："说得也是……"

张先生："妈，你等着哈。"

张先生编辑了一条短信发过去："我家里有事要处理，这几天先不回去了，你自己过吧。"

然后他得意扬扬地摇晃了一下手机。

张先生："好了，短时间内不会有人来找这个贱人了。"

两个人鸠占鹊巢，大摇大摆地做了饭，填饱了肚子，然后就坐在沙发上看电视。新闻报道越来越严肃，很多地方台都是一片雪花，连报道都没了。全国各地都出现了大量的变异灾害，频繁且密集，军队跟警方控制不过来了。

张先生："妈，时间不早了，睡觉吗？"

张母："睡……这贱人怎么还在那里趴着？"

张先生："不知道，一动不动。"

张母："不会真的死了吧？你刚才下手挺重的。"

张先生："我有什么办法，女人就是不打不成器。"

桑肖柠趴在地上，长长的头发散了一地板，脸朝下，看上去已经没有呼吸了。张先生心里有些忐忑，走过去踹了她的肩膀一脚。

张先生："喂！你还活着吗？

"真不吭声了，我不就踹了她几脚吗，有这么脆弱吗？"

他蹲下来，想要把桑肖柠翻过来，然而他刚刚弯下腰，原本一动不动的桑肖柠，忽然一口咬在了他的侧脸上。他惨叫一声，对着她拳打脚踢。

张先生："臭娘们，你给我松手！"

张母抓住热水壶，砸在了桑肖柠头上。

张先生："我的脸……我英俊的脸！妈！我是不是毁容了？"

婆婆："别怕！妈妈现在给你包扎一下！这个臭娘儿们竟然敢咬我儿子！"

她抓着热水壶，又往桑肖柠的头上砸了两下，一张老脸狰狞得吓人。

张先生正想过来帮忙，门铃忽然响了。

张先生："妈，我把这个臭娘儿们拖进卧室里，你去看看门外是谁，要是警察，你就假装屋子里没人。"

他又踹了桑肖柠几脚，拖着她的头发进了卧室。

婆婆匆匆忙忙把地上的血迹擦干净，然后扒在猫眼上看了一眼，外面空荡荡的，一个人都没有，但是敲门声还在继续。她犹豫了一下，打开门，发现门外站着一个很矮的小孩子。

桑薛糕："妈……"

张母："你谁啊？谁家的小孩子？去！别在这里捣乱！"

万俟子琅："请问这里是桑肖柠家吗？"

张母："不是！你找错地方了！赶紧走！"

万俟子琅："哦，这样啊。"

张母连忙关上了门。

张先生："妈，没事了吧？"

张母："没事了！就是个带着小孩儿的女孩子，不过看起来有点眼熟，我打发走了。"

张先生："女孩子？那应该是找错地方了。"

张母："那个贱货呢？"

张先生："在里面呢，我问她银行卡密码她不肯说，都说一日夫妻百日恩，她也太无情了！"

张母："实在不行，你就再让她怀个孕，离了婚还好说，但要是再有了孩子，到时候也只能跟着你了。"

张先生："你说得对……那我现在就去！"

桑肖柠："滚……滚开！"

张先生："妈！你帮我过来按住她的腿！这臭娘儿们都快不行了还挣扎得这么厉害！"

张母："妈去找根绳子把她绑起来！"

张先生用力压在桑肖柠身上，反手甩了她两巴掌。她彻底没有力气了，只咬着牙，绝望地看着天花板。

他擦了擦嘴，正准备动手，忽然传来了一阵响亮的敲门声，张母愤怒地冲了出去。

张母："谁啊！不知道你在扰民啊？"

张母开门的一瞬间，有什么矮小的东西忽然凶猛地跳跃了起来，在她的腿上重重一抓。

桑薛糕："妈……"

张母："你干什么？谁家的小孩儿？来捣乱的吧！"

万俟子琅："抱歉。"

张母："给我咬出血来了！赔钱！"

万俟子琅把桑薛糕举了起来，张母一把抓住了她的手！

张母："你还想跑？小畜生没教养！你这个当姐姐还不赶紧赔偿！

"你瞪我？你想干什么？想打我啊？有本事冲我脸上来！"

万俟子琅："我爸妈从小就教导我要尊老爱幼，不能没有理由就打人。"

张母："你知道就好，给我钱，然后带着这个小兔崽子赶紧滚。"

万俟子琅："婆婆，别生气了，我把我弟弟举起来，让你打，给你出气。"

她把桑薛糕举了起来，老太婆狰狞地笑了一声，不轻不重地拍了拍桑薛糕的脸。

张母："我就是你肚子里的蛔虫，你想干什么，我一清二楚。

"只要我动手打了这个小兔崽子，你就有理由不赔钱了……"

她话还没有说完，万俟子琅就一脚踹在了她的肚子上。老太婆一屁股坐在了地上。

万俟子琅把桑薛糕夹在腋下。

张母："你不是说你不会打人吗！"

万俟子琅："是你先对我弟弟动手的！对一个小孩子下手，你有良心吗？"

张母："是你让我打的！你疯了！来人啊！救命啊！有人殴打老年人了啊！

"你们这两个小崽子，儿子、儿子！有人打你妈了！"

万俟子琅一偏头看见了旁边地板上的血迹，心里顿时一紧。桑薛糕茫然地伸出了手，冲着卧室那边指了指。

桑薛糕："妈……"

185

张先生："你们谁啊？是谁让你们闯进来的？！"

张母："这两个小兔崽子打我！疼死我了……儿子！给我狠狠地打！"

万俟子琅："好的，妈！没问题，妈！"

万俟子琅一巴掌一个，把这对母子打到了一边去。她担心桑肖柠，因此没有打太多下，急匆匆进了卧室。

桑肖柠："子琅……"

万俟子琅抓着门框的手一紧，桑薛糕跟跟跄跄地跟在后面，委屈地迈着小短腿。

桑薛糕："妈妈……"

万俟子琅："张嘴，先喝点水，伤口回去处理。"

桑肖柠的鼻子一酸，一头扎进了她怀里。

桑肖柠："子琅……是我不好，我不该贸然出来的，但是房产中介……我真的没想到……"

万俟子琅："没关系，吃一堑长一智，你毕竟……"

毕竟她没有真正经历过那个为了活命可以不择手段的时代。

万俟子琅摸了摸桑肖柠的头，然后扶着她下了床，刚刚费劲爬上床的小孩子，有些委屈地伸出了爪爪。

桑薛糕："妈妈……"

桑肖柠："这小孩子是谁？"

桑薛糕："妈妈，抱……"

万俟子琅："是你儿子。"

桑肖柠："我儿子怎么长这么大了？"

万俟子琅："不是跟你说过了吗？临近1月1日，所以生物变异的速度也越来越快。"

万俟子琅扶着她走了出去，刚进到客厅，就看见张母一边在地上打滚，一边对着手机哭喊。

张母："警察同志，救命啊！我儿媳妇不要脸！抢走了我孙子，还想跟别人一起把我赶出去！"

万俟子琅伸出手，拿走了她手里的手机。张母这才看见她出来，顿时惊悚地往后缩了缩，却还是不死心，伸手想要去拉桑薛糕。

张母："孙子，过来！我是奶奶啊！你不记得奶奶了吗？"

张先生："对，宝贝儿子，来爸爸这边……"

桑肖柠抱紧了桑薛糕。

桑薛糕："妈妈……"

桑薛糕扯了一下桑肖柠的衣服，然后迈着小短腿，朝着男人和老人走了过去，然后迎着他们惊喜的目光，一爪子挠在了老人脸上。

他虽然年纪小，亮出来的爪子却异常尖锐。

张母："啊啊啊！"

她想破口大骂，但是看着万俟子琅，话全部堵在了喉咙里。

回去的路上，桑薛糕乖乖坐在后座上，呆呆地看着自己的手指。

桑肖柠："宝宝在看什么？"

桑薛糕："妈妈……肉肉……"

桑薛糕费劲地抬起了手，努力地给她看指甲缝。

桑肖柠："你指甲缝里……是刚才挠人留下来的？别动，太脏了，妈妈给你清理干净。"

万俟子琅："别浪费了，刚好我好多天没有喂龟龟了，给龟龟吃了吧。"

桑肖柠："小乌龟也跟来了？"

万俟子琅："嗯，就在我斜挎着的小包里，我开车不方便拿，你自己摸就好。"

桑肖柠一边往外拿一边随口问："你多久没喂它吃东西了？"

万俟子琅："……"

桑肖柠："子琅？"

万俟子琅："我想想，上次喂它，是四五个月前去买东西的时候，塞了一小口面包。"

桑肖柠："这么喂，真的不会把它饿死吗？"

万俟子琅："应该不会。"

187

桑薛糕两只手抓着乌龟，轻轻地晃了晃，然后举起来给桑肖柠看。

桑薛糕："妈妈……"

小乌龟不动了。

桑肖柠："子琅，你来看一眼！乌龟不动了！它该不会是死了吧？"

万俟子琅："稍等，我停一下车。"

万俟子琅把车停在了路边，拿过乌龟用力摇了摇，然后听了听声音。

万俟子琅："摇晃起来没有水声，它应该还没有烂掉，没有烂掉就是在冬眠。"

万俟子琅："现在 12 月，乌龟冬眠是很正常的事情。"

桑肖柠："你确定吗？虽然 12 月了，但是外面太阳很大，在这种环境下，乌龟真的会冬眠吗？"

万俟子琅："我确定。"

她把手伸进去，把乌龟的头揪了出来，然后面不改色地掰开它的嘴，把肉塞了进去，最后再把它的头捣回壳里。

桑肖柠："那个时候，它也是这个状态吗？"

万俟子琅："嗯，也冬眠了，但是那时候我年纪太小，不知道它是在冬眠，还以为它死了。

"所以我哭了好久。"

哭了？桑肖柠心疼地摸了摸万俟子琅的头发。居然这么伤心，子琅还是很喜欢她的龟龟的……

万俟子琅："哭太消耗体力了，我哭完有点饿，就把它煮了。"

桑肖柠："你把它吃了？"

万俟子琅："没有，龟龟脸皮厚，煮不熟，我本来想生吃，但是毕竟跟着我久了，有感情了，就没下去嘴。

"后来我才发现它还活着，只是在冬眠而已。"

桑肖柠："它能活到现在可真不容易。"

万俟子琅："是啊，所以这次我会对它好的。"

回到了别墅，宋命题心疼地摸了桑肖柠很久，桑薛糕也跟着心疼地摸了很久，桑肖柠倒是不怎么在意。半夜，她起来上厕所，忽然看见一楼的厨房里亮着灯，过去一看，才发现是万俟子琅在煮东西。

　　桑肖柠："子琅？饿了吗，在煮什么东西……"

　　锅里的乌龟默默地伸出了头，看了她一眼。

　　桑肖柠："你说你决定这次对它好一点。"

　　万俟子琅："我说的是下次对它好一点。而且，你不好奇吗？它以前煮不死，那这次会不会就能被煮死了？"

　　乌龟："……"

　　万俟子琅低下了头："我没有骗你，把你放进来真的是想温暖你的身体。"

　　乌龟："……"

　　万俟子琅："水是温的。"

　　锅里的水咕噜起来，开了。

　　乌龟低下头，看了一眼身体旁边的水，又抬起头，默默地盯着万俟子琅。

　　万俟子琅："哎呀，水怎么开了？谁把火调大了？"

　　乌龟："……"

　　万俟子琅："不是我。"

　　乌龟："……"

　　万俟子琅："刚才这里只有我们，既然不是我，那就是你自己，你为什么要用开水煮自己？你死了，我会伤心的。"

　　乌龟："……"

　　桑肖柠帮忙把乌龟捞出来，给它擦干净了身体。乌龟的头缩了回去，又不动了。桑肖柠摸着滚烫的乌龟。

　　桑肖柠："这乌龟皮真厚，这么煮都不死。"

　　万俟子琅："是我爸爸妈妈送给我的。"

　　桑肖柠："你联系上他们了吗？"

　　万俟子琅摇了摇头："那天之后，我尝试过很多次，但是那边信号很不好,绝大部分都没有人接,只有偶尔几次能接通,可里面传出来的声音,非常奇怪。"

她翻开手机,找出来一段音频,里面是电流声,尖锐刺耳。

桑肖柠:"这……就只有电流声?"

万俟子琅:"我尝试着消除电流声,发现电流声下面,是另外一段让人毛骨悚然的声音。"

电流声小了不少,里面传出来的,是老鼠"吱吱"的叫声。

万俟子琅:"除了这些,暂时没有其他线索了。"

桑肖柠张开嘴,想要安慰她,但开口之前,她就打断了桑肖柠:"尽人事,听天命,我不需要人安慰,你早点休息吧。"

她把乌龟塞进了睡衣里,上楼睡觉去了。

距离噩梦时代越来越近,防护工作也越来越紧张。几个人都不再外出,宋分题甚至学会了焊接铁笼子。

宋分题:"趁着这段时间有空,把别墅周围再焊一圈铁笼子,以防万一。"

桑肖柠:"命题呢?"

宋分题:"他在炮台那边安装望远镜,我跟子琅商量过了,炮台上可以装远距离射击工具,而且炮台比较大,还有空余的地方,可以再加一点观测工具。"

桑肖柠:"我去看看子琅,她这几天一直在天台上忙。"

桑肖柠领着桑薛糕去了天台。

桑肖柠:"这是什么?"

她仰头看了几眼,她这几天在照顾桑薛糕,没有上天台看过,再上来的时候,这里已经彻底变了模样——整个天台都被一层玻璃覆盖了起来。

万俟子琅:"钢化玻璃,旁边有雨水过滤装置,我还放了几个大缸,能储存雨水。"

万俟子琅:"钢化玻璃上配备了一些发电装置,噩梦时代电路被大量破坏，如果波及我们这里，多少能做些准备。"

又几天过去，宋命题开车去周围转了半天，回来之后擦了一把头上的汗。

宋命题："周围的村子还有人在活动，但是听说爆发了大规模的瘟疫，猪狗什么的基本上都死干净了。而且天气越来越热，我身上全部是汗，哥，你闻闻。"

宋分题："滚！"

宋分题缩在角落里，抱着桶一阵吐。

宋命题低头闻了闻自己身上的气味。

宋命题："很难闻吗？就是普通的汗臭味啊。哥，你不喜欢吗？"

宋分题："……"

还有四天就是1月1日了。网络上有关于生物变异的话题已经"爆炸"了，有的人在自己家门口附近发现了异变体，虽然数量并不多，但很快就被军队控制住。

城市中的防护工作也飞速展开，但是变异的范围之广，早就已经脱离了掌控，时间一天天逼近，几个人的精神也越来越紧绷。

12月28日，各处居民开始往有避难点的城市迁移。

12月29日，变异越发严重，电视台几乎都是相关报道，各方都在呼吁市民留在家中，减少外出。

12月30日晚上，桑肖柠把万俟子琅喊了过来。

桑肖柠："子琅，你父母是不是在西北雅思山脉附近工作？"

万俟子琅："是，山脉附近有科研点。"

桑肖柠："看这里，有记者去雅思山脉探寻了，刚好在报道。"

万俟子琅坐在了她身边。

桑肖柠："不过西北地势高，不是说大部分都是雪山吗？为什么这群探险的人会在丛林里走？"

万俟子琅："山脉由低至高，会出现跟纬度变化相同的地貌，雅思山东南方有暖风吹过，所以山下会出现春天一样温暖的气候，往上走温度就会慢慢降低了。"

探险队深一脚浅一脚地走着，万俟子琅看着电视，忽然抬头。

万俟子琅："看这里——"

桑肖柠："什么？"

万俟子琅："是我父母工作的科研站，我看到建筑的上层了。"

万俟子琅指了指电视，记者和一群扛着仪器的人艰难地走在山林里，大多数的人目光都有些疲乏。桑肖柠还没有看到科研站，万俟子琅的动作忽然一停，下一刻电视屏幕里的"丛林"动了，有什么东西从草丛里窜了出来。

桑肖柠："……"

万俟子琅："……"

镜头开始剧烈地摇晃起来——扛着摄影机的摄影师在逃命。慌乱中不知道是谁碰到了摄影机，画面戛然而止。

桑肖柠："子琅。"

万俟子琅："没事。只是这种画面应该有不少人看到了，最后一层遮羞布，可能也要没了。"

这段时间，市民唯一的娱乐就是上网和看电视，刚才那个场景是直播的，确实有不少人看到了。

又一天过去了，12月31日20点，A大女生宿舍，白开坐在楼顶，看着下面一群面面相觑的大学生。

白开："我知道你们之中也有人有异能，但我拥有的异能是最强大的，所以你们最好乖乖听话，否则……"

12月31日21点，唐延玉坐在阳台上，额头抵着窗户，自在地看着楼下混乱的人群。

伞小蕊："老公，过来吃晚饭了，军队已经驻扎进城市了，而且开设了避难点，明天我们一家人就过去。你在看什么？"

唐延玉缓慢地转过头，然后看着伞小蕊，无声地笑了笑。

12月31日23点，距离噩梦时代仅剩一个小时的时候，宋分题忽然发起了高烧。

# 第十二章

## 噩梦降临

23点30分,桑肖柠从冰箱里取出了大量的冰块,急匆匆上了楼。

桑肖柠:"怎么烧得这么厉害……宝宝,子琅姐姐去哪里了?"

桑薛糕举起了爪爪,做了一个劈砍的动作。

桑肖柠:"在墙壁附近砍东西?那她一时半会儿过不来了。"

宋分题:"喀喀喀!"

宋分题趴在床边,咳嗽得厉害,一张清秀的脸泛着不正常的红。

桑肖柠:"你躺好别动!我给你敷一下毛巾,退烧药吃了没有?"

宋分题:"肖柠……"

宋分题一把抓住了她的手腕,险些从床上摔下来,虽然他身体虚弱,但目光异常坚定。

宋分题:"如果我感染了,你就不要手下留情,一定要……我不会拖累你们的。"

桑肖柠:"别说傻话!我去问问子琅,看她怎么说!你躺好,好好休息。

"命题!来看着你哥一点。"

宋命题:"哥!"

宋命题冲了进来,跪在床边,号啕大哭。

宋命题:"哥!你死得好惨啊,哥!我会给你报仇的!"

宋分题:"滚!"

桑肖柠:"你哥还没死,你照顾好他。"

桑肖柠:"宝宝,妈妈去找子琅姐姐,你在这里看着命题哥哥,别让他闯祸,知道了吗?"

桑薛糕:"嗯……"

宋命题:"我不会闯祸的!我最会照顾病人了!我保证,等你回来之后,我哥还是活蹦乱跳的!"

他再三保证,桑肖柠多少放了心,急匆匆下了楼,在墙壁附近找到了万俟子琅。这几天别墅的防护工作加强了很多,不仅仅是多层焊接的铁笼子。不知道万俟子琅从哪里找来了类似铡刀的刀刃,锋利无比,然后向下倾斜四十五度,安装在了墙上,密密麻麻好多层,几乎完全把墙壁的中下侧覆盖,只要有异变体想顺着墙壁爬进来,就会先被墙壁上的刀割掉手指。

万俟子琅:"你来得刚刚好,把其他人喊下来帮忙吧,距离1月1日,还有不到二十分钟了。"

桑肖柠:"子琅,分题发烧了。"

万俟子琅:"发烧了?"

桑肖柠:"对,而且烧得很厉害,吃了退烧药也不管用……"

万俟子琅:"你去烧一锅开水,我很快就到。"

万俟子琅的表情没变,桑肖柠放心了不少。她上楼,推开了门:"命题,你休息吧,子琅很快就……"

她的声音在看到屋子里场景的瞬间戛然而止。宋命题脱了鞋,站在床上,手里举着棒槌,正忙得大汗淋漓,热火朝天。桑薛糕面无表情地挂在他腿上。

桑肖柠:"你在干什么?分题呢?"

宋命题:"我哥在被窝里呢,我妈活着的时候说了,小孩子说难受十有八九是不想上学,打一顿就好了。哥,对吧?"

宋分题一边发烧一边应付傻子,没晕过去就不错了,声音沙哑得不成样子。

宋分题:"你给我滚……"

宋命题:"不行啊,我在你身上打滚太轻了,还是用棒槌捶你力气比较大。"

桑肖柠:"你给我下来!"

桑肖柠把宋命题赶了出去,摸了摸宋分题的额头。

桑肖柠:"别怕、别怕,子琅很快就上来了,她应该知道怎么处理,刚才特别冷静地让我去烧了一壶热水。"

万俟子琅:"宋分题死了吗?热水烧好了,他死了我们就可以吃消夜了。"

宋分题："……"

万俟子琅坐在床边，摸了摸他的额头。

万俟子琅："的确烧得很厉害。"

桑肖柠："这是怎么回事？"

万俟子琅："两个可能，要么是异能觉醒，要么是被感染了。"

宋分题呼出了一口灼气。

桑肖柠："那现在需要隔离吗？"

万俟子琅："你在旁边守着，拿着这个。"

桑肖柠："斧头？"

万俟子琅："你抓斧头的方法不对，一只手在前一只手在后，不要两只手叠放在一起——对。"

万俟子琅："12点后，如果他身体异变，那就砍下去。"

桑肖柠："我知道了。"

万俟子琅："好，宋命题，你跟我来，去墙壁附近。"

万俟子琅低头看了一眼时间，距离12点，还有10分钟。

600秒……

宋分题："等一下，我跟你们一起出去，如果真出了问题，你下手要比肖柠更利索。"

万俟子琅："可以，带好武器防身，过一会儿……有一场硬仗要打。"

几个人都去了院子里，万俟子琅上了炮台，手边是一台老式收音机。

"各大城市避难点都已经建立完毕，请市民减少外出或者就近前往避难点……

"进入避难点需要进行消毒与搜身检查，入口出口都有军队把守，每人每天可领取一次食物与水……"

万俟子琅："大家分开站，肖柠站这边，宋命题，你去那边。12点一过植物会开始疯长，这时候就要抓紧时间，趁着它们没有完全长大，立刻砍掉，以防生长的植物顶烂墙壁。"

桑肖柠："之前清理过的……"

万俟子琅："面积太大，很难确保万无一失。"

宋分题："那我呢？"

万俟子琅："你跟着我。"

宋分题跟她对视了一眼，咬牙点了点头。

宋分题："现在需要把我的手脚捆绑起来吗？"

万俟子琅："不用，初级异变体的手脚捆不捆对我来说没有区别。"

宋分题："好。"

几个人分开站好，桑薛糕紧紧跟在桑肖柠身边。别墅周围高大的墙壁上都安装着白炽灯，院子里并不算暗，但是不知道为什么，周围安静得可怕。

倒计时3分钟。

唐延玉脸上带着温和的笑容。

伞小蕊却毛骨悚然地揉了揉胳膊。

伞小蕊："老公，你别这么笑，我总感觉有点瘆人。"

倒计时2分钟。

白开得意地看着楼下瑟瑟发抖的人，道："听说觉醒异能的不只我一个，不过有我在，你们不需要去避难所……"

倒计时1分钟。

宋分题咬着牙，额头上全是冷汗，跟在万俟子琅后面，很快就到了阴暗的角落。然后他看着前面的万俟子琅转过头面无表情地盯着他。他忽然一偏头，"哇"的一声吐出了一口黑血，然后闷哼一声，半跪在了地上。

宋分题："我……"

万俟子琅："……"

倒计时30秒。

风声呼啸，还在野外的人，连自己的呼吸声都听不到，就好像整个世界都被笼罩在了一个巨大的黑匣子中。

万俟子琅沉默着,举起手中的斧头,对准了宋分题的脖子。

万俟子琅:"虽然时间还没到,但是我已经可以肯定了。

"准备好了吗?我们再遇到,只能是很久之后了。"

宋分题:"我不后悔……你动手……"

他嘴角的黑血一滴滴地流了下来,但是他没有半点反抗的意思,而是静静地闭上了眼。

倒计时 10 秒。

万俟子琅的呼吸平稳。

倒计时 5 秒。

万俟子琅手里锋利的斧头,猛然落下——

噩梦时代,来临了!

下一刻,旁边却忽然冲出来一个人。

宋命题:"斧下留人!"

宋命题猛地撞在了万俟子琅身上,万俟子琅的手腕一歪,锋利的斧头改了方向,对准了宋分题的脑袋!

宋分题一个激灵,就地一滚,瞬间躲开。

万俟子琅:"干吗?"

宋命题气喘吁吁地挡在了宋分题的身前。

宋命题:"确定了?确定我哥是变异了?"

万俟子琅:"我……"

宋命题:"就算确定了,我也不准你杀他!"

宋命题是急速奔跑过来的,脸上全部是汗水,目光难得坚定。

宋命题:"这是我一母同胞的哥哥,也是这个世界上我唯一的亲人,就算他变成了异变体……"

宋分题:"……"

宋分题垂下了眼帘,有些感动,即使嘴里涌出大口大口的黑血,却还是挣扎着站了起来,拍了拍宋命题的肩膀。

宋分题:"这就是我的……"

他话还没说完，就被一棒槌砸在了地上。

宋分题："……"

宋命题失声痛哭："就算变成了异变体，也应该让我来杀！"

宋命题："哥，你去地狱里帮我给爸妈问个好！告诉他们我曾经爱过你！"

宋命题伤心欲绝，对着宋分题的脑袋一阵乱敲。

宋命题："哥，你忍着点哥！"

万俟子琅："他没有被感染。"

宋命题："哥，谢谢你多年来对我深沉的爱！让我送你最后一程吧！"

万俟子琅："他没有被感染。"

宋命题："哥，下辈子我还要做你弟弟！"

万俟子琅："他真的没有被感染。"

宋命题哭得更厉害了。

万俟子琅："你没听到我的话吗？"

宋命题："听到了也要把我哥打死，啊啊啊，不然我哥会杀了我的！"

宋分题："滚！"

万俟子琅扶着宋分题坐在了墙脚。

宋命题去砍植物了。

万俟子琅："坐下好好休息吧。"

宋分题："你什么时候看出来我不是被感染，而是异能觉醒了？"

万俟子琅："我就没觉得你是被感染，只有异能者才能在这种情况下保持清醒。"

宋分题："那你骗我干什么？"

万俟子琅："龟龟跟我说，惊吓之后的惊喜更甜一些。"

宋分题："……"

万俟子琅："甜吗？"

199

宋分题有些无语："挺甜的，刚才要不是我躲得快，我就死了。"

万俟子琅："我原来是想贴着你的脖子砍下去的，但是宋命题推了我一把，刀刃就实打实地对着你脑袋砍了。"

宋分题："……"

万俟子琅："懂了吗？"

宋分题："懂了。"

万俟子琅："你别害怕就好，以后我不会再对着你动斧头了。"

万俟子琅拍了拍他的肩膀，正准备站起来，身后靠着的墙壁忽然"咔嚓"一声——

万俟子琅："让开！"

宋分题一个激灵，下意识往下一滑！下一刻万俟子琅的斧头劈开空气，"砰"的一声，深深陷入了刚才他的脑袋所在的位置。

宋分题："……"

万俟子琅："别害怕，一根刚长出来的小苗苗，被我砍断了。"

宋分题："要是我没躲开呢？"

万俟子琅："没关系啊，只不过会把你的脑袋一起砍下来而已。"

宋分题："……"

宋分题沉默了。他的体力恢复了一部分，也来不及研究自己的异能究竟是什么，就拿起斧头，迅速加入了战斗。

这一刻，世界上所有钟表归零，大地陷入了静谧的沉睡。

几千米之外的狸熊市内，空无一人的街道，被警察严格把守的避难点，被重物挡住的居民楼……几乎所有人都以为这种状态会慢慢好转。然而，如果有人能从几万米的高空俯瞰整个世界，就会发现，在钟表归零的那一刻，辽阔大地上的灯光熄灭了一大半。

就好像冥冥之中，造物主吹灭了蜡烛……并亲手迎来了噩梦时代。

唐延玉坐在天台上，静静地看着陷入死寂的城市。他的听力远胜于普通人，他能清晰地听到，楼房里的惨叫声、咀嚼声、野兽的嘶吼声、女人的尖叫声，以及植物生长的声音。

他脚下的楼房在颤抖，一个巨大的东西从地底生长了出来，生生把高耸的楼房顶倾斜了。那是一棵巨大无比的柿子树，楼房倾斜到一定角度，并没有坍塌，而是被柿子树的枝叶穿透。

唐延玉："姐姐……"

伞小蕊："老公……老公，你在哪里？快回来！儿子发烧了！"

唐延玉："……"

唐延玉回到了家里，看着惊慌失措的伞小蕊紧紧地抱着自己的儿子。唐范绕发着高烧，不断地发出低低的咆哮声，伞小蕊见他回来，连忙扑了上来，用力地抱紧了他。

伞小蕊："老公……老公，我好怕！外面到底发生了什么？为什么楼房都坍塌了？我们要不要跑？"

唐延玉："乖，不要怕，有我在啊。"

伞小蕊："呜呜呜，老公……老公……幸好有你在啊……"

伞小蕊抱紧了自己的老公。她老公的脾气一直这么温和，只要跟他在一起，她就会安心不少。

唐延玉："老婆，你站好。"

伞小蕊："怎么了？屋子里黑漆漆的，好像是楼房坍塌电路坏掉了……老公，你有没有听到什么声音？像是野兽的喘息声……"

唐延玉："没有，老婆，别怕，抓着我的手。"

伞小蕊抽泣一声，抓住了他的手。他满意地笑了笑，手指轻轻地抚摸过她的脸。

唐延玉："往后退一步。

"再退一步，对，真乖，再退一步……"

伞小蕊听他的话，一步接着一步地退。黑暗中有什么腥臭的东西冲了上来，一口咬住了她的脖子。

黑暗里，唐延玉坐在地上，轻声笑了。

另一边，别墅里。

凌晨3点，几个人忙了大半天。

桑肖柠："差不多了吧？幸好提前检查过一遍，需要砍伐的不多，只有几处地方的墙壁被顶坏了。"

万俟子琅："别墅下面是用柱子顶起来的，也有植物冒头，不过砍得及时，所以没有伤及别墅本身。"

宋分题："大家都累了，今晚轮流守夜，具体情况明天起来看。

"白炽灯也被破坏了不少，院子里太黑了……"

虽然黑，但是能隐隐约约看到院子里旺盛生长的植物。定好守夜顺序之后，万俟子琅揉了揉眼睛，去卧室的浴室冲了一个澡，简单擦了一下，就赤裸着身体走到了床边，然后掀开被子，往里掏了掏。

万俟子琅："龟龟。"

她没有摸到乌龟，却摸到了一个人。被窝里躺着一个睡眼惺忪的少年，被她来回摸了几遍之后，静静地转头看了她一眼。

乌龟："……"

万俟子琅："……"

乌龟："……"

两个人默默对视了一会儿。

乌龟："……"

万俟子琅："你看我干什么？往里一点，你睡中间，我睡哪里？"

乌龟："……"

少年闭上眼，慢吞吞地往旁边靠了靠。万俟子琅上了床，盖好被子，关掉了灯。她想了想，问："龟龟，你是不是变大了一点？"

乌龟："……"

万俟子琅："算了，反正变化也不是很大，睡了，晚安。"

她闭上了眼，少年也闭上了眼，两个人静静地睡了。

半夜，宋命题来敲门。

宋命题："子琅！轮到你来守夜了！"

万俟子琅："好，我穿衣服，现在几点了？"

宋命题："已经早上5点了，我哥和肖柠姐刚去睡觉了。"

万俟子琅穿好衣服套上外套，扒拉开被子，把少年挖了出来，然后扛在肩上，打开了门。

宋命题："你肩膀上扛着什么？"

万俟子琅："龟龟啊，你不认识它了吗？"

少年默默睁开眼，看了宋命题一眼，宋命题沉默一瞬间。

宋命题："哈哈哈，吓死我了！原来是乌龟啊！"

万俟子琅："嗯，就是最近胖了一点，扛着有点沉了。"

乌龟："……"

万俟子琅："我没胡说，你就是胖了。"

乌龟："……"

宋命题跟她告别，去睡觉了。

万俟子琅扛着少年去了院子里。

这会儿天已经微微亮了，周围的场景也差不多能看清楚了。院子里原本还算是正常的，如今已经被大量的植物覆盖，密密麻麻的野草生长在农作物之间，而农作物也变得奇大无比。

西红柿有人的上半身大，丝瓜藤密密麻麻地爬了一地，小棚子几乎被压塌，整个院子寸步难行。她大概看了一下，就上了炮台。

万俟子琅："其实从院子里面就能猜到附近的场景了。但是有些事情，还是亲眼看看比较好。"

院子外面的情况跟她上次经历的一般无二。可见度仅仅在十米到二十米之间，粗壮的树木几乎遮天蔽日，是最原始的丛林的样子，树干交叉在一起，野草疯长。

万俟子琅："……"

她拍了拍少年的后背。

万俟子琅："你真的胖了，挡着我看风景了。"

乌龟："……"

少年沉默了一下，身体慢慢变小，变回了乌龟。

乌龟："……"

万俟子琅："可以了。"

万俟子琅心满意足,把它塞进衣服里,跳下了炮台。

此时已经躺在床上的宋命题,忽然一个激灵坐了起来。

宋命题:"好像有哪里不太对,子琅肩膀上扛着的那个是人吧?

"可是这跟我宋命题有什么关系呢?睡觉。"

唐延玉盘腿坐在地上,忽然响起了响亮的敲门声,随后发出一声巨响,门被人踹开了。

走进来的是两个全副武装的军队的人。

救援人员:"这里还有活人!"

他拿着对讲机,低声报告情况。

救援人员老孟:"队长!这里有幸存者,三口之家,被感染的是儿子,女的已经被蚕食了……男的精神崩溃,还有救,喂!跟我过来!"

唐延玉低着头,身体在"发抖",救援人员没有注意到他急匆匆下了楼,楼下有一辆军用越野车,旁边还有一个救援人员。

救援人员老孟:"找到一个!带着车上的幸存者,我们立刻返回救援点!"

尚嫄:"老孟。"

救援人员老孟:"怎么了?走啊!"

尚嫄:"回不去了……"

救援人员脸色惨白,手里的东西"啪"的一声掉在了地上。

尚嫄:"狸熊市八个救援点,昨天晚上全部爆发了内部感染,我们负责的那个……已经被异变体吞没了。"

救援人员老孟:"没有幸存者?"

尚嫄:"有,剩下了几个,四散逃开了,我们……"

救援人员老孟:"去最近的救援点!"

两个人都不敢耽误,朝着距离他们最近的一个救援点开了过去。城市虽然已经被粗壮的植物占领,不过周边一些植物稀少的公路还能通行，只是要多走不少路而已。救援人员精神紧张，眼前却忽然掠过了一道阴影。

救援人员老孟："刚才是不是有什么东西从我们上面飞过去了？"

尚嫄："我也看到了，好大一片阴影……"

救援人员老孟："你先别说话了，你从昨天晚上开始就一直在发烧，也不知道……"

他话说到一半，面前的玻璃骤然破碎，一只人头大小的麻雀忽然落了下来，脑袋伸进来，尖锐的嘴猛地刺进开车的救援人员眼中。

救援人员死死捂住了自己的眼："什么东西……我的眼睛……快走！快点离开这里！"

尚嫄："走不了了……走不了了！"

救援人员惊恐地抬起头，看向交叉的树干上那巨大的鸟巢。

周围忽然黑了下来……而唐延玉轻轻地舔了舔嘴唇。

A大，图书馆内。

里面没有开灯，白开死死地捂着耳朵，趴在下面一声都不敢吭。

程肉肉："呜呜呜，白开……白开，我害怕，那些是异变体吗？怎么会出现异变体？"

白开："闭嘴！别叫了！"

几个小时前，她还在慷慨激昂地演讲，但是说着说着，楼下忽然有人因为高烧晕了过去，然后疯了一样地咬人……和电影里描述的异变体一模一样。

程肉肉："白开，你不是有异能吗？你想想办法啊！"

白开："别闹了！那么多异变体我怎么打得过！"

程肉肉小声哭泣着，白开忽然转头，死死地捂住了她的嘴。阴暗的图书馆里，忽然响起了黏腻的脚步声……

早上 7 点，所有人都清醒了，万俟子琅找出来几把锋利的镰刀，跟其他人忙碌了一上午，才把原来的小棚子清理出来。旁边是两口铁锅，下面烧蜂窝煤加热着，锅里是用小火熬煮了一早上的小米粥，黏稠温热，加了几勺白糖。

宋分题手里拿着一把锋利的长刀，干脆利索地把饱满多汁的西红柿切成了小块。

万俟子琅："天气太热，之前的腊肉就算是放在阴凉处，也差不多都晒干了，拿出来切一点吧。"

桑肖柠："好，我找个砂锅，先把粥盛出来一半。"

她盛了一半出来，然后把腊肉切成片，稍微加热一下，放进了另一半粥里。

软乎乎的米粥裹着腊肉，散发出了阵阵肉香。

宋分题："西红柿炒鸡蛋、西红柿撒白糖、西红柿鸡蛋汤、西红柿拌蒜，凑合着吃吧。"

万俟子琅摆开了一张小桌子，一群人在桌子前吃早饭，吃着吃着，万俟子琅忽然"啊"了一声。

万俟子琅："忘记问了，你的异能是什么？"

宋分题："说出来你们可能不信，昨天晚上我就是随便发了个烧而已，并没有觉醒异能。"

万俟子琅："我信，我猜你的异能是做西红柿鸡蛋汤。"

宋命题："我觉得我哥的异能是忽然失忆，把昨天晚上的事情忘干净。"

宋分题："我吃不饱了。"

几个人顿时都安静了下来，宋分题揉了揉太阳穴。

宋分题："就是没有饱腹感，昨天晚上我试着吃了几个西红柿，又吃了几个冬瓜，然后尝了一个锅铲，都没有太大的感觉。"

宋命题："我不信，除非你表演给我们看看。"

桑肖柠："这个西红柿我洗干净了，你尝尝？"

宋分题顶着三个人好奇的目光，把西红柿吃完了，三个人都无声地鼓起了掌。

宋命题："太厉害了。哥，但不是我挑事，这么一个西红柿我也能吃完。"

宋分题："你想怎么样？"

宋命题："我这里还有一双袜子，你要是能吃完，我就相信你有异能。"

桑肖柠花了挺大的功夫才在宋命题被打死之前把宋分题拉开。

宋分题坐了下来，发现万俟子琅在无声地盯着自己。

宋分题："想让我吃袜子的人都被我打死了。"

万俟子琅："我比宋命题稳重，不会让你吃袜子的……你试试这只乌龟，吃完我就相信你。"

乌龟："……"

宋分题当然没有吃乌龟，但他吃了一口锅。几个人研究了一中午，发现宋分题的变化不仅仅是胃口，还有他的牙齿，坚硬到了可怕的地步，任何东西被他轻轻一咬，都会碎掉。

万俟子琅好奇地摸了摸他的牙齿。

万俟子琅："我还是第一次见这种异变类型。

"而且你胃酸的溶解功能变得强大了，很强大，不管是什么东西都能被溶解掉。"

宋命题："那我们找一根长棍，把我哥绑上去，岂不是天下无敌了？"

宋分题："被绑上去之前我会先掐死你。"

不过牙齿毕竟不是什么很方便的武器，问完之后也就暂时先这样了。饭后，万俟子琅找出来了几顶草帽。几个人顶着大太阳，开始收拾院子。要做的工作非常多，院子里的土壤非常肥沃，野草跟农作物一样，满地都是，把野草清理干净几乎花费了一整个下午的时间。

宋分题："接下来呢？"

万俟子琅："你怎么看？"

宋分题："你这里的物资很多，但是绝对不够我们四个生存一辈子，现在是噩梦时代初期，也是散落在外的物资最多的时候，相比之下，生物也没有异变得非常可怕。我们可以趁着这段时间去市区收集物资。"

万俟子琅："是的，噩梦时代中后期，物资已经少了很多，那时候再想收集，就不是那么简单的事情了。"

两个人简单地商量了一下，没有立刻出发前往市区，而是决定先打探一下院子周围的情况。院子在山脚下，外面已经全部是密密麻麻的树木。荔郁的树叶、树干交叉着，连院子的部分都在一片阴影下，万俟子琅打开了大门。

宋分题："怎么这么暗？"

万俟子琅："外面的树根没有清理过，昨天晚上过后树全部长出来了。"

"外面是丛林，树叶密集，所以很暗。"

巨大的树根在地上蜿蜒起伏，两个人手里都拿着尖锐的武器，临走前桑肖柠有些担忧地给她整理了一下领口。

桑肖柠："出去一定要注意安全，实在不行就回来，毕竟我们暂时不缺物资……"

万俟子琅摇了摇头。

万俟子琅："不缺是一回事，耽于享受是另外一回事，长期处在安逸的环境里，人是会废掉的。"

原本通往外面的路上还可以行走车辆，但是大型车不太方便，万俟子琅就找了一辆电动车。

宋分题："先去哪里？"

万俟子琅："先去附近的村子探探路，看看有没有活人。"

路上，宋分题一直偏头看着周围。

宋分题："奇怪了，怎么一点声音都没有，按理来说，不是会有很多变异的生物吗？"

万俟子琅："隐蔽性也变强了。"

宋分题："如果有东西忽然冲出来，电动车能甩开它们吗？"

万俟子琅："甩不开，但是……"

她无声地转头看了宋分题一眼。

万俟子琅："我赛跑从来没输过。"

宋分题："我知道了。"

穿过寂静到可怕的丛林，万俟子琅停在一个村子前，从背包里拿出纸质地图，简单地圈画了一下。

万俟子琅："这个村子也近山，很贫穷，叫沙窝村。"

宋分题："……"

宋分题低头看了一眼她的地图，发现上面标注着加油站、村子、发电站、仓库等，基本上完全手绘，两点之间甚至有一些植物的种类。

宋分题："不知道为什么，总感觉你很可靠。"

万俟子琅："护具戴好，我们要准备进村子里了。"

宋分题："只有手臂跟脖子上的吗？"

万俟子琅："嗯，铁做的，戴太多会妨碍动作。"

她只戴了一只手，又简单地在乌龟身上拴了一根绳子，走路声音极轻。宋分题在她后面，两个人小心翼翼地进入了沙窝村。村子里反倒是没什么植物，乍一看跟正常的地方差不多。

周围有嘶吼声响起，万俟子琅忽然低头，刹那间有什么腥臭的东西一跃而起。

她后撤一步，反手向上一划，尖锐的刀尖瞬间割掉了那玩意儿的头颅。

宋分题："异变体？！"

万俟子琅："看清楚我的动作了吗？"

这是一个很小的异变体，宋分题一把捂住嘴，扭头就吐了出来。

万俟子琅："……"

宋分题："你盯着我看干什么——哇！"

万俟子琅："你再这么吐下去的话，我会考虑把你丢在村子里的。

"队伍里有累赘,是让人很操心的事情……"

她的话还没说完,宋分题忽然一跃而起,手中尖锐的镰刀对准她就砍了过去。她一顿,宋分题的脸近在咫尺。

她身后忽然出现了一只散发着臭味的异变体,被宋分题一镰刀砍断了头,他挑了挑眉。

宋分题:"谁是累赘?"

万俟子琅:"……"

宋分题又吐了:"哇!"

万俟子琅:"……"

宋分题:"对不起。"

万俟子琅:"你能别每次都往我身上吐吗?"

宋分题:"我说对不起了。"

万俟子琅:"你往后退一步,接下来我要做的,你看了肯定还会吐。"

宋分题:"放心好了,我已经有抵抗力了。"

万俟子琅半蹲下来,单手扣住了小异变体的嘴,然后食指跟中指并列,猛地一用力,拿出来了一个小小的、亮晶晶的东西。

"你看,这就是异变体的……"

宋分题再一次呕吐:"哇——"

万俟子琅:"晶核。"

# 第十三章

## 芜市荒都

宋分题若无其事地擦了擦嘴。

宋分题："这东西是干什么用的？"

万俟子琅："……"

万俟子琅没说话，于是宋分题又若无其事地帮她擦了擦肩膀。

宋分题："怎么不说话了？异变体晶核，然后呢？"

万俟子琅："你往后退一步。"

宋分题："怕什么？只要不让我吃了它，我是不会吐的。"

万俟子琅："就是要让你吃了它。"

宋分题："你是在报复我刚才吐了你一身吗？"

万俟子琅："不是。"

宋分题没动，万俟子琅耸了耸肩，看上去并不想逼他，转身蹲下来，抠出了另外一只异变体的晶核，然而她动作忽然一顿，神色凝重了起来。

万俟子琅："不对！你来看一下！"

宋分题："什么？"

万俟子琅一把扣住他的后脑勺，用手指撬开他的牙，迅速把两个晶核塞进了他嘴里，然后捏住他的两腮，用力一抬他的下巴！

咕咚。

宋分题："……"

万俟子琅："骗你的，啵啵。"

宋分题一把捂住了自己的嘴，开始呕吐："哇……哇……"

万俟子琅："我是为了你好。"

万俟子琅："异能者吞噬异变体大脑中的晶核，能有效地提高免疫力，增强异能。"

宋分题："你应该……也有异能吧？"

万俟子琅："有。"

宋分题："那你还先给了我……"

宋分题摸着自己的喉结,有些不是滋味,万俟子琅没回答这句话,只叮嘱了一句:"尽量不要吐出来。"

宋分题:"你放心好了,已经吞下去了,不会吐出来的。"

万俟子琅:"那就好,我以为你忍不住的,毕竟也没擦一下……"

宋分题"哇"的一声又开始吐。

万俟子琅:"……"

宋分题偏了一下头,耳垂一片薄红。

宋分题:"让你说。"

半个小时后,刚才还能指责万俟子琅的宋分题蹲在了地上,羞窘地捂着自己通红的脸。

万俟子琅:"不用害羞,我只是在检查一下晶核有没有被你吐出来,我都不嫌脏,你嫌什么?嗯,吸收得很好。"

宋分题:"够了。"

万俟子琅扔掉树枝,用土壤简单地掩埋了一下脏东西。

万俟子琅:"你的胃酸很特殊,大概只有在你胃里的时候才能真正发挥作用。"

"吐出来之后的腐蚀度就不是很强了,我的衣服也仅仅是被腐蚀了一点。"

宋分题:"别说了!"

"胃酸"两个字的杀伤力对一个有洁癖的人来说实在是太强了!

他多少有些羞耻,却忽然感觉自己的手腕被抓住了,随后鼻尖敏锐地闻到了一股清爽的气味,少女贴在他耳边,轻声说:"胃酸、胃酸、胃酸……"

宋分题:"……"

乌龟趴在她的肩膀上,默默地伸头看了一眼。两个人在村子里扫荡了一圈,找到了不少晶核和柴米油盐等日常食品,万俟子琅还扛了人家几条被子。

万俟子琅："村子里的人大部分已经离开了，所以异变体并不是很多。"

宋分题："离开的人去哪里了？避难点？"

万俟子琅："嗯，但就算是避难点……也很难控制住异变体的爆发。"

宋分题："……"

万俟子琅："我知道你在想什么。你在想，如果提前上报跟噩梦时代的有关变异情况，上面就有可能及时控制住噩梦时代的到来。"

万俟子琅摸了摸脑袋上的乌龟。

万俟子琅："但实际上，那是不可能的，全球总人口有多少？警察人数有多少？就算警察手里有杀伤性武器，也不可能在内部本身就会出现病毒感染的情况下，控制住会产生变异的普通人。"

"3020年，全球总人口已经高达六十九亿。

"六十九亿是什么概念很多人都不清楚。控制这么庞大的人口，简直就是无稽之谈。如果一发现异常就立刻击毙，那么异能者也会被赶尽杀绝。"

他们很快就回到了别墅前，桑肖柠帮忙收拾了一下东西。万俟子琅一边清点物资，一边说："动植物变异也不是那么好对付的，我们院子里的蔬菜，已经被我筛选过一遍了。而且这是最无害的西红柿、黄瓜，其他植物可没那么好打发。"

从村子里收集来的物资并不多，桑肖柠分类放好了，然后又把被子全部拆开，把里面的棉絮抽取出来，放在太阳下面暴晒。已经1月了，太阳依然炽热。

万俟子琅："再等等，大概3月份开始，天气就会转凉，然后温度持续下降。"

接下来的几天，几个人就一直在附近的村子里搜寻，因为不少人已经前往市区附近的避难点，所以附近村子里剩下的人并不是很多。

几天下来，宋分题杀异变体的动作越来越干脆利索，但也没少呕吐。

反倒是宋命题，动起手来一点异样都没有，收集来的晶核基本上被宋分题吃掉了。他的牙齿也越来越坚硬，咬东西的时候更加轻松，万俟子琅摸了摸他的牙。

万俟子琅："这几天附近搜索得差不多了，准备进城摸一下情况。"

桑肖柠："市区人口密集，会不会很危险？"

万俟子琅："危险也要去，因为很多人都是躲在家里，所以避难点的人并不是很多。也正是因为这样，有几个避难点没有完全覆灭。人类的生存能力是很强的，大概几个月后，军队介入，幸存的人类就要前往东北地区了。

"我得过去看一下其他异能者的情况。"

噩梦时代来临之后，万俟子琅第一次发动了院子里的汽车。宋分题前不久吃了晶核，又有一些低烧，所以跟她一起的只有宋命题一个人。高速公路的周围已经被野草跟疯长的庄稼彻底覆盖了，路上虽然也有，但并不多，车子勉强还可以开。

万俟子琅："车子先停在这里吧，麻袋拿好，物资能拿就拿，不能拿的话保命要紧。"

宋命题："我记住了！"

他们停在了市区附近，万俟子琅轻声慢步地走到一家便利店门口。外面是空的，里面却有极轻的嘶吼声。她靠在门边听了一会儿，冲宋命题比了一个数字。

万俟子琅："三个。"

他们对付三只异变体绰绰有余，战斗很快结束，宋命题挖晶核的时候，万俟子琅检查了一下门窗。

万俟子琅："可以确定，这家便利店里面已经没有其他异变体了。"

万俟子琅："东西迅速拿，拿完丢在车上，这几天需要慢慢

215

往里面探索。"

她趴在玻璃窗边，看向了不远的市区，虽然植物变异是最常见的，但是城市中的植物远少于山野的植物。因此除了几棵格外高大的变异树，还是能勉强看出城市的轮廓来。

宋命题："子琅，吃辣条吗？"

万俟子琅："吃。"

万俟子琅："今晚在这里休息吧。"

休息前，两个人又把便利店的门窗检查了一遍，天渐渐暗了下来。附近的基站似乎并没有被破坏，网络还是可以使用的。但能看到的寥寥无几的帖子，也基本上都是求救的。

万俟子琅没有躺下睡觉，而是半靠在墙上闭目养神。

半夜，她忽然睁开了眼。

万俟子琅："你摸我干什么？"

宋命题："给你盖件衣服啊，兄弟。"

万俟子琅："下次不要在我睡觉的时候靠过来，我的应激反应很可怕的。"

宋命题："好的，我知道了……"

万俟子琅忽然捂住了他的嘴。

万俟子琅："别说话！"

宋命题一顿，没有吱声。两个人在货架后面，不远处就是便利店的透明门窗。门被锁链锁死，但有几道极长的影子从外面投射了进来。万俟子琅速度极慢地转过了头——

便利店的垃圾桶旁边，竟然站着几只足有大象那么大的流浪猫。它们尖嘴猴腮，身上的毛发斑驳脱落。其中一只嘴里含着什么东西，轻轻松松一甩，那个东西就落在了地上。

万俟子琅："是变异了的流浪猫。"

她的后背贴着墙，呼吸尽量放浅，宋命题同样一脸严肃。

宋命题："如果我现在出去挠它们的下巴……"

万俟子琅："看见那只流浪猫嘴里叼着的红色火腿肠了吗？"

宋命题："火腿肠也会变异变大吗？这个好像是人工的？"

万俟子琅："不会，所以它嘴里叼着的也不是火腿肠。"

宋命题："……"

万俟子琅："要冲出去挠下巴吗？"

宋命题："我觉得不行。"

万俟子琅："我不要你觉得，我要我觉得。听我的，出去挠。"

宋命题："……"

两个人对视了一眼，宋命题蔫儿了下去。

宋命题："你对你的乌龟就不会这么凶。"

万俟子琅："因为龟龟长得好看。"

两个人压低声音，小声地念叨着，宋命题往外看了很多眼。

宋命题："猫居然能长这么大，我们在这里小声念叨没关系吗？"

万俟子琅："没关系，距离比较远，而且附近应该还有异变体，它们注意不到我们。"

宋命题："这几只猫也太笨了，垃圾桶里有什么好翻的，便利店里好吃的才多。"

宋命题："啊，你看，它们也这么觉得……过来了。"

万俟子琅："……"

外面的天渐渐黑了下去，几只斑秃的猫朝着便利店这边走了过来。

万俟子琅顿了一下，进空间……她试验过，活物，尤其是人类，进空间的限制比较大，未必能一次成功，而且需要她集中注意力，时间来不及……她倒是能进去，但宋命题极有可能被单独留在外面。

万俟子琅："匕首拿好。"

宋命题："我知道了！就算体形庞大，也只不过是几只野猫而已！只要我们坚强，就一定可以渡过这次危机！"

万俟子琅："不是，匕首给你，是让你在坚持不住的时候自杀用的。"

宋命题："……"

万俟子琅回头看了一眼，声音极轻，整个人都进入了备战状态。

她找出几根铁条，把门把手拧死了。便利店分了内外两间屋子，外面是营业的地方，有货架跟收银台，也是他们刚刚休息的地方。里面是工作人员的生活区，比外面小了很多，但是有一扇窗户。

外面传来了玻璃碎裂声跟挤压声。流浪猫的叫声有些尖锐，两个人都屏住了呼吸。

万俟子琅："没被发现是最好的，如果被发现了……就跳窗走。

"回到车上，开车离开，说不定还能摆脱它们。"

宋命题比了一个"OK"的手势，外面的撞击声不断，变异猫实在是太大了，庞然的身体在便利店里活动不开。忽然，里间的门被猫爪子重重地挠了一下，瞬间就被抓出了巨大的裂痕。两个人神经同时紧绷。

猫："喵呜！"

一只巨大的眼睛从门缝里露了出来，毛发斑驳的流浪猫伸出腥臭的舌头，缓缓地舔了舔牙齿。

猫："喵呜！"

万俟子琅："跑！"

万俟子琅单手撑窗，瞬间跳了出去，宋命题紧随其后。几只在外间的猫立刻从外间的门挤了出来。它们的身体庞大无比，跑动起来的速度却快得可怕。

万俟子琅一头扎进车里，抬脚就踩动了油门。

万俟子琅："看着点！虽然铁栏杆能挡住不少攻击，但也不是无懈可击的！"

万俟子琅："一旦车头开始变形，我们就需要立刻抛弃汽车！"

宋命题："它们追上来了！腿好长！我的腿都没这么长！"

城市中的变异植物没有山林中的多，因此大部分道路是畅通无阻的。夜幕下，万俟子琅紧紧抓着方向盘，死死地踩着油门，然而流浪猫依然穷追不舍。

万俟子琅咬紧了牙："如果真的万不得已……"

宋命题："我知道！我会像杀一只兔崽子一样杀了我自己！"

万俟子琅："不是！"

宋命题："好！那我先杀你！"

万俟子琅："万不得已的话，要离我近一点！"

实在不行，她就拼命尝试拉宋命题进空间。

宋命题："前面的路是堵住的！"

万俟子琅："抓紧！"

她猛地转动方向盘，车子一个打滑，轮胎摩擦地面发出了刺耳的声音。车头掉转，朝着一只流浪猫撞了过去。

近距离一看，才发现这些流浪猫竟然跟中型卡车差不多大。然而车头还没有撞上去，流浪猫就矫健一跃，猛地蹿到了旁边。

万俟子琅："下车！往建筑物里跑！"

她一步下了车，宋命题紧随其后。

不远处就是一栋普通的居民楼，楼房的入口虽然不小，但是绝对不够这些庞大的流浪猫进去。两个人的脚步飞快，身后猫的腥臭味涌入了鼻腔，万俟子琅率先跑了进去，立刻抓住了单元门。

万俟子琅："快进来！进来之后我关单元门……宋命题！"

宋命题："这只猫想要挠我！"

万俟子琅："把手给我！"

宋命题的手死死地抓着门框。

他整个身体已经在空中撑直了，流浪猫尖锐的獠牙咬住了他的裤腿。

宋命题："我错了，啊啊啊！"

宋命题："它不是想挠我，是想霸占我！我的裤子要被看光了！"

万俟子琅："手！"

万俟子琅的废话没他那么多，一个箭步冲出就想抓住他的手。

219

然而宋命题已经力竭，手猛地松开了。

宋命题："兄弟！兄弟，我要死了！快看我！我宁愿让你看也不要让一只流浪猫看！"

万俟子琅："……"

她一口咬住匕首，后退一步，猛然借力。两只手抓着流浪猫的皮，用力把自己甩到了它背上。流浪猫"喵呜"叫了一声，用力晃动了一下身体。她抬起匕首，想要刺激它松开宋命题，然而它忽然一仰脖子，把宋命题高高地抛了起来。

猫："喵呜！"

流浪猫一口含住了他的脑袋。

万俟子琅："……"

下一刻，流浪猫含着宋命题的头，咬了下去。

尖锐的獠牙猛然闭合，从万俟子琅的角度看过去，能看到血一滴滴地落下去。她动作一顿，脸上却半点情绪都没有显露，随后她手起刀落，抬手就对着流浪猫的眼睛刺了下去！

下一刻，流浪猫忽然一抖。万俟子琅咬住匕首，一个侧翻落在地上，接连后退了几步才稳住身体。为首的流浪猫叼着宋命题，他的身体已经软了，四肢垂落，头在猫嘴里。

万俟子琅："……"

几只流浪猫围了过来，万俟子琅没有动。她看着宋命题的尸体，握紧了手里的匕首，乌龟从她衣服里探出头，无声地看了她一眼。

乌龟："……"

万俟子琅："我知道，现在该走了。"

乌龟："……"

万俟子琅："我没有不想走，我只是……"

只是什么？她也说不出来。该走了，对她来说，死去的人没有必要缅怀，也没有必要伤心，她曾经失去更多的人，也清楚，这时候犹豫，只会让她陷入困境。

乌龟："……"

万俟子琅："好。"

她反手抓住匕首，深吸一口气，正准备进入空间，为首的流浪猫忽然低头，把宋命题放了下来。然后，宋命题一骨碌爬了起来，迷迷瞪瞪地冲着她招了招手。

宋命题："好久不见啊，兄弟，我这是转世了吗？"

万俟子琅："……"

万俟子琅一顿，宋命题忙不迭跑到了她身边。几只流浪猫不动了，甚至乖乖地坐了下来。

两个人也不敢轻举妄动，万俟子琅神情戒备。

万俟子琅："猫不是把你的脑袋咬碎了吗？"

宋命题："没有啊，我刚好卡在它的牙缝里了。"

万俟子琅："那血是怎么回事？"

宋命题："哦，我被它含进去之后，觉得不能这么轻易认输，它可以吃我，我也得尝尝它是什么味道，然后我就舔了舔它的舌头……猫舌头上有倒刺你晓得吧？"

万俟子琅："然后你就被剌破了，又吐了几口血水？"

宋命题郑重地点了点头，两个人小声交流的时候，都是一副防备的样子。几只流浪猫竖着耳朵，或爬或坐，都在盯着他们。即使动作乖巧，近距离之下，它们的体形之大依然十分骇人。

宋命题："它们为什么还不动？"

万俟子琅："把手给我，我试一下……"

这几只猫虎视眈眈，只能先尝试着把宋命题拉进空间了。两个人的手刚握在一起，为首的流浪猫忽然抖了抖耳朵，一低头，血盆大口压了过来，然后轻轻地舔了舔宋命题的衣服。

猫："喵呜！"

宋命题："……"

万俟子琅："是你干的？"

宋命题："怎么可能！"

流浪猫又低头，舔了舔万俟子琅的衣服。

万俟子琅:"……"

宋命题:"是你干的吧?"

万俟子琅:"我只爱龟龟。"

宋命题:"那……"

万俟子琅:"等我一下。"

万俟子琅隐隐约约猜到了什么。她试着拿出手机,给桑肖柠打了个电话。

桑肖柠一直担心着他们,电话几乎是秒接。

桑肖柠:"喂!子琅,你们那边怎么样了?有什么危险吗?"

万俟子琅:"让'下来吧'接电话。"

桑肖柠看了一眼抓着自己裤腿的桑薛糕,然后把手机递过去。桑薛糕严肃地抓住手机,万俟子琅开了免提。

桑薛糕:"姐姐……"

几只猫瞬间兴奋了起来,喉咙里发出了呼噜声。

猫:"喵呜!"

桑薛糕:"……"

桑薛糕:"喵喵?喵。"

猫:"喵呜!喵呜!喵呜!"

桑薛糕:"喵!"

桑薛糕跟流浪猫叽里咕噜了好一会儿,手机又回到了桑肖柠手里。

桑肖柠:"他把手机给我了。"

万俟子琅:"那就是说完了,我先挂了。"

几只猫来回走动着。

万俟子琅:"它们没有想要伤害我们,因为我们身上有'下来吧'的气息。

"都是猫科,可能或多或少会把对方当成同类。"

万俟子琅试探着伸出了手,挠了挠流浪猫的下巴,虽然她的手还没有流浪猫的一撮毛粗,但流浪猫还是发出了舒服的呼噜声。

宋命题："我能骑它吗？"

猫："喵呜！"

宋命题："它说什么？"

乌龟："……"

万俟子琅："龟龟帮你翻译了一下，流浪猫说可以，但是等你骑完它，它也要骑回来。"

宋命题陷入了沉思。

宋命题："我觉得可以，人这一辈子，总要尝试一下新奇的东西。"

两个人陪着流浪猫玩了一会儿，半夜，流浪猫就离开了。

宋命题："今晚我们在车子里休息吧？再遇到危险的话可以直接开车跑路。"

万俟子琅："现在还不能休息，上车，我带你去一个地方。"

宋命题："去哪里？"

万俟子琅："去找一下幸存的避难点。"

宋命题："还有幸存的避难点？"

万俟子琅："有，但是少数，而且人不是很多。"

万俟子琅发动了车子，朝着一个方向开了过去。街上异变体随处可见，她毫不留情，见一个碾一个。

万俟子琅："剩下百分之三的活人，比例很小。变异爆发太突然，人手也不够，再过一段时间，可能就会有支援……虽然也不好过，但是总比死了强。"

她扭头看了看周围的楼房，隐约看到了几个正常人。

万俟子琅："人类的生命力是很顽强的，真要灭绝，也不容易。"

"用不了多久，军队也会召集变异者和异能者。"

宋命题："那我们岂不是能反攻？"

万俟子琅摇了摇头。

万俟子琅："反攻没有那么容易，人类的异能固然在变强，但是生物的进化也在不停地继续。

223

"大规模杀伤武器只掌握在少数人手中，而且……"

而且噩梦时代也进化出了比水熊虫生命力更强的东西，不是人类现有武器能够制服的了。

宋命题"哦"了一声，趴在车窗上往外看。他忽然想起了什么，扭头问道："兄弟，异变体跟生物变异是同时存在的吧？"

万俟子琅："嗯。"

宋命题："那这不同的变化之间，不会发生争斗吗？"

万俟子琅："……"

她抓着方向盘，很久都没有说话。

万俟子琅："我没有办法回答你，因为我也不知道。但是跟你有相同疑惑的人，不在少数。

"异变体会咬人吗？会。会主动攻击人吗？也会。甚至它们也在不停地进化，以后还会有更难对付的二级异变体、三级异变体……

"但是，异变体的行为……真的很奇怪，你刚才有没有注意到，异变体面对同样有血有肉的变异生物，没有丝毫反应，却会来攻击我们，不同于进化生物的相互争斗跟抢夺资源，异变体的目标……好像只有人类。

"这是人类一直没有解开的疑惑。"

宋命题："这跟我们现在没有太大的关系。"

车子在夜幕下行驶着，街道上的异变体虽然多，但是并没有堵塞到车子无法运行的地步。

万俟子琅："因为异变发生的时候，大多数人在家里。因此，异变之后，大部分异变体也被困在了楼房里。

"过段时间，它们完成第二轮进化，大概就能出来了。"

宋命题："我们还有多久到？"

万俟子琅："很快。"

车子慢了下来，等过了一条街，路上多出来一片密密麻麻的车厢，卡车没有办法继续行驶了。两个人下了车，万俟子琅把车子收进空间中,然后带着宋命题,朝着一个方向跑了过去。

万俟子琅:"狸熊市幸存下来的只有两个救援点,一个是B大,一个就是这里。"

夜幕下,孙家小学的牌子摇摇欲坠,上面的字体已经生锈了。

万俟子琅:"孙家小学……你是不是来过这里?"

宋命题:"太熟悉了,我经常来这里殴打小学生。

"还是翻墙进去吗?我知道那边有个狗洞。"

万俟子琅:"不用,从大门进去就好。"

万俟子琅没有说,其实她对这里也很熟悉。因为上次她在这里度过一段时间。除了他们,还有少数奔波劳累的人来寻求救援,铁门门口守着十几个持枪的军人,所有来等救援的都要被脱光检查伤口。

宋命题:"他们不检查毛蚴什么的吗?"

万俟子琅:"检查,毛蚴出现得早,被发现得也早,所以检查过程包括做题。"

宋命题:"你可以吗?"

万俟子琅:"我可以。"

宋命题:"那我也可以!"

小学的墙壁都已经粗略地加厚过了,军人动作飞快地检查着,等待救援的市民也焦躁不安。谁都知道,早点进去就早点安全。这附近的异变体虽然已经清理过一部分了,但并不意味着完全安全。

老孟:"快!大家动作快一点!"

路人甲:"我们也想快点啊!前面的在干什么?这么慢!"

路人乙:"你有病吧?喊什么喊!没看到在检查吗?"

人群吵嚷了起来,救援人员迅速维持秩序,但人心都是慌的,根本就拦不住,就在这时候,一对母女颤巍巍地插了个队,去了最前面。

黎梦:"都让开一点,让我们先走。"

路人乙:"凭什么让你先走啊?"

黎梦："凭我是异能者。"

她只轻飘飘地说了这句话。那边的救援人员接到命令，直接把他们迎接到了军用车中。没多久，这对母女就被送了出来，然后送进小学中。其他人虽然愤愤不平，但是都清楚异能者的身份特殊，也就没说什么。

很快就轮到了万俟子琅和宋命题。

万俟子琅："刚才进去的那个女孩子的异能是什么？"

老孟："听觉，她能听到很远以外的声音。

"唉……这是这个救援点的第十三个异能者了。"

万俟子琅："你们联系到外地的军队了吗？"

他摇了摇头。

老孟："不过，同学，你不用害怕，灾难迟早都会过去的。把这道题做一下，脑筋急转弯，很容易的。"

万俟子琅过了一下安检，被女性救援人员检查了一下身体伤口，然后"唰唰"两笔勾好题目，交给了救援人员。

万俟子琅："我朋友的智商比较低，这道题他应该……"

尚嫄："你放心好了，不是弱智都会做……"

宋命题："子琅！兄弟！救救我！我不是毛蚴！"

尚嫄："你朋友？"

万俟子琅："不是，我不认识他。"

宋命题被拖着进了军用车里，去进行下一步详细检查了。万俟子琅正准备往里走，不远处忽然传来了震耳欲聋的枪声，随后就是一阵喧哗。

有救援人员快步跑了过来，低声说："发现了被感染的人，直接击毙了，家属在闹。"

尚嫄："那就让他们闹，12点检查点直接关闭，任何人不允许进出！"

万俟子琅没有看多久。她一直堵在这里不算个事，就直接进去了。

孙家小学不算大，就两个操场，几个篮球场，一栋三层教学楼，一眼便能看到底。

而最难得的是，孙家小学里几乎没有变异植物。市民大多集中在操场上，粗略估计有两三千人，楼房二三楼都是封闭的，一楼亮着灯，但是有警察把守。

她找了个角落蹲下来，没多久宋命题就委屈巴巴地跑了过来。

宋命题："他们嘲笑我，还说我弱智。"

万俟子琅："你就是弱智。"

晚上8点，救援点开始分发食物，就是最简单的压缩饼干。

万俟子琅没有去领，而是趁人不注意，从空间里取了两包压缩饼干跟一些巧克力。

收集物资本来就困难，他们没有必要再去领人家千辛万苦找来的食物。

取巧克力是为了补充能量，她也尽可能地不引人注意了，但巧克力的外包装刚被打开，他们身后就传来了一道声音。

白开："巧克力？"

"其他人只能吃难以下咽的压缩饼干，你们却还有巧克力……真的好意思吃下去？"

宋命题："好意思啊，你看着我，我吃给你看。"

他凑到白开面前，白开二话不说，一巴掌扇了上去！

宋命题反应很快，笑嘻嘻地往后一躲，不仅人没被扇到，巧克力也完好无损。

白开看见他那个反应速度，眼珠子转了转，然后露出了笑容。

白开："别吃了！我呢，是这个救援点少数的异能者之一，也是刚刚过来，还人生地不熟的，没有多少朋友……"

宋命题："哦……连朋友都没有，你好可怜。"

白开："如果你想跟我做朋友，我也不介意。"

宋命题："可是我不想啊。兄弟，你想吗？"

万俟子琅："我也不想。"

宋命题："那我们继续吃巧克力吧。"

万俟子琅："好。"

宋命题把巧克力一掰，正要给万俟子琅喂一口，领子就被白开一把抓住了！

宋命题："兄弟！她抓我！"

万俟子琅："食不言寝不语，我饿了，先让我吃完这几口。"

白开："找麻烦是吧？给你们脸还不要了？信不信，就算我现在杀了你们，也没有人敢吱声！"

旁边不少人似乎都认识白开，虽然都在小声嘀咕，但并没有人上来帮忙。

老孟："你们在干什么？"

白开："我想要他们的东西，他们不肯给我，居然还嘲讽我！"

老孟："这个……"

他犹豫了一下。异能者实在是太珍贵了，更何况，就目前的情况来说，这个叫白开的大学生，还是双重异能……

## 第十四章

### 孙家小学

老孟："也不是什么大不了的东西……"

白开："听到了吗？还不赶紧给我！"

众目睽睽下，万俟子琅几口吃完了巧克力。她擦了擦嘴，看着白开，骂了一句，然后字正腔圆地说："不给。"

白开尖叫一声，抬起拳头就朝着万俟子琅砸了过去，旁边的人顿时一阵尖叫。力量增大型异能者的拳头能生生砸碎普通人的脑袋。

宋命题："兄弟，小心！"

他一个飞跃，一把抱住万俟子琅，挡在她身前。

白开的拳头砸了过来，万俟子琅面不改色，搂着宋命题的腰，把人往自己怀里一按，然后一脚踹在了白开的胯部。

白开吃疼地后退了两步。

宋命题抱着她，闭着眼睛嘤嘤："兄弟！有我护着你，你不会挨揍的！"

万俟子琅："但是你挡着我打人了。"

她活动了一下手腕，白开这种人她见多了，只可惜，对她来说，力量增大型异能者增大的仅仅是力量，还比不上速度增快型的异能者难缠，只要找准角度，别让她近身就可以了。

白开："你敢打我……你居然敢打我！"

万俟子琅："我们在这里吃饭，是你自己凑上来要找麻烦的。你爸爸妈妈没有教育过你，不要轻易觊觎别人的东西吗？"

白开："现在可不是之前了！这里是异变体横行的时代！我们要遵守的是弱肉强食的法则！"

万俟子琅："你确定要遵守噩梦时代的法则吗？"

乌龟探出头，静静地看了她一眼。

乌龟："……"

万俟子琅："上一个想跟我抢食物的东西，最后也变成了我的食物，我再问你一次，你确定吗？"

白开看着她的眼睛，竟然情不自禁地打了个寒战，一时间一句话都说不出来。

尚嬅："你们在干什么？"

"老孟，赶紧把白开同志扶回去！异能者要开会了！"

老孟："哦，好，白开同志，我们走吧。"

两个救援人员搀扶着白开走了，把她送进教学楼办公室之后，尚嬅忽然扭头看了一眼。

尚嬅："那个女孩子……以前当过兵吧？"

老孟："啊？身手是挺不错的，但最多就是学过，有点身手，这气质看起来不像是军人啊。"

尚嬅："不是正常的军人，更像是上过战场的军人，打起架来一点多余的动作都没有。关键的是……她好像没有恐惧心理。"

老孟："什么？"

尚嬅："她知道白开是异能者吧？正常人知道的话，或多或少会害怕，但是这个女孩子动手依然干脆。老孟，等我开完会出来，我想申请让她来队里。"

老孟："行了，到时候再说吧，你先去吧……我们小队就出了你这么一个异能者。"

尚嬅点了点头，去楼里开会。

大多数异能者原来的身份就是普通市民，现在忽然有了异能，心态跟不上，骄纵得意是难免的，不过也有部分恐惧焦虑，害怕承担更大的责任。会议的内容也没什么大事情，还是跟以前的防护工作差不多，然而开会期间，一直有人趴在桌子上睡觉。

尚嬅："别睡了，起来认真听一下。"

"你叫黎梦是吧？刚来的，很多事情都不懂，所以……"

黎梦："我不舒服，觉得有点反胃。"

尚嬅："是发烧了吗？"

黎梦："我听到了很多嘶吼声，忽然大了起来，还有很恶心的腥臭味。"

231

白开:"什么声音?我怎么没听到?"

尚嫄:"黎梦的异能是听力进化,她能听到很多我们听不到的声音。

"老孟!你去问一下观测人员,有没有什么异常!"

老孟很快就回来了。

老孟:"那边说没有异常。"

尚嫄:"没有?"

黎梦一下呕吐起来:"哇……但是我听到了!我真的听到了!好多嘶吼声!好像还有哭声!"

尚嫄:"你先别着急!嘶吼声……是异变体的嘶吼声吗?"

黎梦:"是!我可以确定!很多……非常多!是从那个方向传过来的!"

她一边干呕着,一边抬手指向了西南方。救援人员不敢耽误,整支队伍都紧张了起来。

而下半夜的时候,原本已经慢慢平静下来的黎梦忽然再一次剧烈地干呕了起来。

她捂着肚子,几乎要把胆汁都吐出来!

黎梦:"来了……它们来了!"

老孟:"不好了……不好了!"

"观测人员忽然在西南方观察到了大量异变体!好像是从青红市过来的!"

尚嫄:"青红市?怎么会出这种事?"

老孟:"你先来看一眼!"

孙家小学大门内停着大量军用车,原本不少全副武装的警察都在焦急地巡逻,这会儿却全部停了下来,围在一个地方。

老孟:"这是我们刚刚连接上的狸熊市和青红市的高速公路监控。

"具体的,你自己看吧。"

尚嫄的手心全是汗,她敲击了一下键盘,不算清晰的监控录像立刻被调了出来。看到屏幕上画面的一瞬间，这群经历过大风大雨的军人，全部闭上了嘴。

画面上，是密密麻麻的一眼看不到头的异变体。它们正在朝着某个固定的方向走。

尚嫄："是从青红市的方向来的……

"可是为什么它们会离开青红市？我们这边观测到的异变体虽然会袭击人类，但是绝对没有过这种大规模迁移啊！"

老孟："青红市跟我们这边的情况不一样，青红市的植物变异的情况比我们这边更可怕，异变体迁移可能就是因为这个……"

尚嫄："那青红市的市民呢？军队呢？我记得那边也是有救援军队的！"

老孟："那边的人类基本上全军覆没了，据说是医院中出现了比我们这边市中心的柿子树更可怕的变异……"

尚嫄："快……快！召集群众！立刻离开狸熊市！"

她的话刚说完，忽然一阵眩晕，差点摔倒在地上。

老孟："怎么了？"

尚嫄："大家先别动！我的异能是短暂的、无规律地预知未来，我刚才看见了……看见了异变体绕开孙家小学的画面。"

老孟："你确定？"

尚嫄："我确定！所以我们现在要做的，是加大力度，赶紧让幸存的市民来这里避难！"

军队的行动力非常强，众人彻夜行动，跟狸熊市的另外一个避难点取得了联系，全副武装的军人通宵达旦，寻找着在家中避难的市民，而拥有预知异能的救援人员尚嫄，却看向了孙家小学的某个地方。

老孟："你怎么了？在看什么？"

尚嫄："我……不知道是不是我的错觉。我看见了跟那个叫万俟子琅的女孩子有关的画面。"

老孟："什么画面？"

尚媛："异变体……异变体潮里，她好像捡到了什么东西。"
老孟："东西？"
尚媛："我……我没怎么看清楚，也有可能是我看错了……"
老孟："她捡到了什么？"
尚媛："好像是一个人。"

孙家小学，操场上，万俟子琅盘腿坐着，闭目养神。
警报声忽然大了起来："请尚幸存的市民尽量前往孙家小学避难，请尚幸存的市民尽量前往孙家小学避难！"
宋命题："军用车好像都开走了，是要去救人的吗？"
万俟子琅："嗯，不过能被救援的人应该是少数。"
万俟子琅活动了一下手脚，爬到栏杆上，往外看了一眼，从这里能远远地看到市中心那棵奇大无比的柿子树跟柿子树上的鸟巢。巨大的鸟在空中不停地盘旋着，桑肖柠给她打了个电话。
桑肖柠："子琅，宝宝今晚一直在哭，毛毛又跑了。"
万俟子琅："最近会有异变体潮经过狸熊市市区，不过你们安心在家就好，异变体潮刚好避开了山脚下。"
桑肖柠："可是你跟命题呢？你们怎么办？"
万俟子琅："我有分寸，你放心就好。"
她挂了电话。当天晚上就有人来公布了异变体潮的事情，人群惶恐不安，谁也不敢睡觉，都在指挥下去加固墙壁。军队也救出来了不少被困在附近的市民，小学里越发拥挤，而最让人吃惊的是，有人带来了变异的宠物，但跟万俟子琅遇到的流浪猫不太一样。
宋命题无聊地躺在万俟子琅腿上。
宋命题："兄弟，我们为什么要留在这里？"
万俟子琅："你掏过鸟蛋吗？"
宋命题："我掏过。"
万俟子琅："那你现在想掏鸟蛋吗？"
宋命题瞬间清醒了。

宋命题："想啊！哪里哪里？"

万俟子琅："抬头，往那棵柿子树上看，看到那个鸟巢了吗？"

宋命题："看到了。"

万俟子琅："想掏吗？"

宋命题："想是想，但是兄弟，那个鸟巢距离我们这么远，看上去还有人脑袋大，近距离的话会不会更恐怖？跟我们遇到的流浪猫一样大？"

万俟子琅："不一样。"

宋命题："那就走！"

万俟子琅："不一样，按照距离计算，鸟巢至少是流浪猫的十倍大。"

宋命题："那你还惦记？"

万俟子琅咬着手指，盯着鸟巢。

万俟子琅："这个季节，那些鸟刚好生了不少蛋，我想趁着这次异变体潮，去掏一下试试看。"

她记得上次，大量的异变体涌入市区，市中心的柿子树树干被撞击，鸟巢掉了，驻扎在鸟巢中的鸟疯了一样地修补着鸟巢。然后有人偷走了鸟蛋。而鸟蛋中蕴藏着能量，让一个被军方严密保护着的一级异能者，直接进化到了五级。

万俟子琅："如果能拿到那个鸟蛋……"

宋命题："其实，兄弟，没必要冒险啊，你如果非得享受掏鸟蛋的快感，其实我现在就可以……"

万俟子琅："可以。"

宋命题："OK！"

乌龟："……"

第二天深夜，万俟子琅忽然抬起了头。下一刻，刺耳的警报声拉响了。

路人乙："来了！朝着这边来了！"

路人甲:"往里躲躲……为什么不赶紧走?"

路人乙:"听说有异能者预测到了,说异变体不会袭击这里……"

人群黑压压的,不少人都抓着武器,不敢轻举妄动。警察们驻守在孙家小学的各个角落,异能者基本上都被保护着,也站在墙壁不远处。万俟子琅被人拉了起来。

尚嫄:"你来这边!跟另外一个异能者守在这里!"

万俟子琅:"……"

尚嫄:"你不想?同学,你要记住一句话!能力越大,责任越大!"

万俟子琅:"不是,我是说,我自己守在这里就可以。"

要是来几个白开那样的累赘,到时候她还要分神。

尚嫄:"别这么刚愎自用!这个异能者能帮上你不少忙,也是主动申请跟你一组的。

"他叫唐延玉,异能是吞噬,你们好好交流一下。"

时间太紧,尚嫄说完就匆匆走了。万俟子琅回头看了一眼,唐延玉正站在自己身后。

唐延玉:"你好,你害怕吗?"

万俟子琅:"挺害怕的。"

唐延玉:"害怕的话,可以往我身边站一站。"

万俟子琅:"你吞口水干什么?"

唐延玉:"我饿了,但是你放心,我还有力气。

"看到你,我就想起了我的儿子,他跟你一样大。"

万俟子琅:"他人呢?"

唐延玉:"死了,我很伤心。"

他走到万俟子琅身边,垂下头,看上去一副因为失去了家人而伤心欲绝的样子。

万俟子琅:"别哭了,异变体快来了。"

唐延玉:"对不起,你跟我儿子太像了。"

万俟子琅单脚踩在破碎的砖墙上,微微后仰,看了一眼外面的情况，又转过头，看着唐延玉的眼睛。

万俟子琅："大叔，我记忆力很好的，你之前在公交车上摸过我的手，我都记得。"

唐延玉的手指微动，他怕她认出来，是微微调过自己的脸的，然而她还是……

万俟子琅："让一下，我要去找我男朋友了。"

唐延玉："你有男朋友？"

万俟子琅："看见那边那个人了吗？"

唐延玉顺着她的手指看了过去，一眼就看到了宋命题。后者浑然不觉，高高兴兴地冲着他们挥挥手。

万俟子琅："看到了吗？"

唐延玉："看到了，像个弱智。"

万俟子琅："你别乱说，他不是像弱智。"

唐延玉的手搭在了墙上，险些把几块砖头活生生捏碎。

万俟子琅："他就是个弱智。"

唐延玉："那你……你为什么要找一个弱智当你的男朋友？"

万俟子琅："我没说他是我的男朋友。"

唐延玉还没来得及说什么，就看见万俟子琅面无表情，却让人觉得有点骄傲地挺了挺胸。

万俟子琅："你看见那个弱智了吗？我男朋友现在在他身上。"

唐延玉："我知道了。"

他还想跟万俟子琅说说话，后者却忽然一扭头，眯着眼睛看向了不远处。

黑暗中，腥臭的气味迎面而来，异变体潮已经到了，救援人员严阵以待，然而看见最前面的异变体时，人群还是发出了一阵惊呼声。那些恶心的东西堆积在一起，像是流动着的脏水。它们经过的地方，竟然连地面颜色都看不出来。

异变体潮，如约而至。

墙下，异变体潮汹涌。

万俟子琅单手一撑，跃上了墙头，然后猫一样俯下身，整个人在墙头摇摇欲坠。唐延玉紧张地伸出手，想要搂住她的腰，然而他的手指还没碰到她的衣服，她就忽然往下一压。

她的动作敏捷，熟练得可怕，手指一抠一挖，迅速掏出晶核扔进嘴里，"嘎嘣嘎嘣"咬碎咽下去。

唐延玉："……"

万俟子琅："你在后面干什么？害怕了？躲在我身后，我会保护你的。"

老孟："它们真的绕过了孙家小学！而且完全没有攻击人类的意思！

"大家快，快点挖晶核！"

尚嫄："挖到晶核之后上交，可以换取食物和物资！"

一群人都在墙头，疯了一样挖出异变体的晶核。

唐延玉站在后面，一直盯着万俟子琅。别人挖一个晶核的时间她能挖十个晶核，吞咽的速度也快得吓人，很多晶核都是被她囫囵吞下去的。他抿了抿嘴，从后面靠近了她……

他的手还没有碰到万俟子琅，后者就警惕地转过了头。

万俟子琅："有事？"

唐延玉："我看你快要掉下去了，就想扶你一把。"

万俟子琅："天塌了我也不会掉下去。"

唐延玉："但是你刚才……"

万俟子琅："我总感觉有哪里不太对，事出反常必有妖，还是小心一点比较好……"

路人乙："啊啊啊！"

万俟子琅立刻转过了头。

不远处的墙上，有一个男人正痛不欲生地朝下伸着手，而他下面的异变体，不知道为什么，忽然停了下来，并啃食着一个小孩。

下一刻，尖叫声此起彼伏。

路人甲:"异变体吃人了……异变体吃人了!"

老孟:"都别叫!大家稳住!先离墙边远一点!"

围着墙的人纷纷往后退,然而几千号人,退也退不到哪里去。宋命题抱着乌龟,挤了过来。

宋命题:"兄弟!你这边的情况怎么样了?"

万俟子琅:"不太对,异变体忽然开始袭击人了!"

万俟子琅:"你留在这里看着情况,有事喊我,我去里面问一下!"

宋命题扒在墙头,低头看了一眼,却忽然被人重重地推了一把。他一个虚晃,快要掉下去的时候,一只脚忽然重重地踩在了他的身上。

唐延玉:"小心!"

宋命题:"疼……"

唐延玉关切地看着他。

唐延玉:"我刚才看见了,有个人推了你,是不是弄疼了?"

宋命题:"脚!你的脚!"

唐延玉:"我知道,那个人的腿脚太利索了。"

宋命题:"抬起来!"

唐延玉:"好,我这就拉你起来。"

他一边弯腰,一把默默加重了力气。宋命题痛不欲生,一把抓住了他的肩膀。他眨了眨眼,像是刚刚发现自己踩中了不该踩的地方一样,一脸抱歉。

唐延玉:"真是对不起啊,我太害怕你掉下去了,没注意。

"哦,对了,你那里还好吗?"

"没事,让它自己缓缓吧。"宋命题摸了摸,"是我的错觉吗?我觉得你的表情有点惋惜。"

唐延玉:"你看错了,我这是痛惜,痛惜跟惋惜都有个惜字,所以看错很正常。"

宋命题:"听起来很有道理的样子。"

尚嫄:"这到底是怎么回事?跟我在预知画面中看到的场景

239

不一样了。"

教学楼一楼，几个救援人员跟异能者吵得不可开交。

白开："这件事你们要负责！要不是你们说留下来不会有问题，我们早就走了！"

黎梦："先别吵！让我听一下！先不用担心！"

"异变体好像没有要攻进来的意思，它们只是守在墙外而已。"

尚嬿："没有要进来？可是墙边的人都被拽下去了……"

白开："那是他们找死！谁让他们离墙那么近！"

几个救援人员商量了一下，又观察了一下外面的情况，决定暂时按兵不动。

他们散会之后，万俟子琅找到了那个救援人员。

万俟子琅："如果可能，尽量带领大部队离开这所学校。"

尚嬿："为什么？"

万俟子琅："……"

因为她忽然想到了一种可能。

异变体不进入孙家小学，很有可能是因为，孙家小学里隐藏了更可怕的东西。

她简单地跟救援人员说了一下，后者摇了摇头。

尚嬿："你知道的，走不了。"

尚嬿："外面的异变体密密麻麻，我们的人太多了，冲不出去。"

万俟子琅："……"

如果是她，她会选择让能离开的人立刻离开。但是，她眼前的人不会这么做。说了也是白说，干脆不说。

她回到墙头，往外看一眼。墙不是很高，如果异变体想要进来，那么堆叠着也能越过墙，但奇怪的是，它们只是围堵在外面，撕咬任何一个想要出去的人，就好像是故意把人类堵在这里一样。

救援人员出去忙到大半夜，然后回到了教学楼一楼，异能者的待遇要比普通人的好很多。普通人只能风餐露宿，异能者却可以睡在屋子里，甚至有睡袋和热水。

白开:"真的是,我就说了早点走早点走!偏偏不听!现在好了吧!"

尚嫄:"别说了,快休息吧,说不定明天异变体就散了。

"黎梦,你还好吗?"

黎梦:"没关系,你们睡吧,我头疼,睡不着。"

老孟凑了过来。

老孟:"那今晚就让黎梦守夜吧。"

尚嫄:"可是……"

老孟:"放心好了,听力加强的异能者,绝对不可能察觉不到危险的。"

于是几个人去休息了,躺进温暖的睡袋里,好像外面的一切就都不存在了。第二天,天刚蒙蒙亮的时候,外面忽然响起了此起彼伏的尖叫声。

尚嫄:"怎么了?老孟,外面出事了?"

老孟:"你快来……快来看一下!死人了!"

尚嫄:"又有人被异变体拖走了?"

老孟:"不是……不是!"

他的嘴唇哆嗦了一下,这几个月,天气都异常炎热,但是不知道为什么,这天的气温骤降,外面寒风阵阵,竟然一步从"夏天"到了"冬天"。

老孟:"是黎梦……黎梦死了!"

尚嫄:"怎么可能?那可是听力进化者啊!不可能有东西靠近她还能不被她察觉!"

尚嫄飞快地穿上衣服,狂奔了出去。外面大部分人都已经被冻醒了,救援人员跟一些异能者,都聚集到了孙家小学内部唯一的一棵树下面。

寒风中,歪脖子树纹丝不动,枝干诡异地弯曲着。黎梦睁着眼睛,四肢松软,被吊死在了上面。

尚嫄:"怎么会这样……"

老孟:"她的衣服全部被割碎了……你干什么?脸别过去!"
万俟子琅:"她身上好像有字。"

"滚出去!离开这里!"
"滚、滚、滚!滚出去!"
"别走了……别走了呀,留下来陪着我们玩!"
越往上字就刻得越深,黎梦的上半身上,写着一行醒目的字。
"谁也走不了,你们全部要死在这里。"
白开呕吐起来:"哇——"
尚嫄:"这到底是怎么回事?!"
万俟子琅:"是磁场变异,这个学校是不是出过事?"
老孟:"校长也在这里避难!我把他喊过来!"
孙家小学的校长像个鹌鹑一样被从人群中拖了出来。
校长:"哎呀,什么死不死的?说得这么难听干什么……"
万俟子琅一把捏住了他的脸。
万俟子琅:"少说废话,你敢浪费时间,我就敢拧断你的脖子!"
校长:"我们学校里是……是出过事,死了几个人……"
万俟子琅:"几个?"
校长:"就……一只手数得过来……"
万俟子琅:"几个?"
校长:"十……十八九个吧,小孩子太调皮了,谁也看不住,也是没有办法的事情嘛……"
万俟子琅:"是怎么死的?"
一群人都盯着校长,校长吞吞吐吐地说了下去:"四年前死的第一个小孩,是个很阴郁的孩子,有残疾,一直被欺负。小孩子不懂事,他同学也不知道怎么搞的,就不小心点着了火……法不责众,还全部是七八岁的小孩,给他家里赔了一笔钱。"
校长:"然后是三年前,有四个小孩半夜溜进学校偷试卷,第二天也全部出了事……"

校长："两年前，八个小孩忽然从楼上跳了下来……"

"你先等一下！"尚媛觉得有些不对劲，"你们这教学楼也才三层高吧？八个小孩全部死了？"

校长："我们也不知道为什么啊。最后一批就是坐在教室里，结果风扇忽然掉了下来……"

尚媛："这种事情你为什么不早说？"

校长："你们也没问啊！"

白开："管这些干什么？！既然知道了，还不赶紧离开这里！"

老孟："外面全部是异变体，根本走不了！"

校长："其……其实也不用很害怕……"

尚媛："有话赶紧说！"

校长回头看了一眼，指向了坐在不远处的十几个人，这些全部是孙家小学的老师。噩梦时代开启的那晚，他们都留在学校批改作业，也就被困在了这里。

校长："我们学校的老师都知道，这些事太诡异，但是几个家长不知道从哪里听说了个方法……"

"然后我们把那些小孩全部埋在了这棵歪脖子树下。"

他这话一出，周围的人全部忍不住往旁边躲了躲。

校长："后来果然没事了。但如果再出事，就……"

白开："黎梦死了不就是出事了吗？"

校长："是，但是有解决办法！

"只要把尸体挖出来扔出去，那就跟我们没关系了！"

救援人员当机立断。

救援人员："那就挖！一共十七具尸体是吧？"

校长："还有，一定要把所有的尸体都挖出来，才能一起丢出去。"

救援人员："你一次性把话说完！"

校长："最后一件了、最后一件了！"

寒风吹得人心头发凉，校长吞下一口唾沫，压低声音说："不要让人靠近那些地方……怕会有变异现象。

"教学楼只让你们用一楼,就是因为,二楼的教室和厕所,还有三楼都是出过事的地方。"

救援人员传达命令的速度非常快,很快就在校长跟老师的带领下开始挖土,气氛压抑得可怕,歪脖子树已经枯死了,只有细小的枝干在黑夜中微微摇晃。

万俟子琅头上顶着乌龟,在不远处看着。

半个小时后。

万俟子琅:"还没有挖出来吗?"

宋命题:"还没有,不过听说锄头挖下去之后,土壤里冒出了不明液体。"

万俟子琅:"黎梦的尸体呢?"

宋命题:"在那边,一起去看看?"

黎梦的尸体放在不远处,气温骤降,大部队没有准备,这会儿一块布都是宝贝。

所以她的尸体就那么摆放在那里,万俟子琅摸了摸她冰凉的手,宋命题紧张地抓住了万俟子琅的手腕。

宋命题:"兄弟!这是尸体!我们可不能这么禽兽!"

万俟子琅:"她手心有字……"

黎梦的手心有一个歪歪扭扭的"木"字。

万俟子琅:"木……是楼?没有写完的楼字?"

她转过头,看向了教学楼。不远处的歪脖子树下,一群人正在校长的指挥下挖土。

万俟子琅:"我们去教学楼里看一下。"

宋命题:"不对啊,兄弟,那个校长不是说不要靠近那些地方吗?"

万俟子琅:"让龟龟去不就可以了吗?"

宋命题一想,觉得她说得很有道理,于是两个人上了教学楼。楼道里一股潮湿的气味,二楼走廊上全部是灰尘,几扇教室的门都关着，只有两扇门开着。

第一间是教室，万俟子琅站在门口，默默地跟乌龟对视了一眼。

乌龟："……"

万俟子琅："就进去看一眼，如果你觉得不对劲，就大声喊我，我会救你出来的。"

乌龟："……"

她轻轻一抛，把乌龟抛进了教室里，乌龟滚到墙脚，然后慢慢地翻了个身，又慢慢地朝着门口爬。十几分钟后，它安然无恙地爬了回来。

万俟子琅："奇怪了，居然没出事。"

乌龟抬起头，默默地看了她一眼。

乌龟："……"

万俟子琅："天哪！幸好你没有出事！我担心坏了！"

乌龟："……"

万俟子琅："去另外一个开着门的房间看一下，那边应该就是那个汽油焚烧的厕所了。"

她抱着乌龟走到另外一扇门前，轻轻推了一下门，原本半掩着的门被"嘎吱"一声推开了。她皱紧眉，看到里面场景的瞬间，连招呼都没打，转身就往楼下走。宋命题连忙跟了上去。

宋命题："兄弟！慢点啊！你看到什么了？"

万俟子琅："那间厕所里，是孙校长跟十几个老师的尸体！"

怪不得孙校长说那件事的时候神情那么奇怪！什么歪脖子树下埋着小孩儿的尸体，正常家长怎么可能会那么干？甚至死了十几个孩子的事都是他编造出来的！为的就是防止救援人员发现那些尸体——孙校长跟那十几个老师，早就已经死了！

而它们费尽心机，为的就是让人去挖歪脖子树下面！

她咬紧了牙，脚步飞快，额头上出了一层冷汗。

与此同时，在歪脖子树下"挖尸体"的人惊喜地叫了出来。

路人乙："挖到东西了！是……咦？"

# 第十五章

## 变球异体

路人乙:"这不是尸体,这好像就是个……破布娃娃?"

锄头旁的黑色土壤里,缓慢地渗出了不明液体,周围一圈人都面面相觑。救援人员满头冷汗,挥舞着锄头,一下又一下地往下挖着。

路人乙:"下面好像还有!"

歪脖子树下,已经出现了一个巨大的土坑,这棵歪脖子树看着就不祥,因此附近只有被叫过来帮忙的几个市民,跟一直守在这里的校长和那十几个老师。

救援人员:"你先上来,让我下去看看。"

救援人员蹲在坑边,孙家小学校长忽然凑了过来。

校长:"哎呀……下面怎么没有尸体啊?"

救援人员还没说话,旁边十几个老师忽然围了过来,然后一个接着一个地问。

语文老师:"我是语文老师,让我来看一看……哎呀,下面怎么没有尸体啊?"

数学老师:"我是数学老师,让我来看一看……哎呀,下面怎么没有尸体啊?"

英语老师:"我是英语老师,让我来看一看……哎呀,下面怎么没有尸体啊?"

声音接连不断,旁边的人都不是傻子,瞬间毛骨悚然。

尚嫄:"跑——跑!"

一群人轰然而散。

"校长"跟"老师们"咯咯笑着,朝着哄散的人群追了过去。

白开的腿被吓软了,扑通一声坐在了树底下,号啕大哭。

白开:"救命啊!"

老孟:"赶紧离开这里!"

他一把抓住了白开的手臂,白开瞪大了眼睛,死死地看着他身后。

老孟："别看了！我身后不就一棵歪脖子树吗？赶紧走！"

他嘴上这么说，却情不自禁地扭过了头。他身后那棵歪脖子树，歪得更厉害了——它的树干上，多出来了一张嘴。

老孟："……"

白开："你想死别抓着我！"

她用力地推了他一把，转身就跑。

老孟一个踉跄，歪脖子树张开了嘴，一口咬住了他的脑袋，眼看就要把他吞下去——

万俟子琅抓着一把斧头，砍在了歪脖子树上。她用力极大，虎口血肉模糊，三两下就把歪脖子树砍倒了。

宋命题抓着老孟的腿，用力把他拉了出来。

宋命题："还活着！"

万俟子琅："他脸上的皮肤被腐蚀掉了！先给他简单地上一下药！"

万俟子琅扭头看了一眼，夜幕下惊叫声不断。很快就有人来接走了老孟。她去军用车附近看了一下，发现那边的气氛有些凝重。

而旁边，摆放着校长跟那十几个老师的尸体。

尚嫄："数量对上了，你看他们的后背。"

尸体的后背都出现了一个大洞，里面没有内脏，全部是树根。

尚嫄："这些不是'尸体'，而是歪脖子树的树根。"

万俟子琅顿了一下，跟她对视了一眼，意识到了什么。

万俟子琅："歪脖子树的树根能变成人，那是不是意味着……"

这种东西伪装性很强，"树根"很有可能已经杀了正主，然后变成他们的样子，混入了人群中。

万俟子琅："只能离开这里了，几千人短时间内没有办法排查完毕，而磁场变异最大的限制，就是地点。"

白开："说得倒是轻巧！说走就走，你走一个给我看看？！"

万俟子琅："你们观测异变体潮了吗？"

白开:"真是服气了,你一个普通人,别在这里瞎指挥好不好?"

万俟子琅:"我可以打她吗?"

尚嫄:"不可以!"

白开:"真是不知死活,居然还想对着我动手……"

万俟子琅抓紧乌龟,一乌龟砸在了白开的脑门儿上。她的力气也不小,白开惨叫一声,一屁股坐在了地上。

旁边连忙有人扶住白开,把她拉到一边去了。万俟子琅静静地看着手里的乌龟,谴责地说:"我跟你说了多少次,我不在意别人的辱骂,你为什么一定要这么冲动呢?"

乌龟:"……"

万俟子琅:"下次不可以这样了!现在我还要替你道歉……"

尚嫄:"好了、好了,我没有怪你的意思。我们在异变体潮中确实探测到了一点东西。

"你看这里,这是周围几条街道的监控录像。我们在里面观察到了一个很奇怪的现象,就这个点,异变体潮的最中心,有一个格外密集的球体。"

万俟子琅:"像蚂蚁一样……它们在围着什么东西?"

尚嫄:"不知道,周围的异变体太密集了,我们根本靠近不了,但这很有可能是异变体停滞不前的原因。"

"未必靠近不了。"她冷静地看向了一个方向,"异变体靠气味分辨人类,只要有足够的气味骚扰,就能成功混入异变体中。"

尚嫄:"是,这个我们也知道,但是物资匮乏,我们根本就没有什么够味的东西……"

万俟子琅:"这所小学很穷。"

尚嫄:"所以呢?"

万俟子琅:"那边有类似农村的蹲坑。"

尚嫄:"不是,等一下,是我想的那个意思吗?"

万俟子琅活动了一下手腕,神情淡淡的。

万俟子琅:"没关系,我去就好,在粪坑里泡一会儿而已。"

之前数次在生死之间徘徊，她很清楚，拖得越久，越容易出现更可怕的进化。

十几分钟后，在救援人员的帮助下，粪坑被炸开了，万俟子琅面无表情地进去泡了一会儿。

她爬出来的时候，周围一圈人都情不自禁地后退了一大步。

不仅仅是排泄物的气味，这种东西发酵久了是真的能熏死人的。万俟子琅翻上了墙头，在胳膊和一些脆弱的地方套上了防护用具，然后带着联络器，跳进了异变体潮中。她保持警惕，而异变体对她熟视无睹。

尚媛："那些异变体，在三个街口以外……"

万俟子琅："我会尽快，你们保护好自己就好。"

她手中抓着一把锋利的镰刀。在需要取用晶核的情况下，镰刀要比斧头、菜刀、剑这一类的东西好用很多。

尚媛："你距离那个异变体球很近了！"

"好像还没有什么特殊情况……万俟子琅？喂？你还在吗？"

万俟子琅："……"

万俟子琅没有说话。她已经靠近了那个硕大的异变体球，而这个由无数异变体球组成的东西，让她后背出了一点冷汗。

尚媛："万俟同志？我在监控录像上看到你了！从我们这边看，你那里没有异常情况！你怎么了？"

联络器里传来了乱糟糟的声音，还有很多急促的脚步声。

"就不该病急乱投医！一个小女孩儿，遇上什么都可能被吓坏！"

"现在找人替换……"

万俟子琅顿了一下，抓住联络器："情况比我们想象中的更糟糕，这个巨大的球体，不是异变体围抱在一起组成的。"她停顿了一下，语气有些艰涩，"这个球体中心应该有什么东西，而这些异变体没有下半身，都是从中心那个东西上长出来的。"

尚媛："长出来的？"

万俟子琅:"而且,这些长出来的异变体,至少是二级异变体。"

她的神色难得有些凝重。她曾经在孙家小学避过一段时间的难,但是没有遇到磁场变异现象,也没有接近异变体潮的中心。而且在她的记忆中,二级异变体至少在两个月后才会出现。

尚嫄:"需要支援吗?我们这里没有大规模杀伤性武器,但是可以让人给你支援!"

万俟子琅:"你们过来也没用。"

尚嫄:"可是……"

万俟子琅:"嘘——不要吵。"

她按了按联络器,微微弯下腰,这是一个隐蔽的动作,也是一个蓄势待发的动作。

一级异变体,仅仅是没有痛觉,生命力顽强,除非彻底破坏大脑,否则不会轻易死亡。喜食血肉,嗅觉敏锐,但是动作不快,甚至有些缓慢,除非被彻底包围,谨慎一点就能摆脱。

而二级异变体……动作快了很多,能快速奔跑。

三级异变体可以高强度弹跳,甚至拥有指挥异变体潮的能力,往上还有四级和五级,但是四级非常稀少,五级更是凤毛麟角,万俟子琅仅仅在云中峡谷附近发现过一只。

万俟子琅:"龟龟,不要出声。"

她面前这个巨大的异变体球像是一只畸形的虫子,异变体的上半身纠缠在一起,护着中心的东西。

万俟子琅:"它们在保护什么?"

乌龟:"……"

万俟子琅:"现在回去的话,孙家小学里的几千人,很有可能被活活困死。"

乌龟:"……"

万俟子琅:"这时候要是有个人能去吸引住它们的目光就好了呢。"

乌龟:"……"

乌龟原来趴在她肩膀上，闻言默默地伸出腿，找了找爬下去的路。然而它还没有找到，就被万俟子琅温柔地放在了手心。

乌龟："……"

万俟子琅："你真是我心尖上的小鹿，每一次都会勇敢地站出来，撞得我的心脏扑通乱跳。"

乌龟："……"

万俟子琅："我们商量一下作战计划，我把你放在这里，你大喊大叫，吸引它们的目光，等它们来追你，你就转身逃跑，跑得飞快，甩开它们。"

乌龟："……"

万俟子琅："被追上也没有关系，都说死猪不怕开水烫，我相信你可以挺过去的。"

她把乌龟放在地上，然后转身挤进异变体潮，冲乌龟比了一个手势。

乌龟："……"

乌龟默默地看着她，又缓缓地转了个身，看向巨大的异变体球。

乌龟："……"

万俟子琅："大点声喊！"

乌龟："……"

异变体球还是没有反应。

乌龟顿了一下，忽然把头往壳里一缩。乌龟消失不见了，垂着眼帘的少年，站了起来。他看着异变体球，无声地张了张嘴。

乌龟："啊——"

他赤白的身体在夜色中格外醒目，异变体缓缓地转过了头。

下一刻，异变体蜂拥而上。异变体球上长出来的二级异变体也像是被排泄一样"噼里啪啦"地落了下来，朝着他扑了过去。

少年慢慢地转了个身……还没转完，他就已经被异变体扑倒。

乌龟："……"

密密麻麻的异变体围了过去，一转眼的工夫就已经摞成了一大团。万俟子琅猫腰,手中迅速切换成了一把长剑,飞快地朝着原来异变体球的地方跑了过去。

还有几只残留的二级异变体,她动作飞快,手起剑落,迅速斩下了几颗异变体的脑袋。而异变体尖锐的爪子,也狠狠地挠在了她的手臂上。

她手臂上弯曲的铁片发出了刺耳的声音。

尚嫄:"怎么样了?"

万俟子琅:"一、二、三……砍完了!它们的身体还黏在这上面,我刮下来看一下!"

她飞快地把二级异变体的晶核收进了空间里,然后两三下刮开了残骸。

尚嫄:"里面是什么?"

万俟子琅:"黑色木箱……"

那口木箱极沉极大,猩红,木质没有任何雕刻,木板同样没有被封死,缝隙中却有隐约的黑血缓缓滴下。

不知道为什么,看见木箱的瞬间,万俟子琅就有些不舒服。她把情绪往下一压,飞快地把木箱扫了一遍,试图寻找有用的线索,然而一无所获。

她正准备收回目光,却忽然在木箱的左上角发现了一个很奇怪的符号,像是实验标记,大多数已经被摩擦到看不清楚了,只剩下两个不是很明显的字——沉狱。

尚嫄:"木箱?"

万俟子琅身后传来了吼叫声。她皱了一下眉,来不及多说多想,抬手就按住了那口沉重的木箱。

这里太危险,现在只能把它收入空间中。

她忽然一顿——

收不进去,木箱竟然没有办法被收进去。

尚嫄:"你在干什么?木箱有古怪的话就立刻撤退!"

万俟子琅:"等我一下!"

万俟子琅一剑砍在了木箱的锁头上。既然没有办法带走它，那就只能把里面的东西弄死了。她三两下砍掉了锁头，然后反手从包里掏出手雷，咬开拉线，掀开木箱就扔了进去，随后就地一滚，死死护住了脑袋，听着身后传来巨大的炸裂声——

木箱的碎片溅到她身上，一股浓黑的烟雾瞬间蔓延了过来。

尚嫄："你怎么样了？烟雾降低了可视度，我们现在已经看不到你周围的情况了，你注意安全……"

万俟子琅："……"

浓黑的烟雾中，她的头皮忽然一紧。有什么东西抓住了她的头发，硬生生把她的上半身拉了起来。

她反手想要抓刀，那东西却像是提前感知到了一样，一脚踩在她的手腕上，硬生生把她的手踩了下去。

她毫不迟疑，立刻想要进入空间，然而下一刻她手腕上忽然流过了温热的液体——一块木箱的碎片，扎透了她的手掌。

木箱在她的身体里，也就意味着，她没有办法进入空间。

下一刻，她感觉有一双手掐住了她的脖子。

脖子上的手猛然收紧，她被狠狠地压在了地上。她眯着眼睛，死死地抓着那只手。

黑烟中，抓住她的人弯下腰，歪了歪头。

沉狱："……"

它没有说话，万俟子琅抓着那只手，闻到了一股浓郁的腐烂气味。

这到底是什么东西……她脑海里一个念头还没有结束，掐住她的东西忽然抓住了她的手腕，然后用力往后一折。

她没有疼痛感，但是也感觉不到那只手的存在了。

沉狱："……"

它似乎高兴地笑了起来，踩着万俟子琅另外一只手腕的脚加重了力气，它的手缓缓地捏住了她的脖子，这时候她忽然一顿。

这个东西的动作，好像并不是想要杀了她。

强烈的窒息感传来，它压在万俟子琅身上，手上的力气缓缓加大。她死死抓着它的手腕，却不能移动它分毫。

联络器落在了地上，宋命题焦急的声音传了过来："兄弟，黑烟散开一点了，我看到你们了！这个东西压着你干什么？"

万俟子琅："它不是人！"

那边传来了急促的脚步声，然后就是扑通一声。

宋命题："你等着我！我在粪坑里洗个澡！我现在就去找你！你跟它讲讲道理！"

窒息感越来越强。

万俟子琅："跟它讲不了……"

宋命题："我帮你测一下！"

宋命题："兄弟，你讲道理吗？！"

压在万俟子琅身上的东西歪头看着地上的联络器，宋命题好像在一边狂奔一边喊："它不讲！它居然不讲！

"啊……哈……啊啊啊，兄弟，你等着我！我很快就到了！"

万俟子琅："……"

掐着万俟子琅的东西，伸出手，抓住了联络器。

它的指甲很长，是浓郁的黑色，它一只手掐着万俟子琅的脖子，把她从地上拉起来，然后用力地捏住她的脸，她的脸上立刻留下了两道刺眼的血痕。

沉狱："啊……哈……"

万俟子琅："……"

宋命题："它喘什么？

"它在对你干什么？

"我跟它拼了！"

沉狱："喘什么……"

宋命题："你离我兄弟远一点！他是个能跳粪坑的真男人，他怀不了孕！"

沉狱："怀孕……"

255

宋命题："……"

沉狱："怀孕。"

小巧的联络器"咔嚓"一声就被沉狱捏碎了，它随手把碎片扔到一边，尖锐的指甲划开了万俟子琅的衣服。她白色的肌肤大片露了出来，黑色的指甲划过去格外醒目。它犹豫了一下，手指压在她的小腹上，少女柔软的肌肤被压下去了一点。

沉狱："这里……怀……怀孕……"

万俟子琅："……"

万俟子琅的手脚冰冷，这一瞬间她没有想任何不该想的、不纯洁的东西，相反，她几乎瞬间就领会到了眼前这个东西的想法。

任何生物都遵循同一个本能——繁衍。

它想要留下自己的后代，而她，是它能找到的，最适合繁衍后代的母体。

而这种东西的母体，往往只是个营养供应器。它弯着腰，盯着她的肚子。深黑色的指甲缓缓地，不用力地触碰着她的肌肤，它不需要遵循人类的繁衍顺序，所以它的举动，是为了找到一个最适合植入后代的位置。

万俟子琅没有反抗，而是在轻轻地拨弄着掌心的木箱碎片。

万俟子琅："你慢一点，我不会反抗的。"

她说话的声音引起了它的注意，它伸出手指，试探着，好奇地压了压她的嘴唇。

沉狱："你说……什么？"

万俟子琅："我说，你考虑过怎么才能让我变成母体吗？"

沉狱："……"

万俟子琅："别着急，你可以慢慢想，不管是什么方案，我都可以接受……"

沉狱："剖开你的肚子，植入。"

"缝合……你的肚子……会变大……然后……砰……炸开。"

万俟子琅："我忽然觉得我不可以了。"

因为没有痛感，也不能低头看一下，所以她触碰木箱碎片的感官没有那么强，只能缓缓地拨弄。

差一点……差一点就出来了！

沉狱："人类的……繁衍方式？"

万俟子琅："你想试一下吗？看着我的眼睛，我来告诉你。"

差一点！

它看着她的眼睛，忽然歪头笑了笑，然后一扭头，一口咬在了万俟子琅拨弄木箱碎片的手腕上。

鲜血四溅，刚刚快要被弄出来的碎片，顿时被挤压了回去。

它舔了舔嘴角的血。

沉狱："狡猾的……人类。你想跑的话……我就只能……先咬断你的手脚了。"

"只留下躯干跟头颅，也还是可以……怀……"

它的话还没有说完，旁边忽然冲过来了一个人。它歪一歪头，往旁边一躲，轻轻松松地闪到了几米外。

万俟子琅的脖间一松，立刻大口地呼吸了起来。

乌龟："……"

万俟子琅："我没事！我们打不过它！三十六计走为上计！"

沉狱："想要……抱着她……逃跑？"

乌龟："……"

万俟子琅深吸一口气，一把将龟龟扛了起来，然后转身就跑。龟龟趴在她肩膀上，默默地抬头看了它一眼。

万俟子琅："龟龟，你帮我看着它！它至少是有一定思考能力的三级异变体！"

"如果它真的追上来，我们不可能跑得过它！"

少年无声地点了点头。

万俟子琅手脚冰凉，一把扯出了插在掌心的木箱碎片。就在这时候，被她扛在肩膀上的少年，转了转头。

乌龟："……"

257

万俟子琅："它追上来了？在哪里？"

她扭头看了一眼，心顿时凉了一半，那个异变体，正半蹲在不远处的楼顶盯着她——

它的跳跃力极其惊人，轻轻一跃，两个人之间就没剩下多少距离了。

万俟子琅不敢再犹豫，捏住了肩膀上少年的胸肌——

万俟子琅："减肥！"

乌龟："……"

少年变了回去，趴在她肩膀上不吱声了。

万俟子琅没有再回头，但是她能感觉到，那个异变体距离自己越来越近、越来越近——

她一个急转弯，却"砰"的一声撞在了一个人身上，一股浓郁的气味传了过来。

宋命题："兄弟！我终于找到你了！"

万俟子琅："跑！"

宋命题："你先走！我给你殿后！我宋命题不怕！"

万俟子琅："它繁衍只需要挖开你的肚子！"

宋命题："……"

万俟子琅："你跑这么快干什么？不是说要替我承受吗？"

宋命题："我跑慢了就要被挖肚子了！男子汉大丈夫，说什么也不要被挖肚子！"

他跑起来的速度竟然不慢，还超了万俟子琅一头。万俟子琅毕竟是血肉之躯，狂奔之下有些力竭。然而身后的东西却依然游刃有余，就好像是一只猫，在逗弄两只濒死的老鼠。

万俟子琅咬紧了牙，钻进一条错综复杂的胡同里，她口腔中都是浓重的铁锈味，每一口呼吸，都像是有一把匕首在肺里搅弄着，她却什么都顾不上了，反手掏出匕首，对准了自己的手掌。

宋命题："兄弟，你要干什么？"

万俟子琅："既然来不及挑出里面的刺，那就干脆把手剁掉！"

宋命题:"……"

万俟子琅:"松手!"

宋命题:"我不松!兄弟……兄弟,你在这里,不要乱动!"

"让我去承受痛苦吧!"

他转身冲出胡同。

宋命题:"不就是繁衍吗?来啊!不要怜惜我!"

沉狱沉默地看着他,过了一会儿,慢慢地伸出了手。

它的手渐渐靠近了宋命题,宋命题一副视死如归的样子。

它掐住了宋命题的脖子,轻轻松松一甩,把他扔出了十几米远,他一个翻身爬了起来。

宋命题:"就因为我不干净了,你就动手打我?"

它没有看宋命题,而是朝着万俟子琅藏身的地方,一步步地走了过去。

沉狱:"折断。

"禁锢。

"固定住你的头颅,你避无可避。"

万俟子琅的后背紧紧贴着墙壁,深吸一口气,抓住匕首,一把刺了进去,然后沿着被棺材碎片割裂的伤口,飞快地旋转了一圈,夹带着碎片的地方就这么被活活削了下来。

她抱住乌龟,直接进入了空间,然后踉跄着跑到湖水边,筋疲力尽地跪了下去,把受伤的手泡进湖水里。

外面,沉狱歪了歪头。

沉狱:"不见了。"

它又嗅了嗅空气中的气味,一扭头就看见宋命题。

宋命题:"看我!"

沉狱:"杀了你。"

宋命题:"我知道,你们男人就是这么口是心非!"

它阴冷的红色眼珠微微转动了一下,下一刻宋命题眼前一花,脖子一阵剧痛。它的手指慢慢收紧,然后把宋命题举了起来。

宋命题："真要……下死手啊？"

沉狱："去死吧。"

它正准备扭断他的脖子，却忽然一偏头，一道寒光从它的脸侧险险擦过。如果不是它躲闪及时，这把锋利的镰刀能杀了它。

万俟子琅："呼。"

万俟子琅把宋命题扶了起来。

万俟子琅："怎么样？"

宋命题："还好，老实说挺刺激的……"

万俟子琅："你先跑！"

宋命题："我们可是一起泡过粪坑的兄弟！我是不会扔下你的！"

万俟子琅："你傻吗？我有空间，你走了我就能带着龟龟跑路！"

宋命题是为了救她才会身陷困境，关键时候她也顾不上这么多了。宋命题迟疑一下，转身就跑。

万俟子琅抓紧了镰刀，深吸一口气，异变体懒洋洋地站在不远处，看向她的目光饶有兴趣。

沉狱："你的同伴，已经走了。

"你不……躲起来？"

万俟子琅："目前还不想。"

她活动了一下手腕，语气平静。

万俟子琅："我想要先试一下能不能杀掉你，不能的话，我再跑。"

沉狱："你很好……玩。

"我……反悔了。

"比起植入，我更想用……正常人类的方法……让你怀孕。

"而且，我可以……把你的大脑保存下来，让你看着我……是怎么样让你……"

万俟子琅附身一冲，一镰刀就钩了上去。它微微侧身，躲过了攻击。下一刻,万俟子琅反手一抓,瞬间从空间中掏出了另一把菜刀,它一愣,有些躲闪不及,脸被划伤。

沉狱:"很好。"

万俟子琅:"反派死于话多,让你念叨。"

她说这句话时,目光忽然有些闪烁,异变体一顿,扭头看向了自己的身后。

沉狱:"我后面……有什么东西……"

它回头的一瞬间,万俟子琅目光一凝,骤然暴起,一刀朝着它砍了过去,刀刃深深地陷入了它的肩膀里。

它缓缓地扭过了头。

沉狱:"骗我?"

"扭断你的手脚,你会……乖乖躺下来吗?"

万俟子琅:"……"

见它连声音都没有改变半分,万俟子琅迅速估了一下双方的战斗力,然后毫不犹豫进入了空间。打不过,溜了、溜了。

异变体站在原地,看着自己面前的空气。

沉狱:"我会,找到你的。"

它舔了舔嘴角,这次的"进化"虽然被打断了,但是意外发现了一些好玩的东西……

几个小时后,万俟子琅把乌龟从空间里扔了出来。确定外面安全之后,她才抱着乌龟一路跑回了孙家小学,宋命题已经在那边等她很久了。

尚媛:"监控录像上显示,异变体潮已经退散了。"

万俟子琅:"那就不要在这里消耗时间了,离开孙家小学。"

尚媛:"我们已经在安排了。

"你伸手干什么?"

万俟子琅:"我不会白白帮你们干活、解决危险的,我要打胎费。打胎费,谢谢。"

尚媛:"报酬肯定会给你的,但是打胎费这说法……"

宋命题无声地跟万俟子琅抱在了一起，手放在她的肚子上，浑然一副好爸爸的样子。

尚嫄："行吧、行吧，打胎费。"

万俟子琅从警察那边拿了一袋晶核，也不嫌脏，只要嘴巴闲着，就往里面塞一把。那个木箱让她有些心有余悸。她的空间异能虽然不像兽化、力气变异那样可以明显地感受到变化，但是也同样存在等级——木箱收不进去，很有可能是因为她的异能等级不够高。

宋命题在旁边看着她吃东西，打了个哈欠。

万俟子琅："困了？收拾一下东西，我们准备回去了。"

尚嫄："你们要走了吗？我想跟你们商量一件事，现在救援人员的人手不够，而我们要带领大部队离开孙家小学，去狸熊市的另外一个救援点，路上很有可能会遇到危险，所以，我们想要雇用一些有能力的人。"

万俟子琅："报酬是晶核？"

尚嫄点了点头，万俟子琅想了想，答应了下来。

大部队迅速收拾东西，被困在孙家小学中的幸存市民也接到了通知，预留时间只有半个小时，半个小时后幸存者将步行至狸熊市的另外一个救援点。那个救援点大，防卫能力强，生物变异爆发之后，清理得也更加迅速。

半个小时后，准备工作就绪，大部队开始转移。

大部分人只能步行，只有异能者才能坐车，卡车上大部分都是物资，盖着厚厚的雨布。

万俟子琅坐在车上，给伤口上药。

宋命题："漂亮姐姐，我想问你一件事。"

尚嫄："你说。"

宋命题："你们身为救援人员，为什么还一直用冷兵器搏斗？没有什么大规模杀伤性武器吗？"

尚嫄："有……但是拿不出来。"

"杀伤性强的武器，一般防护工作做得也很好，想要拿到，往往需要经过层层看守。特殊的指纹、瞳孔扫描、密码一般掌握在小部分人手中,而这些人……绝大部分已经死了,所以武器也取不出来了。"

她说着,耳边的联络器忽然响了,听了一会儿那边的声音之后,她的声音忽然变得有些惊喜。

尚嬛:"你说的是真的?"

万俟子琅:"出什么事情了?"

尚嬛:"狸熊市另外一个救援点,出现了新型变异者,是棕熊兽化!"

# 第十六章

## 大变B异

尚嫄的声音有些惊喜。

尚嫄："据说那个变异者已经到二级了，一些特征跟棕熊几乎吻合。

"现在被救援点的人层层保护着，晶核也全部供他使用。"

那边的情况似乎要比孙家小学救援点的情况好一些。万俟子琅上了卡车车厢，坐在了雨布上。上千人的大部队像是一群背着食物的蚂蚁，沿着被破坏的街道行走，偶尔会有人被拖走，其他人也都无暇顾及。天气骤然转冷，人们被冻得几乎失去了知觉。

从城市的一端到另外一端，虽然不是很远，但是这么多人，转移也要花费上几天工夫。

宋命题："兄弟，我跟我哥联系过了，他好像很担心我们，还让我们别回去了。"

万俟子琅："你冷吗？"

宋命题："冷，抱紧！"

万俟子琅："我这里有衣服，你松手。"

万俟子琅在他身上掏了掏，把他口袋里的晶核全部拿了出来。

万俟子琅："在抵达新的救援点之前，全部吃完……前期兽化异能者的数量比较少，所以一旦发现，就是被追捧的对象，这些晶核不尽快吃完的话，到了基地我们未必能保住。"

宋命题："不能藏起来吗？"

万俟子琅："没关系，你吃掉就好，虽然你没有异能，但是吃了也可以强身健体。"

几天后，大部队抵达了城市另外一端的救援点，B大。

B大面积不算很大，但是也不小，本身就是国防类大学，保安跟防护工作做得很好。噩梦时代，B大绝大部分人已经离开，回家避难，留下来的人有不少会点拳脚功夫，对武器的使用跟防护能力也比普通人强,再加上高墙壁的保护跟幸存部队及时入驻,B大最终成为了狸熊市仅存的两个救援点之一。

万俟子琅站了起来,看着B大的铁门缓缓开启,两边都是安检人员,卡车经过详细检查后依次开入。后面的幸存市民想要进来,还需要经过另外一番严格检查,而不出她所料,进入B大的人都被搜刮了一番,仅剩的几颗晶核全部被逼上交了。

尚嫄:"这是没办法的事情,异能者很有可能就是人类未来的希望,所以必须确保他们的晶核量。"

进入B大的人员很快被安排了起来,最好的资源设施依然供异能者使用。

孙家小学跟B大的异能者,加起来有三十多人,最多的是力量型进化,其次是速度型进化,兽化的也有几个,但除了那个棕熊兽化者,其他兽化的异能者并没有出现很强大的能力。

尚嫄引荐了万俟子琅,把她和宋命题安排到了异能者所在的那栋楼。

尚嫄:"你们先在这里休息就好,我们需要跟B大的救援人员进行交接。"

万俟子琅没有说什么,简单地收拾了一下东西。他们住的地方是一栋五层高的宿舍楼。寝室很小,是双人间,地面仅仅能供人行走,水泥地,上下床,墙壁渗透出丝丝冷意。

宋命题:"气温怎么降得这么厉害?"

万俟子琅:"已经比外面好很多了。"

她拉开窗帘看了一眼,B大的建筑不少,但也没到能容纳所有人的地步,不少幸存市民分配不到住处,就只能在外面住着。

这个天气,穿几件厚棉衣都冷,晚上一旦睡着,可能就再也醒不过来了。

宋命题:"这里的被子、衣服什么的早就被人搜刮干净了,看这个样子,我们晚上只能抱在一张床上依偎着取暖了。"

万俟子琅:"你觉得,我会跟一个能对着异变体脱衣服的人睡在一起吗？"

宋命题："两个人抱在一起睡，确实有点变态，所以你可以让你的乌龟变大一点，我们三个人抱在一起睡就不变态了。"

乌龟："……"

万俟子琅找出工具，在寝室门上加了几道锁，然后拿湿毛巾简单清理了一下身体。把散发着浓郁气味的衣服扔进了空间某个角落，再从空间里拿出蓬松柔软的被子跟褥子，分别铺在上铺和下铺上。被子里面填充的都是保暖的鸭绒，她躺上去试了一下，很快就感觉被冻僵的身体暖和了过来。

万俟子琅："饿了吗？"

宋命题蔫蔫地坐在地上。

宋命题："饿了，想念肖柠姐做的饭了。"

万俟子琅想了想，伸手摸了摸他的头。少年的个子要比她高上不少，即使坐在床上，也像是一只大狗狗。她手一伸过去，少年就抬起眼皮看了她一眼。

万俟子琅没在意。

万俟子琅："今晚先凑合一下吧，过几天我们就回去了。"

她从空间里拿出了自热小火锅，撕开自热包，浇了一点凉水。几十秒后，牛油底料的小火锅冒出了热气腾腾的蒸汽。辛辣的香味引得人直咽口水，牛肚、牛肉虽然都是速食的，但是加热过后，也浸满了浓郁的汤汁。两个人吃完之后，身体都暖和了不少。

万俟子琅："你先休息吧，我出去探一下情况。"

宋命题："兄弟，如果不是我搂过你，我可能真的要怀疑你是铁人。"

宋命题："奔波了这么久，你就不累吗？"

万俟子琅："还可以吧。"

现在不是松懈的时候，而宋命题实在是累坏了，抱着乌龟钻进了被窝里，闭上眼睛就睡着了。外面的天渐渐黑了，万俟子琅在B大里走了走。

回来的路上,她看到了孙家小学的那个救援人员。她正蹲在一家人面前,焦急地说着什么。

尚嫄:"先别着急!现在药物资源太紧缺了!我会尽快的!"

老爷爷:"我孙女都烧成这个样子了!求求你们了,先让我们找个地方住吧。"

尚嫄:"普通人的住所是抽签决定的,我没有办法……"

小姑娘:"爷爷、奶奶……"

躺在老人怀里的小姑娘脸色绯红,小声地抽泣着,尚嫄的心一横。

尚嫄:"这样吧,我的衣服先给你们,你先给她盖上!

"我找到药就立刻拿过来给你们!"

她身上也只有一件棉衣,里面是单薄的短袖,寒风一吹,薄薄的布料就贴在了她身上。

万俟子琅顿了一下,等走到尚嫄旁边的时候,将她拽到了树后。

尚嫄:"万俟同志,有什么事情吗?"

万俟子琅:"伸手。"

尚嫄:"棉衣?而且这么新……你是从哪里找到的?"

万俟子琅看了她一眼。她也知道自己不该再多问了,就没有再多说,抓着衣服的手却犹豫了一下。

尚嫄:"不行,这衣服我不能穿,应该去给更需要的人……"

万俟子琅没搭话,垂着眼帘,认认真真地替她把扣子扣好了,然后伸手摸了摸她的脸。

万俟子琅:"好冰。"

尚嫄:"……"

她绕过尚嫄,走了几步就敏锐地转了一下头——那对老人正在盯着她们。她随手扔了一包退烧药过去,然后就回到了住处。

她没有脱衣服,只脱了鞋子,伸手试了试被窝的温度,发现原本应该冰冷一片的被窝里,竟然是暖的。

万俟子琅:"啊。"

少年缓缓睁开眼，默默地往里挪了一下。

乌龟："……"

万俟子琅："暖被窝？"

乌龟："……"

万俟子琅："我很感动，但是……"

她把手伸进了少年的胳膊下，把他从温暖的被窝里拖出来，然后放在椅子上。

万俟子琅："你知道你身上全是粪吗？"

乌龟："……"

他慢慢地抬起手臂，看了看，没说话。万俟子琅拿了块湿毛巾，劈头盖脸地给他擦了擦脑袋，然后顺着往下。少年伸出了手，想要从她手里把毛巾拿过来，然而还没等他碰到，她已经把他全身擦完了。

万俟子琅："里面擦完了，你的壳呢？交出来，也要擦干净。"

乌龟："……"

少年想了想，默默地变回了乌龟。

乌龟："……"

万俟子琅想要把它放在宋命题床上，乌龟却伸出了爪爪，默默地抱住了她的胳膊。

万俟子琅："为什么不想跟宋命题一起睡？"

乌龟："……"

万俟子琅："因为跟他一起睡会发生不好的事情？"

乌龟："……"

万俟子琅："那太好了，刚好我很无聊。"

她把乌龟放在了宋命题的怀里，轻轻拍了拍被子，宋命题迷迷糊糊地睁开了眼。

宋命题："兄弟，要一起睡吗？"

万俟子琅："我不跟你一起，龟龟说它想念你的怀抱了。"

乌龟："……"

269

万俟子琅："不用担心，出事的话你就喊我，我会把你接上去的。"

她上了上铺，盖上被子，闭上眼睛开始睡觉，进入浅眠状态没多久，下铺就传来了奇怪的声音。

"咔、咔、咔——"是非常细碎的磨牙声。

万俟子琅抓着栏杆往下看，一低头就跟乌龟对上了视线。宋命题正在用它的龟壳磨牙，速度之快，甚至让人产生了下一刻龟壳上就能溅出火花的错觉。

乌龟："……"

乌龟默默地看着她，四肢都在外面，整只龟被磨得一颤一颤地。对此，万俟子琅担心地表示："好玩。"

她看了好一会儿乌龟被磨，然后才心满意足地躺回去睡觉。

夜深人静，躺在床上熟睡的少女忽然睁开了眼，直勾勾地看向门锁，有人在轻轻地撬门。

万俟子琅猫一样，无声地下了床，走到门边。

万俟子琅："谁？"

王一云："你好，我叫王一云。"

颤抖着的女声传了进来，外面就是空荡荡的走廊，所以她的声音显得格外空洞。

王一云："你今天是不是给了一个小女孩儿药？那是我的妹妹跟我的爷爷、奶奶……我……我给你找了一些吃的，想要来谢谢你。"

万俟子琅："……"

王一云："你要……要是不放心的话，可以只开一道门缝，我塞进去给你……"

万俟子琅打开门锁，而门刚开了一门缝，就被大力地撞击了一下，一张狰狞的脸从门缝中挤了进来！

王一云："开门！开门！我都听过了，你不是异能者！"

她手中抓着一把水果刀，从门缝中伸了进来，胡乱地挥舞着，一双眼睛布满了红血丝。

王一云："你太自私了……有本事占这么多物资，有本事你开门啊！"

万俟子琅忽然后退，开了门。王一云猝不及防，跟跟跄跄地冲了进来，然后就被一拳打在了肚子上。她干呕一声，一看打不过万俟子琅，转身就跑。

万俟子琅面无表情地追了过去。

走廊很长，没有灯，万俟子琅眼看着王一云冲到了公共浴室里。她毫不迟疑地跟了上去。公共浴室很脏，到处是锈迹，水龙头漏水，嘀嘀嗒嗒地往下流淌着。

她挨个隔间找了一遍，却没有发现王一云。第二天，她找到尚嫄说了这件事。

尚嫄："昨天晚上有人溜进来了？你先回去，这栋楼里有监控录像，我们现在就去调查。你放心，这件事一定会给你一个交代的！"

傍晚，救援人员神色凝重地召集了楼里面的异能者。

尚嫄："我们调查录像后发现，昨天晚上有人潜入，是个女人。"

楼里剩下的异能者不是很多，听到救援人员的话，大部分人都是一副兴致索然的样子。

白开："不就是溜进来了一个人嘛，还要把我们喊过来……"

尚嫄："监控录像上显示了那个女人进来的场景，但是没有拍到她出去。"

白开："可能是翻窗户呢？"

尚嫄："窗户上全部是有防盗栏，她钻不出去。"

白开："万一是从楼上跳下去的呢？"

尚嫄："这是五楼。"

白开："那万一她会飞呢？"

尚嫄："……"

尚嫄："总之你们尽可能小心，那个女人有很大的可能还在这栋楼中。"

大部分人没有把这件事放在心上，白开更是在心里翻了不少白眼。

程肉肉："白……白开，你回来了？那边找你过去有什么事情吗？"

白开："别提了，一群神经病发疯呗，不就是一个溜进来的女人吗？有什么好害怕的！你拿上东西，我们去公共浴室洗澡。"

程肉肉是因为白开才能住进这栋楼的，因此不敢说什么，唯唯诺诺地拿上了东西。两个人去了浴室，一人一个隔间。

噩梦时代的水源被污染了不少，但是只要不喝，就没有什么太大的关系，所以澡堂不缺水。两个人洗澡的时候，都紧紧闭着嘴。

昏暗的浴室里水哗啦啦地流着，白开洗着洗着，忽然发现，脚下的水漫到脚腕了。她关了水龙头。

白开："程肉肉！我这边的下水道口堵了！你来帮我疏通一下！"

"程肉肉？我喊你你不回答？"

"程肉肉？"

她一把推开了程肉肉的隔间门。

白开："人去哪里了？东西还都在这里……

"走了也不喊我！真是没良心。"

她回到了自己的隔间，打了个寒战，蹲下来看被堵住的下水道。

白开："居然没有地漏，怪不得会堵住。"

没有地漏的下水道口，是一个拳头大小的黑洞。里面散发出来一股难闻的气味，白开忍着恶心，往里看了看。忽然，她看到了下水道口旁边的一缕头发。她伸出手，抓住那缕头发，然后往上拽了拽。

白开："好像就是头发堵住了下水道，往上拉一拉，拉出来的话，下水道大概就不会堵住了。"

她抓着那缕头发，一点点地往上拽，头发很长，她拽得有些艰难。

她拽了很久，终于听到了"哗"的一声，头发上连接着的东西被她拽上来了，细细的、长长的。

白开："这是什么？"

她忍不住趴下去，仔细地盯着那个东西，忍不住又把头发连接着的东西往上拽了拽。

她看清楚了。

那缕头发的另一端，是王一云，瘦瘦长长的王一云。

白开想到了什么，慌张地跑到另一个隔间，在下水道管道旁摸到了另一缕头发，她往上拽。很快，她就把程肉肉拽了上来。

她一屁股坐在地上。

白开："得赶紧找人过来，把这些脏东西清理掉！"

然而下一刻，她耳边忽然传来了"吧唧"声。

昏暗的浴室里，那两条长长的东西扭动了起来，它们的眼睛是错位的，却全部在盯着白开。

白开想要爬起来逃跑，两条腿却是软的，下一刻，那两条东西忽然被一只脚踩住了——

万俟子琅："谁家的香肠掉在地上了？"

白开："啊啊啊！"

万俟子琅："……"

万俟子琅感觉到脚下的东西在动。她弯下腰，把那两条东西抓了起来，从防盗窗的缝隙扔了出去，然后看着白开。

白开："你在那里看什么？看我笑话？"

万俟子琅："看见这壶水了吗？"

白开："什么？"

万俟子琅："我刚烧的，它马上就要变成凉白开了。"

白开："你接着嘴贱吧！还不赶紧把我扶起来！得罪了我，

273

让你吃不了兜着走！"

万俟子琅朝着她走过去，她翻个白眼，朝着万俟子琅伸出手，却被万俟子琅一脚踩在胸口上。

白开尖叫了一声，张嘴就想骂，然而她刚张开嘴，舌头就被用力地捏住了。

万俟子琅："刚好这里没人……"

她目光冷淡，不轻不重地捏住白开的下巴。

尚嫄："你们在这里干什么？"

万俟子琅："……"

白开："我们……"

万俟子琅："姐姐，救我！"

白开："……"

万俟子琅："她趁着没人在，想要欺负我。"

白开："你胡说！"

尚嫄连忙拦住了白开，然后给万俟子琅使了个眼色，让她赶紧走，她就抱着洗澡的东西回去了。她回到寝室关上门，还能听到外面人走动交流的声音。公共浴室没有摄像头，谁也不知道程肉肉跟王一云是怎么回事，但是没有人敢怠慢，外面很快传来了电焊的声音，救援人员把铁制地漏焊在了下水道口。

万俟子琅听了一会儿，衣角忽然被拉了一下。

宋命题："外面的树底下有一个男人，好像在找什么东西，一直低着头走来走去，走了很久。

"我下去帮忙找找哈。"

宋命题跑下了楼，很快找到了那个男人。宋命题随手拍了拍他的肩膀，一边跟他说话一边帮他找东西。

宋命题："你丢了什么？是在这一片吗？"

男人没有说话，依然低着头找东西，万俟子琅站在窗边往下看。

万俟子琅："总感觉有哪里不太对。"

乌龟："……"

乌龟趴在她的肩膀上,伸出爪爪戳了戳她的脸。她扭头看它,它默默地把自己的头缩了回去。

万俟子琅:"……"

宋命题:"兄弟,你说句话啊,你不说话我怎么帮你找东西?别总是低着头,我有这么帅吗?你看见我就害羞得低头……"

他抬手想把男人低垂着的头扳过来,一摸,却摸了个空。

宋命题:"兄弟,你的头呢?藏得还挺深,在你领口里面吗?"

他拉开男人的衣领看了看。

宋命题:"怎么也是空的?总不能是在你裤裆里面吧……"

他冷静地解开了男人的裤腰带,然后把裤子往下一扒,转身就跑。

无头人抬脚想要追,却被腿上的裤子绊了一下,扑通一声跪在地上。

宋命题:"啊啊啊!兄弟!兄弟,你看到了吗?那个人没有头!"

万俟子琅:"我没看到,但是龟龟给我演示了一遍。"

宋命题:"兄弟,我好怕!我感觉我的心、肝、脾、肺都被吓出来了!我今天晚上睡不着了!"

万俟子琅:"B大里生物变异少,异变体也基本上被清除了,但磁场变异现象还是有的,明天去跟救援人员汇报一下吧。"

宋命题没搭话,万俟子琅低头一看,才发现他已经睡死过去了。

她把宋命题扛到床上,关上了窗户。关窗之前,她往下看了一眼,那个没有头的男人依然在楼下徘徊着。

而她躺回床上的时候,收到了救援人员的短信。

尚源:"你们再坚持一晚上,明天我们就组织人离开这栋楼。"

万俟子琅:"又有人被塞进下水道里了?"

尚源:"不是,情况要比我们想象中的更严重,我们刚才搜寻下水道的'东西',在这栋楼的地下室里,找到了一个日记本。"

万俟子琅:"这不是宿舍楼吗?为什么会有地下室?"

尚嫄："我把日记本上的内容拍照给你，你看完就知道为什么会有地下室了。是我们的错，我们只想找个地方安置异能者，就找到了这栋位置最偏僻的楼，没想到……"

照片很快就发过来了，是发黄发干的信纸，上面的字是暗红色圆珠笔写的，字歪歪扭扭。

我叫江初豆……我后悔了，我不该不听教授的劝告搬进这栋楼里搞科研。住进来的第一天，我在窗边见到了一个没有头的男人；住进来的第二天，我听到公共浴室的管道里，传来了什么黏稠东西爬行的声音；住进来的第三天，我的隔壁传出了剁骨头的声音，墙缝里渗出了血。我疯了一样想要离开这里，所以第四天早上，我带着行李离开了这里；第四天晚上，我躺在自己家里睡着了；第五天早上，我睁开眼却发现我又回到了这栋楼里。我被吓疯了，我做了无数次尝试，但是无论我逃离多少次，第二天早上睁开眼，我都会回到这里。

尚嫄："我们检测了时间，这本日记，是在两个月前出现的。那时候，就已经出现磁场变异现象了。"

万俟子琅："日记本到这里就结束了吗？后面还有吗？"

尚嫄："还有，你等一下，我现在正在挨个寝室通知，过会儿就发你。"

无头人、下水道里的东西都已经出现了。万俟子琅坐在床上，盯着手机屏幕看了一会儿，耳朵却忽然一动，然后她侧头贴在了墙壁上。隔着墙壁，她隐隐约约听到了"咚咚"的剁肉声。她下意识看向了墙缝，然而墙缝没有流血。

隔壁的剁肉声却忽然停了，随后响起来的，是"嘎吱"的开门声。下一刻，重重的敲门声响了起来，有人敲响了他们这间寝室的门。

门缝里，不明液体渗了进来。

万俟子琅："……"

宋命题一个翻身爬了起来。

宋命题："我听到剁肉馅的声音了,是有人来给我们送饺子了吗……"

他迷迷瞪瞪地抓住了门把手,将门往里一拉。

"吃肉吗……"它伸出手,剁得细碎的肉馅从它的指缝里滑落下来,然后掉在地上。宋命题沉默片刻,低头看一眼自己的裤子。

宋命题："兄弟,我劝你一句,不要这样,我尿了怎么办?大冬天的裤子很难干啊。"

站在门外的东西忽然举起了手中的菜刀,宋命题眼明手快,"咣当"一声关上了门。宿舍里一片寂静,半晌之后,宋命题默默地换了条裤子,然后爬上万俟子琅的床。

宋命题："往里靠一靠,我们今天一起睡。"

他单手托着腮,依偎在万俟子琅的怀里,轻声细语地安慰她:"兄弟,我会守夜的,你放心大胆地睡吧。"

外面没了声响,万俟子琅一夜没睡,宋命题却睡得好像一条死狗。

第二天一早,尚嫄满脸凝重地上了门。

尚嫄:"不用搬地方了。"

宋命题:"你们这么厉害?已经把这栋楼里的问题全部解决了?"

尚嫄:"不是,是这栋楼里的快要把我们解决了。昨天晚上有人出去睡了,但是今天早上,我们在楼里发现了他们。"

万俟子琅:"还是得试一下,楼里住着三十多个人,未必人人都中招。"

尚嫄被她说动了,当即让住在楼里的三十多个人全部搬了出去,当晚在外露宿。

万俟子琅白天补了觉,准备通宵,不少人跟她都有同样的打算。她一直睁眼到了凌晨2点,然而2点一过,她眼前忽然一黑,随后什么都不知道了。

早上,她看见了尚嫄凝重的脸。

尚嫄:"一个好消息,一个坏消息,你先听哪一个?"

万俟子琅没说话,低头看了乌龟一眼。

乌龟:"……"

万俟子琅:"嗯,我知道了。好消息是中招的人不多,只有三个人是在楼里醒过来的,坏消息就是,有一个人是我。"

尚嫄:"你昨天忽然睡了过去,然后就开始梦游,往楼里走。"

万俟子琅:"没有人拦我?"

尚嫄:"你朋友拦了一下,差点被你掐死。"

宋命题:"嘤。"

万俟子琅低头看了一眼乌龟。

万俟子琅:"那你呢?你为什么不拦我?我那么爱你,肯定舍不得掐你。"

尚嫄:"你的乌龟也拦了,然后被你一脚踹开了。"

万俟子琅:"……"

尚嫄:"不过你暂时不用太担心,事情还有转圜余地,昨天的日记我只给你拍了一半,还有一半你没看。"

她把日记本放在万俟子琅的膝盖上,日记越往后,上面的字就越凌乱,既诡异又扭曲。

我太害怕了……我太害怕了……我永远没有办法离开这栋楼了。救救我,求求你,救救我……我不想死!我想要离开这栋楼!我陷入了绝望之中,但是我很快就发现,事情还有转圜余地,这些被困在楼里的东西,是有办法对付的。封锁住下水道口,那个在里面爬行的东西就没有办法伤害我。只要不开门,半夜剁肉馅的东西就没有办法进来。而那个无头人……是最难对付的。

无头人……在找它的头,如果它长时间找不到自己的头,就会越来越暴躁、越来越暴躁……一天晚上,我差点被它杀死,所以我决定帮它找到它的头。只要找到了它的头,或许……或许我就能离开这里了……

万俟子琅:"江初豆找到无头人的头了吗?"
救援人员:"你继续往下看。"
万俟子琅往下翻了一页,这一页上,只有一句话。

我快要找到了,我快要找到了……我真的快要找到了……我已经知道它的头在哪里了!它的头就在十……

后面的字就消失了。
万俟子琅:"说话说一半的人,是会天打雷劈的。"
尚嫄:"你不用太担心,我们会尽快找到无头人的头。"
万俟子琅:"不用,我知道在哪里。"
她点了点纸上的"十"字。
万俟子琅:"这不是十,而是一个没有写完的字——木,无头人的头,可能就在树底下。"
一群人在无头人出现的树底下挖了半天,终于挖出来一个脏兮兮的包裹。
尚嫄:"在这里等着吧,等今晚无头人出现,把头还给它就好了。"
人对于未知事件,多少有些恐惧之心。被牵扯进来的人不多,所以没有人愿意在这里等着无头人出现。加上尚嫄跟宋命题,也只有五个人。半夜的时候,倒是来了一个年迈的老太太。
老教授:"我是B大的教授,勉强算是个幸存者,看着这栋楼出现东西已经好几个月了,今晚总算是要了结了……"
一阵阴冷的风吹过,无头人出现了,依然在那棵树底下徘徊着。万俟子琅悄无声息地走到它身后,把头放在了它的脖子上。
无头人:"我的头、我的头,我的头下出现了身体。
"我的身体……我有手了,我有脚了,我又能跑起来了……"

万俟子琅："……"

万俟子琅顿了一下，目不转睛地看着无头人。

尚媛："终于解决了，拿到了自己的头的无头人，终于可以解脱了……你怎么不说话？"

万俟子琅："它说的为什么是'我终于又有身体了'，而不是'终于找到我的头了'？"

"老师。"

老教授出神地看着无头人，万俟子琅喊她，她愣了一下，才"啊"了一声，问道："怎么了？"

万俟子琅："我想问一下，这栋楼里，之前出过事吗？"

老教授："当然，有个变态在楼下挖了个地下室，一直住在那里。半夜那个变态潜入楼中，杀了三个人。第一个被塞进了下水道里，第二个被剁成了肉馅，第三个被砍下了头颅。

"被砍下头颅的是我的学生，也就是你们说的无头人，但是奇了怪了，是我眼花了吗？这个无头人，长得跟我学生不太像啊……"

万俟子琅："教授，那个杀人犯，叫什么？"

老教授："叫江初豆，也已经死了。"

他们上当了，那本日记就是为了让他们把树底下的头挖出来。因为那颗头，是杀人犯江初豆的，不是无头人的。现在杀人犯拥有了身体，也就可以……继续杀人了。

第十七章

柳树小偷

"我想要离开这栋楼。

"我终于找到身体了……"

杀人犯江初豆的头被埋在树下,但她的身体不知去向,所以她就盯上了无头人的身体——现在出现在他们面前的是一个畸形的怪物。

一个男人的躯体上,顶着一个女人的脑袋,它的脖子是歪斜的,口水从"它"的嘴角流了下来。

江初豆:"谢谢你们,帮我找到了可以用的身体……"

宋命题:"别客气、别客气,助人为乐我最在行。"

江初豆:"现在,我的手痒了……"

宋命题:"那我给你挠挠?"

尚嫄:"这东西好像要发狂了!大家随时准备逃跑!"

宋命题:"怕什么?我们这边有五六个人呢,它又没有武器,弄死它绰绰有余……"

江初豆干呕一声,从嘴里面吐出一把锋利的斧头。锋利的斧刃划开了它的嘴,大量的血顺着它的脸滴在身体上。它"咯咯"地笑着,抓住斧头挥舞了几下。

江初豆:"好像有人说,我没有武器?"

宋命题:"我先去旁边的树丛里上个厕所,最后一条裤子了。"

江初豆癫狂地笑了起来,抓着斧头就冲了过来。

尚嫄:"跑!"

尚嫄暴喝一声,一把扛起老教授,转身就跑。下一刻,她就看着万俟子琅一个箭步,朝着杀人犯冲了过去。

尚嫄:"不要逞强!先离开这里啊!"

她的话还没有说完,万俟子琅就抓着乌龟,砸在了江初豆的脑袋上。与此同时,江初豆也举起斧头,一斧头砍在了万俟子琅的肩膀上。

尚媛声嘶力竭。

尚媛："快回去帮她一把！她被砍中了，疼痛会让她失去意识！

"再这么下去，她就要被那个东西砍死——"

她一边喊人一边往回冲，等她冲回去的时候，万俟子琅已经抢过斧头，把它的脑袋砍下来了。

万俟子琅："你再接着砍啊！"

尚媛："……"

江初豆的人头落在地上，眼睛看着她。

下一刻，它忽然用力地挣扎起来，而地上无头人的身体也开始疯了一样地抽搐着，力气之大，让万俟子琅差一点没抓住。

头在找身体，身体也在找头。

江初豆："你是不可能永远抓住我的,你以为日记是怎么写的？是无头人听着我的喊声写出来的。无头人的身体也希望有一颗头，即使这颗头不是原装货。如果不是因为它看不到东西没有办法挖到我，我们早就合二为一了！"

尚媛脸色惨白，抢过人头就扔了出去，拉着万俟子琅转身就跑。

尚媛："其他人都已经撤离了！

"只剩下我们三个了……宋命题呢？"

万俟子琅："刚才去灌木丛里上厕所了。"

尚媛："真去了？"

宋命题："来了、来了！"

尚媛刚松了一口气，就看见溜达过来的宋命题的腋下夹着江初豆的头……

尚媛："你带着杀人犯的人头干什么？！我刚刚才把它扔掉！"

宋命题："我能怎么办，我也很绝望啊！我刚从灌木丛里出来，就看见无头人抱着人头准备往自己的脖子上安！我急中生智，跟它抢了好一会儿！"

江初豆："抢过来也没有用，你回头看看、回头看看吧……"

283

尚嫄："身体……无头人追上来了！"

万俟子琅："其他救援人员呢？我们人多，这个东西有实体，按住问题不大！"

尚嫄："今晚出去收集物资了！而其他普通民众……"

尚嫄咬紧了牙，无头人一直跟在他们后面，而只要他们朝着人群走，人群就会尖叫溃散，跑得一个比一个快。有眼睛的人都能看出无头人在追谁。

尚嫄："再这么下去，我们很快就要力竭了！"

三个人的脚步都不敢放慢，B大不小，到处是建筑物跟小路。

黑暗中，几人七拐八弯，很快就绕晕了。到了最后，只能像无头苍蝇一样乱跑，很快就跑到了一条死胡同里。死胡同的尽头，有一棵三人粗的柳树，被种在一个极大的花坛里，几个人绕着柳树狂奔，无头人也跟着绕了起来。

江初豆在"咯咯"地笑着。

江初豆："你们是跑不掉的，那是不知疲惫的身体，你们会被活活累死，你们的身体将被当作我的备胎……"

万俟子琅面无表情，抬手就给了它一巴掌，人头的脸瞬间狰狞了起来。

江初豆："你敢打我！你敢打我！"

万俟子琅："人质有你这么当的吗？不打你打谁？"

江初豆："你打，你接着打！我将会亲眼看到，你们像条狗一样被活活累死的场景！"

宋命题："我跑累了，漂亮姐姐，头给你，我休息一下。"

宋命题把头放在尚嫄的怀里，然后停下来，坐到了花坛边。

江初豆："……"

尚嫄："……"

宋命题："看我干什么？无头人不是只追头吗？那没拿头的人就可以坐下来休息了啊。"

尚嫄："……"

江初豆:"不……不!愚蠢的身体!不要再继续追了!先把坐下来的人砍死啊!"

无头人充耳不闻,万俟子琅跟宋命题肩并肩坐在花坛上,看着尚嫄遛无头人。

尚嫄:"我不行了!来替我一下!"

三个人轮流绕树,绕了一圈又一圈,万俟子琅忽然动了动。

万俟子琅:"你有没有听到什么声音?"

尚嫄:"声音?什么声音?"

万俟子琅:"骂人的声音,好像一直在说'你个猫崽崽'。"

尚嫄:"是杀人犯的人头的叫骂声吗?"

万俟子琅摇了摇头。那边宋命题在前面狂奔,无头人在后面狂追,杀人犯的人头在宋命题的胳肢窝里大声叫骂。

好像的确没有什么其他声音,应该是听错了。

宋命题:"子琅!我也累了,我们四个人轮流来,你把乌龟扔过来,现在轮到它来遛无头人了!"

他的话还没有说完,胳肢窝里面的杀人犯人头忽然剧烈地挣扎了起来。宋命题手一松,无头人就用力把头抢了过去。

江初豆脸色狰狞,被戏弄了这么久,它第一时间就朝着树底下的尚嫄扑了过去。

尚嫄一个飞踢,活活把它踹了出去。与此同时,万俟子琅的乌龟也砸在了它的脸上。杀人犯从地上爬了起来,沉默了一瞬间,然后朝着宋命题扑了过去。

宋命题转身就想跑,然而他刚转过身,面前那棵巨大的柳树忽然动了!

柳树簌簌乱动,两根枝条分别缠绕住了杀人犯跟宋命题,然后恶狠狠地把他们举到了半空。

柳树:"你们两个猫崽崽!大半夜不睡打扰我睡觉,是不想活了吗?!"

江初豆:"你听我解释、听我解释……"

柳树："不听！滚！"

柳树枝恶狠狠地缠住杀人犯，用力地掰开了它的头，然后像是砸石头一样，三两下砸碎了。

万俟子琅："啊，果然砸碎就可以了。"

柳树举着宋命题，咬牙切齿。

柳树："你呢？你还有什么想说的吗？"

宋命题默默看了一眼杀人犯的头，冷静地问："我说点好听的有用吗？"

柳树："没用！"

宋命题："给你浇点水呢？"

柳树哼唧一声，把宋命题放了下来。

柳树："要矿泉水哈。

"看在矿泉水的分上，我可以不杀你们三个。

"但是，你们要把身上带着的，最宝贵的东西交给我。"

尚嫄："我身上有这把枪……这是保命的东西，给你吧。"

尚嫄蹲下来，把枪放在了花坛边。柳树摸了摸枪，心满意足地点了点头。

柳树："对，我感觉得到，这的确是你最宝贵的东西。你们呢？把身上最宝贵的东西交出来！"

宋命题："你等我一下，我脱个裤子。"

宋命题郑重地把内裤放在了花坛边，神情温柔地抚摸着它。

柳树："你个猫崽崽在逗我？"

宋命题："不，你永远也不会知道，男人驯服一条内裤有多么不容易。不是万不得已，我会穿着它浪迹天涯，从生到死，永不离弃。"

柳树犹豫了一下，用柳枝尖尖碰了一下那条内裤。

柳树："居然没有撒谎。"

万俟子琅："轮到我了，是吗？"

她把乌龟拿了下来，温柔而缱绻地蹭了蹭它的龟壳。

万俟子琅:"你就是我最宝贵的东西,但是现在没办法了,我会想你的。"

乌龟:"……"

乌龟静静地趴在花坛边,柳枝慎重地碰了它一下,然后冷静地说:"你撒谎,这乌龟不是你身上最宝贵的东西,你最宝贵的东西,在你的口袋里。"

乌龟:"……"

乌龟伸出爪爪,按在了她的口袋上,满脸谴责。

万俟子琅的身体一僵,下意识地捂住口袋,然后用力闭了一下眼,像是经过了激烈的思想斗争,还是颤抖着把手伸进口袋里,摸索了一会儿,然后在口袋里摸出了……一块小饼干。

柳树:"对!这才是你觉得你身上最宝贵的东西!"

乌龟:"……"

万俟子琅:"啧,最后一块梅子味的饼干了。"

乌龟:"……"

乌龟默默地看了她一眼。

柳树高高兴兴地把他们留下来的东西埋到了花坛里。

柳树:"很不错的收获,你们赶紧走吧,记住了,半夜不要扰人清静,小心被削掉脑袋。"

它一边埋坑一边嘟嘟囔囔,万俟子琅往上看了一眼——阴冷茂密的柳树枝叶中,挂着一排排……

柳树见她在看,顿时警惕地用柳枝挡住。

柳树:"你看什么?这是我的洋娃娃!不给你看!"

它用力太大,一个"洋娃娃"被它不小心扯了下来。

柳树顿时"炸"了。

柳树:"都怪你!你把我娃娃的头看掉了!"

万俟子琅:"……"

三个人走出很远还能听到它的尖叫声。

尚嫄立刻向上汇报了这件事,然后很快得到了回答。

287

尚媛:"驻扎在 B 大的救援人员知道这件事。这棵柳树在以前就很大了,一直看着校园里人来人往,所以变异之后,对人类没有太大的敌意,而且还帮助了不少人,对异变体厌恶至极。B 大之所以能在噩梦时代爆发的时候稳住,这棵柳树的功劳不小。"

原本的宿舍楼里还不确定安全与否,所以当天晚上,所有的异能者依然露宿。零零星星地数过去有十二三个人,都分配了热水和睡袋,不远处就是大批普通市民,对异能者的小圈子羡慕不已。

天气太冷,万俟子琅跟宋命题挤在一个睡袋里取暖,宋命题在里面给她表演了一套杂耍。

尚媛:"我要去值班了,你们好好休息。那棵柳树的详细情况我们问过了,B 大的救援人员说了,它作为植物,是没有办法离开土壤的,所以只要我们不接近它,基本上就没事。"

万俟子琅应了一声,却在半夜的时候忽然一个激灵,瞬间睁开了眼睛。周围呼噜声一片,满地都是躺着的人,而在这满地的人中,一棵巨大的柳树,踮着树根,蹑手蹑脚地在夹缝中行走着。

万俟子琅:"……"

万俟子琅默默地看着,柳树察觉到了她的目光,两个人无声地对视了一眼。

柳树一个激灵,一树枝缠起一个人,迈开树根,转身就跑!万俟子琅沉默了一会儿,拔腿就追了上去。

她一个人的时候是不害怕的,随时都可以进空间,因此就没有太多的忌讳,很快追到了花坛边。柳树已经进去了,一动不动。

万俟子琅:"我看到了。"

柳树:"……"

万俟子琅:"把你绑走的人交出来。"

柳树:"啊,你怎么又来了?我刚刚睡醒,不知道发生了什么。"

万俟子琅:"别装了。"

柳树:"我听不懂你说什么!我离不开土壤,你找会跑的柳树跟我有什么关系?

"我也没有偷人!"

它警惕地护住了挂在柳树上的东西。

万俟子琅:"刚才被你偷走的人,一眼就看出来了好吗?"

柳树:"……"

万俟子琅:"你个小偷树。"

柳树:"给你、给你、给你!烦死了!"

柳树一把将人甩了下来,万俟子琅没有去扶。柳树偷走的是一具尸体,天气太冷,这个人晚上就已经被冻死了。既然人都没了,万俟子琅也没准备干什么,正要转身回去睡觉,手腕却忽然被柳枝抓住了。

柳树:"那什么,我还是要脸的,你别跟别人说这件事,行吗?

"作为补偿,我告诉你一个消息。"

万俟子琅转过了身。

柳树:"B大里面,有两个地方有磁场变异现象,一个是那栋很偏僻的教学楼,另外一个,只有我知道。"

万俟子琅:"什么地方?"

柳树:"B大中心的花坛。那里面有一口枯井,枯井里面,藏着……"

柳树一顿。

柳树:"想知道下面是什么吗?给我个洋娃娃先。"

万俟子琅:"不想,走了。"

柳树:"欲擒故纵?我是不会上当的……回来!回来!我说!我还是一棵嫩柳树的时候,见过很多人朝着井里扔东西,后来他们不扔了,把井口封了起来,没过多久……"

一阵阴风吹过,吹得人心头发凉。

柳树:"被封起来的古井下面,就传来了动静。"

与此同时,B大的铁门缓缓开启,一辆武装的军用货车行驶了进来,车子上坐着的是救援人员跟几个目光呆滞的人。

货车停了下来,救援人员开始进行交接。

尚嫄："外面情况怎么样？"

刘队："很不好，我们只在B大附近转了一圈，就牺牲了这个数的异能者。"

他比出了一个数字。

刘队："必须加快收集晶核的速度了，如果异能者进化的速度比不上生物进化的速度，那么我们迟早……"

异能者从军用货车上走了下来，神色都不怎么好看。

尚嫄："之前的那栋楼出了一些事情，暂时不能居住了。"

刘队："那就先住在中央花坛附近吧。"

连夜赶回来的救援人员跟异能者在花坛附近撑起了帐篷，并在周围围了一圈屏障。外面实在是太冷，帐篷里倒是暖和不少，异能者跟救援人员很快调整完毕，大多数人都是和衣而眠的。

附近也安排了人巡逻，看上去没什么特别大的异常。半夜的时候一个粗壮的男人从帐篷里走出来，进了中央花园里，解开了裤腰带。

棕熊变异者柯伍邪："嘘嘘——嘘嘘——嘘嘘……这是什么？"

"井口？上面怎么还有一扇木门？"

他抓住木门的把手，用力把门拽了下来，里面阴暗潮湿，不像是井，更像是一个土窟窿。

他忍不住趴在井口往里看了几眼。

柯伍邪："奇了怪了，怎么总感觉有点……"

下一刻，花坛里传来了一声惨叫。五分钟后，被惊动的救援人员迅速包围了中央花坛，清点人数后，尚嫄神色凝重了起来。

尚嫄："掉进去的是柯伍邪，那个棕熊变异者。"

刘队："掉进去的？不可能，他绝对不可能是掉进去的！"

刘队指了一下井口旁边的土壤，上面有十道深深的指痕。

刘队："他是被什么东西拖进去的。"

尚嫄："现在该怎么办？"

刘队："立刻组织异能者跟救援人员，准备下去救援！如果是其他人，我会选择离开，封掉井口，但是被拖下去的是柯伍邪，我们这个基地唯一的二级兽化异能者……"

救援人员迅速召集了异能者，但是愿意下去的寥寥无几。

白开："凭什么让我们下去？他这个二级异能者也是因为你们偏心多给了他晶核！"

虽然大多数人都表现得很抗拒，但异能者平时得到的待遇也不是天上掉馅饼白给的，最后人选还是强制着定出来了，除了几个异能者，还有一个牵着德牧的普通人。

唐俊逸："要不然你们只带着我家狗下去得了……"

刘队："问题是你的德牧只听你的话啊。"

唐俊逸手中牵着的德牧没有巨大化，依然是普通德牧的大小，但是身上一根毛都没有，露着红色的皮肉，四肢特别长，显得身体很小。

刘队："你们不要怕，这里还有个开挖掘机的老王！"

老王："我就开着挖掘机在旁边等！你们快要出来的时候，我就开过来，不管后面跟着什么，我都能一挖掘机铲断它的头！"

万俟子琅过来的时候，这群人已经准备下去了。她如实转达了柳树的话，刘队却摇了摇头。

刘队："就算是冒险，我们也一定要把柯伍邪救上来。"

万俟子琅欲言又止，旁边的白开看见她，顿时叫了起来。

白开："她！她也要下去！我看见那个救援人员给她晶核了！凭什么她能只拿晶核不去冒险？"

万俟子琅："我可以跟你们一起下去，但是你放心，我跑起来绝对比你快。"

一群人拿着手电筒进入了洞穴中，跟在最后的是个扛着摄像机的记录员。

洞穴里很湿，泥土腥臭软烂，走过一条长长的甬道之后，他们落在了一个类似教学楼走廊的地方。

速度变异者虔沂可："脚印……地面上有好多脚印！"

地面上是密密麻麻的脚印。

人群迅速慌乱了起来，最末尾扛着摄像机的人也在颤抖。

苏珊璃："我觉得柯伍邪已经死了！不如我们上去吧！"

白开："你说得很对！"

唐俊逸："等一下！我的德牧好像听到柯伍邪的声音了！"

走廊里很黑，唐俊逸胡乱摸了摸，摸到了德牧。

唐俊逸："乖狗狗，告诉我，这里有没有危险。

"狗没有叫！放心走！这里没危险！"

唐俊逸的这只狗是赫赫有名的，跟下来的几个人都放心了一些。

物资短缺，他们手头只有两支手电筒，只能照着前方。

虔沂可："你们有没有感觉，这里不像是地下洞窟……更像是教学楼的走廊？"

唐俊逸："对！你们看！这里还有窗户和教室！"

白开："管什么教室！赶紧让你的狗找到柯伍邪！"

唐俊逸："我牵着我的狗，我们跟着它走就好了！"

黑暗中，四肢细长的狗慢慢往前走，走廊安静得可怕，一群人缩在一起，一句话都不敢说。终于，狗停在了一间教室前，里面传出柯伍邪的声音。一群人连忙冲进去，很快在里面发现了昏迷不醒的柯伍邪。白开把他扛在肩膀上，忙不迭地往外走。

柯伍邪满头都是血，手掌上毛茸茸的，看样子刚刚结束兽化。

柯伍邪："小心……小心走廊上的……走廊上有东西……"

唐俊逸："你放心好了！我们没遇到什么东西！它可能在别的地方！"

白开："快闭嘴吧！别再把那些东西引过来！"

万俟子琅："等等，我们走的方向好像不太对。"

唐俊逸："绝对是对的，我的狗认路。"

白开："就是，你的鼻子灵还是狗鼻子灵？这么愿意抢狗的活，难道你也是条狗？"

就在这时候，几个人手里的手电筒忽然灭了，有人忍不住尖叫了起来。

柯伍邪："别叫……别叫！会把那些东西引过来的！"

唐俊逸："什么东西？"

柯伍邪："我没看清楚……好像是两个瘦瘦长长的东西……力气很大，我没反应过来就把我拽下来了。而且它们好像想要把我拽到走廊尽头，是我竭力挣开，才躲进了教室里。"

唐俊逸："不管了！跟着我的狗走总是没错的！奇怪了……"

白开："怎么了？"

唐俊逸："我的狗忽然不走了，我的手也黏糊糊的……"

苏珊璃："我凑近你一点，用摄像机的光照一下你的手，看看你的手上有什么。"

她凑了过来，微弱的光芒照在唐俊逸的手上。

他手上竟然满是鲜血！他胡乱地擦了两把，声音都在哆嗦。

唐俊逸："可……可能是我，是我不小心碰到哪里了吧……"

万俟子琅："你碰到哪里了？"

唐俊逸："我怎么知道！"

他的声音颤抖、慌乱，几个人也都跟着哆嗦了起来。

唐俊逸："好狗狗，快点走、快点走……"

白开："这破狗怎么不走了？"

走廊里漆黑一片，什么都看不清楚，莫名的安静让人心里发慌，不知道什么时候，唐俊逸闭上了嘴。

白开："狗不叫你也不叫？"

唐俊逸："我想起……想起我摸过什么了……"

他呼哧呼哧地喘着粗气。

唐俊逸："我刚才，只摸了我的狗。"

没有人说话了。许久之后，苏珊璃颤抖着把摄像机往下移了一下，惨白微弱的光芒，照射到了唐俊逸的身前。

原来的德牧像是无毛猫一样，虽然没有皮毛，但是皮肤光滑。

293

而现在，他们面前的"狗"，四肢着地，前肢却明显比后肢短；脊背突出。这不是狗，而是一个异变体。

异变体："呼哧……呼哧……"

柯伍邪："就是它，就是它把我拖下来的，它……它想要把我们带到走廊深处去！"

万俟子琅："跑！"

万俟子琅第一个反应过来，转身就跑。

虔沂可："啊啊啊！"

随后，走廊上被带起了一阵风，速度变异者跑得太快，眨眼就不见了人影。其他人都是一愣，苏珊璃想要跟着一起跑，却被万俟子琅死死抓住了手腕。

万俟子琅："她跑错方向了！"

虔沂可惊慌之下，朝"狗"想让他们去的方向跑了过去。但实际上，他们应该往反方向走。

几个人转身就跑，狂奔之下，他们终于跑到了洞口，然后一个接着一个地爬了出去。

苏珊璃："就这么……就这么跑出来了？"

唐俊逸："可惜我的狗啊……"

他只是一个普通人，能够在基地获得物资，就是因为他有一条忠心耿耿的德牧，这条狗让多少人眼红啊，可是现在……

刘队："别愣着！赶紧把洞口堵起来！然后照看伤员！"

救援人员武威："少了一个人，速度变异者还没有上来，我们要不要……"

万俟子琅："凶多吉少。"

刘队犹豫了一下，最后还是指挥着人把洞口堵上了。

救出了棕熊变异者，人也渐渐散了。周围很快安静了下来，只有旁边的小树林里还有挖掘的声音，那台挖掘机不断地舞动，一下下地空挖着。

尚嫄："挖掘机老王没有帮上忙，就一直在旁边的小树林里练习，我们没去打扰他。"

救援人员武威："你们刚上来的，来这边，我们负责给你们检查。"

苏珊璃、唐俊逸等人纷纷围成一个圈坐好。

苏珊璃："下面那个……到底是什么东西？走廊尽头又有什么？"

（未完待续）

## 图书在版编目（CIP）数据

黎明之上 / 仄黎著． — 广州：广东旅游出版社，2024.4（2024.7 重印）

ISBN 978-7-5570-3265-4

Ⅰ．①黎… Ⅱ．①仄… Ⅲ．①幻想小说－中国－当代 Ⅳ．① I247.5

中国国家版本馆 CIP 数据核字（2024）第 056029 号

### 黎明之上
### LIMING ZHISHANG

出 版 人：刘志松
总 策 划：曾英姿
责任编辑：梅哲坤
责任校对：李瑞苑
责任技编：冼志良

广东旅游出版社出版发行
地址：广州市荔湾区沙面北街 71 号首、二层
邮编：510130
电话：020-87347732（总编室） 020-87348887（销售热线）
投稿邮箱：2026542779@qq.com
印刷：湖南天闻新华印务有限公司
（湖南望城湖南出版科技园 电话：0731-88387578）
开本：880 毫米 ×1230 毫米 1/32
字数：247 千字
印张：9.5
版次：2024 年 4 月第 1 版
印次：2024 年 7 月第 2 次印刷
定价：48.60 元

【版权所有 侵权必究】

本书如有错页倒装等质量问题，请直接与印刷厂联系换书。